THE

RUINS

OF

HAMI

哈蜜的废墟

〔美〕陈谦 著

广西师范大学出版社
GUANGXI NORMAL UNIVERSITY PRESS
·桂林·

哈蜜的废墟
HA MI DE FEIXU

图书在版编目（CIP）数据

哈蜜的废墟 / （美）陈谦著. —桂林：广西师范大学
出版社，2020.8
    ISBN 978-7-5598-2944-3

Ⅰ . ①哈… Ⅱ . ①陈… Ⅲ . ①中篇小说－小说集－
美国－现代②短篇小说－小说集－美国－现代 Ⅳ . ①I712.45

中国版本图书馆 CIP 数据核字（2020）第 100315 号

广西师范大学出版社出版发行

（ 广西桂林市五里店路 9 号　邮政编码：541004 ）
  网址：http://www.bbtpress.com
出版人：黄轩庄
全国新华书店经销
广西广大印务有限责任公司印刷
（ 桂林市临桂区秧塘工业园西城大道北侧广西师范大学出版社
集团有限公司创意产业园内　邮政编码：541199）
开本：787 mm × 1 092 mm　1/32
印张：9.625　　　字数：200 千字
2020 年 8 月第 1 版　　2020 年 8 月第 1 次印刷
定价：52.00 元

如发现印装质量问题，影响阅读，请与出版社发行部门联系调换。

目　录

哈蜜的废墟 / *1*

焱 / *85*

莲　露 / *107*

虎妹孟加拉 / *183*

木棉花开 / *237*

我是欧文太太 / *285*

哈蜜的废墟

哈蜜出现的一瞬,长青殡仪馆窄小的门厅像闪进一片雨云。阴湿的暗影追到脚尖,我下意识地缩回双脚。走廊尽头涌出一团压抑的低声,有人在张望。我坐直了,想象自己定成了停车场里的乌鸦,浓黑的毛色带着隐隐的亮。

　　我已在小门厅里的沙发上坐了好一会儿,正在犹豫是否还要等下去。下午两点与中关村来访团队的会议早在一个月前就已敲定,对做跨国咨询的人而言,除非要送的是亲娘老子,否则很难更改既定的日程。接到哈蜜父亲的葬礼通知不过一周,掐来算去,早已确认不会有时间随送葬队伍去往墓园——通知上注明了告别式后是土葬仪式。我打算慰问了哈蜜就走。没想到作为丧家儿女的哈蜜兄妹竟迟到了足足二十多分钟。

　　手袋里放置静音的手机在振动,我犹豫了一下,没忍住,将手机掏出。"已经登机。爱你!"——女儿杰西卡正在启程,开始她为期两个月的尼日利亚医疗援助之旅。我快速打出"一路平安!",她肯定懂得我担心的不只是她这一路的平安。我将手机塞回手袋,抬起头,双眼被天花板上低垂的仿古大吊灯四射的光芒刺了一下。

我和哈蜜在失联多年后才刚通过社交网站联上,在人到中年的时光里,一上来就这个。对曾经熟悉的哈蜜母亲已经离世的伤感还未及消化,又接到了从未谋面,却一直在记忆中带着神秘色彩的哈蜜父亲去世的消息。我的反应是必须来,虽然后来我意识到丧礼通知很可能是群发的。

"来了来了!"人们压抑的低声在窄窄的过道里轻撞。四周一阵窸窸窣窣的响动,人们开始向过道尽头走去。丧家儿女竟会在丧礼上双双迟到,着实离谱。一些看上去跟哈家兄妹较熟的长者,上前将他们围住,低声说着什么。

一身乌鸦般墨黑正装的殡仪馆职员迎上,引领家属去往小礼厅。有黑白光色在闪动。我认出了走在头里的哈田。在莫城念书时,我曾见过假期里从洛杉矶到我们小镇上探望母亲和妹妹的哈田,总记得他大雪天里上身穿着羽绒服、下身一条短裤的挺拔身影,现在突然看到他的头发已见花白,有点回不过神来。他与太太携手并行。我一眼认出走在他们和一双少年男女之间的哈蜜。她的身形已从丰腴蜕变成瘦削,却仍有一股挡不住的女孩子气,连步态都还很有弹性,好像随时能从人群中蹦出来。我立刻从沙发里站起,打算跟上。走在头里的哈蜜好像感应到了我的动静,忽然侧头回望。我们目光相遇的瞬间,她站定下来,张开双臂等我上前,

4

引得人们一齐望过来。我快步上前与她相拥。这无法用喧哗表达的久别重逢，令我们都使着劲儿将对方搂紧。听着耳里灌入的轻声啜泣，我咬住嘴唇。"谢谢你来——"哈蜜的哭腔清晰。

二十多年前在美国西北那个叫莫里斯的大学城匆匆别过，这是我们这对当年按哈妈所希望的、曾"亲如姐妹"的女友首度重逢——哈妈是我们对哈蜜母亲童教授的昵称。我忽然意识到，当年深夜里从莫城郊外那早已废弃的结核病院遗址出来，我正是被浓黑的死亡气息震慑，匆匆从哈蜜身边逃走的。这闪念令我心头一紧，松开了搂着哈蜜的双臂。在我们交换的眼神中，我看到两点火苗在哈蜜深棕色的瞳仁芯上闪灭。她瞬间垂下青白的眼帘，让人想起动漫里护城河边忽然跌落的吊桥。

我们一直知道对方也到了硅谷，在微信出现之前，彼此却从不曾寻找过对方。我甚至在"脸书"不停推送来的交友名单上多次回避过她，想来她也做过同样选择。这些年来，有时在深夜里惊醒，哈蜜会在梦境中刺目的车灯光柱里跳出，向着一扇锈迹斑斑的颓塌铁门急步倒行而去，留我在黑暗里屏息而卧，意识慢慢苏醒，庆幸自己不用再与她相见。我喜欢将自己离开莫城后的生活想象成一段段的马拉松。跑道两侧，来来往往的日子将时光划出的缝隙填满，职场和家事的屏风上推陈出新，将一程程的过往洗涤筛净，只留我在大路中央独自狂奔。结婚离婚；将女儿带大，马不停蹄地学做硅谷精英。细想起来，这一路疾行，不过是以毒攻毒，只怕自己得空去对人生作细致的盘算和回想。不曾料到会有这一天，微信从天而降，路标一般横闪而来插到眼前，自己又正有了在半山腰上的亭子歇息乘凉的心思，赶忙跟着看起风景。眼见老同学老朋友的圈子越围越大，我隐隐心惊，预感到会在某天踩中地雷，与哈蜜狭路相逢。

果然。

哈蜜的名字在去年深秋的一个夜里从微信跳出来，"咚咚咚"地，像只不停弹击门板的皮球——要求添加连接。我后悔自己定力不够，还是没忍住要挤进"硅心似见"校友群。那是硅谷爱大校友的微信群，加上他们的亲朋好友，当时已有四百来人。我是被做咨询时碰到的海归老同学拉进去的。里面的话题从爬藤校①、推娃，到养生保健，卖房修房登山跳舞养花种菜，投资创业参政助选，无所不有，热闹非凡，话题又转得很快。我九十年代初到爱大时，中国同学还不多，来往的人也有限，这下感觉是愣头愣脑地闯进了大杂货铺，群里各位又多用的是网名，招呼都无从打起，正考虑退群，哈蜜就撞了上来。她当年在爱大除了与我走动，几乎不跟其他中国同学往来，没想到如今竟会出现在这大卖场式的群里，而且没用网名，这是个意外。

我很快发现，只要群里有人转发新药研发养生保健的信息，特别是与中草药制剂抗癌药物相关的内容，平时深度潜

① 藤校是常春藤高校联盟的简称。

6

水的哈蜜就会迅速浮出水面，海豚一般活跃，追着打探各种细节。这令人有点担忧。我又犹豫着看了几天，才将她联上。

深夜里，哈蜜的回复几乎是零延迟。我们交换着问候，一行一句，转眼就刷出几幅满屏，像滑行在长坡上的车子就要刹不住了。我清楚地知道自己手里已扯出一条越来越长的地雷引信，这隐隐刺激着我，越发不愿停下。当年被突发的莫城最后道别压抑下的所有疑虑，瞬间复活。

哈蜜的朋友圈是向我封闭的。在一片看不出是清晨还是黄昏的广阔瓜田边上，白色的"哈蜜"二字，标在一张小小的哈密瓜照片旁，下面由一条细细的浅灰线划出半屏的空白。我将她的头像拉大点开，才看清楚那是一只被掰成两瓣的哈密瓜。照片是定焦镜头拍的，哈密瓜分裂得很不匀整，一看就是给用力掰开的。瓜瓣一半朝上一半朝下，分握在一个男人健壮性感的两只手中。在偏斜的光影里，朝上那瓣瓜色呈柔美丰满的金橙色，散乱的点点瓜籽儿让人下意识吞了吞口水；另一瓣卡在男人的虎口上，瓜皮纹路清晰细腻，被光影打出完美的弧形。瓜皮上有一条灰绿的曲线，我先以为是瓜藤的影子，定睛细看，才辨出虎口和瓜瓣之间其实有一把薄刀，瓜皮上的曲线是刀子的倒影。照片上，灰绿的男人腰身和大腿连接部虚现在长焦深处，与背景里的瓜田融成一体。我愣着，目光落到下面灰线上端的那四个字上："种瓜得瓜"。

在接下来的几个夜里，我的 iPhone 总会在接近十二点的时候跳出来自哈蜜的问询。"在吗？"像短促的叩门声。我不总是在好状态，有时就懒得回复，她也不催，静得无声无息。

可我只要有回应，她就会立刻跟进。这是久违的生活模式，一如我们当年，功课忙，又没手机，在深夜倒下时才突然想起对方，就可以不理会美国人那种"十点后不打扰人"的潜规则，抓起电话就打过去。彼此有兴致时，就聊聊天，对方不接也并不在意。我很快确认了哈蜜至今未婚。当然。真好——我自己又补一句。她若像我们一众女生这般也去结婚生子，倒是怪异的，那就不是哈蜜，或不像哈蜜了。令我震惊的是，她那曾如影随形的母亲已在四年前因心肌梗死离世。一连几天，我脑子里总是跳出哈妈富态的脸相。夜里闭上眼睛，又看到她在天暖时节吃力地蹬着英式仿古自行车，在莫城的浓荫下匆匆来去，车前车后挂着保温袋来学校给哈蜜送饭。一片片的梨花飘落，天地煞白。过往以此种方式纠缠而来，令人有些焦躁，却又不舍得拒接哈蜜的微信，转头岔开，聊起各自的职场生活。哈蜜说她已从大都会保险公司市场部任上离职，眼下在家照顾罹患晚期直肠癌的哈老。

我盯住手机。保险公司市场部的工作不需要博士吧？而且她叫父亲"哈老"？"哈老？你是说你父亲？他来美国了？"我小跑似的追问。好一会儿，才等到哈蜜扔回两字："是的。""这太令人难过了。"我怯怯地打回一句。哈蜜将我晾在深夜的暗里，好久没再回应，让人又想起莫城时代。统计系的在读硕士生哈蜜一直有母亲在当陪读的事儿，当年在中国同学中如同传奇。而哈蜜父亲的缺席，本来并未引人关注，在我们成为好友后，我才发现，只要有人提及她父亲，便会引得哈蜜母女支支吾吾，很是蹊跷。只有一回，我和哈蜜单独相处,聊得高兴了,哈蜜才说,在大学教植物生理学的父亲还未到退休年龄,暂时没法出国。"植物生理学是什么样的学科?"我好奇地问。"唉,三言两语真讲不清,主要是研究植物的功能和生理学呗,像植物化学、遗传学、生物物理和分子化学、植物结构和生态什么的,都包括在里面,挺庞杂的,我也不太懂。"哈蜜耸耸肩,这个话题就跨过去了。哈妈则是教植物分类的,哈蜜又告诉我。"那你是植物学家们的女儿,怎么没接班?"我随口问,哈蜜的脸色一暗:"没兴趣!"听上去很不耐烦,让人摸不着头脑。

没想到中年重逢,不仅永动机般的哈妈已离世,连素未谋面的神秘哈爸也已病卧人生边缘。我找不出更多安慰的话,连声道珍重,说等有空就去看看她和父亲。哈蜜在那头赶忙说,你是大忙人,有更重要的事要做,不值得为这种事挂心。没等我回复,她改用语音功能,留言说:你真别以为这种时刻难熬,我可不这么看。

那是别后二十来年,我第一次听到她的声音。眼一热,又点了两遍。她的声音还是很糯,听上去很年轻:"说起来你不会信,我一生中比这更开心的时光很少的,有机会这样陪着哈老,哈哈。"她在那头竟笑了两声,很清脆,还有点嗲,让人想起我们年轻的时光。她这样叫父亲"哈老",听上去有点奇怪。我也点开语音键,顺着她回说:"也是,该多陪陪老人家。"哈蜜接上来:"是啊!还有机会学很多植物知识,简直一脚跨进个全新的世界。要攻克癌症这玩意儿怎么能按那种老套路?哈老还有得活呢!"我听得正入迷,突然听得她在那头回了"哈哈"两声,这来历不明的笑声让人发冷。我没再接话。

那天夜里放下 iPhone,我盯着天花板怔了一会儿,却想不出哪儿不对。从那以后,我回她的微信越来越慢,又值半导体芯片业进入调整期,中国方面的客户需要打理的事情一下多起来,正在伯克利加大读大三的女儿杰西卡又突然来说打算休学去非洲一趟,让人觉得到处扑火都来不及,一直抽不出时间去见哈蜜。哈蜜也不来催,联系就稀疏起来,没想到刚入夏,就接到哈老的葬礼通知,而且从接到通知到举行葬礼,相隔不到一周。这可急促得跟犹太人有一拼了,我焦急地翻着日程表,一边想,自己竟未在哈老生前去看望过,让我深感内疚,赶紧回复确认出席。

哈蜜的肤色还是很白,脸上的线条硬朗起来,再没有那副记忆中闪烁羞怯的表情。她化了淡妆,单眼皮上打了银灰的眼影,配一抹泛珠灰的唇膏,显出逼人的高冷,看上去比年轻时干练多了,却感觉不出明显的年龄变化。她将一头烫过的卷发在脑后高高扎起,穿着一件米白色长袖真丝上衣,胸前别朵白玫瑰,领子和袖口都滚着繁复的蕾丝花边,衣裳的下摆扎在过膝的 A 形黑裙里,配着黑丝袜和鞋跟高细的黑皮鞋,手上那只复古风格的手袋也是深黑的,浑身上下一丝不苟,与她在学生时代的着装风格别无二致。

我们相拥时,我闻到一股隐隐的香水味儿,正想说点什么,一眼望见过道尽头的那扇小门,心下一紧,将到了嘴边的话咽下了。之前进门签到后去看座位时，我已看到哈老的遗体安放在那小单间里。

一些身份不明的男女涌过来。哈蜜的哥哥哈田逆行而动，越过人流过来与我握手寒暄。我们交换了简短的问候，身后又有人流漫来，半引半推着将走在头里的哈蜜哥嫂往小礼室里领。我屏着气，低头跟在哈蜜身后，看到她精致的黑丝袜下，细尖的鞋跟在泥色的厚地毯上扎出深而细小的印记，一步一个，连成一串。她侧过脸时，脸上的表情已平静下来。

进到小礼堂里，哈蜜随哥嫂和侄儿女们径直走到前列的长木椅上。落座时，她忽然回头寻望，远远看到已在后排落座的我时，点了点头。

家族经营的长青殡仪馆坐落在谷歌总部所在的山景城中心的一条小街上，如果不是因为门外的招牌，它看上去就是一幢典型的西班牙风格民居，四周花木扶疏，想来早年殡仪馆的主人一家也住在这里。从窗口望出去，高低错落的红黄色扶桑花在铁栏杆前盛开，好像马上就会伸展而入。小小的停车场边上是一圈餐馆、咖啡厅和冰激凌店，踩着滑板的年轻人"嗖嗖"地飞来奔去，让人忍不住叹息在这个新教国家，生死的界线可以如此模糊。

鸦雀般深黑的人们在小礼堂从阳光下隔出的暗影里安静下来。轻轻的唱诗声突然响起，我在错愕中反应过来，刚才是见有一队白衫黑裙的女子进来。我又想起，哈蜜在莫城时每个周日都会陪母亲上教堂。

哈老的遗照搁在深棕色的三脚木架上，木架下沿装饰着黄菊和蒲葵叶，四周摆着几只淡色鲜花做的花篮，它们披着宝蓝或大红的缎带，看着有点突兀，我猜大概是中国传统喜丧的意思。从讣告上看到哈老享年八十九岁，我记得哈妈与我母亲同年，这样一算，哈妈比先生要年轻近十岁。

哈老的遗照是一幅色彩饱和度很高的半身彩照，这也与我熟悉的中国传统习俗很不相同。照片上的哈老看上去大约七十多岁，一头稀疏的灰发梳理得纹丝不乱，清癯的面容上皱纹很深，浓得异常的眉下，双目虽是单眼皮，但看上去很有神。哈蜜在这点上显然随的是父亲。哈老在照片里穿着裁剪合身的铁灰西装，配着深红和白灰斜纹的领带，文静而苍白。他脸上浅淡的微笑带着谦卑，很难想象他与甜糯汤团般富态的哈妈是一对儿。我忍不住盯着哈老的遗照多看了两眼，这下感觉到那笑里其实有一股很深的冷，这倒与哈蜜也是一样的。原来哈蜜很像父亲，这个发现让我有点放松下来。

唱经声停了。我意识到自己忘了拿葬礼流程表。短暂的静祷后，一个牧师模样的中年男子以主持人的架势，邀请亲友们上台致辞。出乎意料的是，人们好像都等不及要上台发言。他们中间有哈老的学生、老同事、老熟人、护理过哈老的护士、临终关怀机构的义工，还有一些哈老在本地教会里认识的朋友——哈老也去教会的，这点跟哈妈一样，虽然我从没有确认过哈妈的信仰。我刚一走神，思路就被一阵轻笑声扳回。台上的年轻人像美国人那样，在葬礼上说起了自己跟哈老交往中的趣事,却没让我笑起来。其他人的表达中规中矩,除了好师长、好邻居和好同事,最特别的倒是几乎每位发言者都会提到哈蜜。他们最受感动的是哈教授的女儿哈蜜在老人最后日子里的尽心服侍。大家反复强调,如果没有哈蜜,哈老在八十多岁高龄、一发现就是四期直肠癌合并骨和脑转移的情况下,根本不可能活了近三年,而且活得特别开心,最后走得也很平静。"对健康的你我,三年过起来比弹指还快。可医生当时说,哈老的存活期不会超过三个月啊!"扩音器里这时传出一位老阿姨的长叹。我望向哈蜜。只见她腰板挺直,双手握着搁在腿上,表情恬静,像足了一位端坐在冷餐会上听人致祝酒词的古典淑女。

"首先,让我按哈老的遗嘱,念两句开场词。我的英语发音不大灵咯,请大家包涵。'Nymph, in thy orisons Be all my sins remember'd.'中文是:'女神,在你的祈祷之中,不要忘记替我忏悔我的罪孽。'大家知道,这是《哈姆雷特》里王子那段著名道白的最后一句,哈老让我转告各位,这也是他人生的最后道白。"全场一片沉寂。

"简直就是可歌可泣啊。"一身藏青洋装的老阿姨声调突然变了。她看上去七十多岁,像是哈妈的同龄人。我从邻座借来葬礼流程表,发现老阿姨是哈老的老同事,也是来自南京林产大学的老教授。老阿姨接着讲起她看到的哈蜜服侍父亲的细节,声音越来越响:"我总说,哈老一辈子那么辛苦,受过那么多的煎熬,都默默扛下来了,那真是叫隐忍负重,我们谁能比得了?他的好些科研成果都免费给人拿去做药做食品，很多人由此发了财，但自己从不计较得失，说只要有人能从中获益，健康得到改善和救治，那就是对他最好的报酬。真是高风亮节啊。所以到了晚年，他能有这样的福报，是应得的，太令人羡慕了。为了专心陪伴病重的父亲，他女儿哈蜜辞掉那么好的工作，陪在哈老身边也就算了，哈蜜这孩子，在当代医学已宣告哈老救治无望，也就是说，在现代医学都束手无策，给哈老判了死刑的情况下，硬是跟着哈老从头学起，用我们中国传统医药来对付世界顶级医疗机构都缴枪投降的癌症，将哈老一次次从死亡线上抢救回来。"

礼堂里响起一片"嗡嗡"声，人影在晃。老阿姨又提高了声音："哈蜜的这些事迹，在座各位大概也都听说过，原谅我在这里再多说几句。哈老本来已经进了临终关怀程序，三个月的存活期一过，就要'毕业'的。哈老后来见到我，说你能相信吗，我竟一次次毕业了，都该到博士后了——"老阿姨说到这儿，已泣不成声。

我再次穿过黑白的肩隙望向哈蜜。她轻轻地点头，听到老阿姨这一句，嘴角还翘了翘。

这时，老阿姨话锋一转："哈老其实是很辛苦的。他是以常人难以想象的毅力在与病魔搏斗啊。后来都瘦成了一根棍子，吃什么都吐，还很疼，可就是哼都不哼一声，全靠强忍着。老实讲，作为几十年的老同事、老朋友，我看到这种情境是很难过的，却又一点忙都帮不上。今天在这里，话已经讲到这个份上了，我干脆都说了吧。我曾委婉地跟哈老说到生命选择的问题。在美国嘛，大家又到了晚年，平时都有机会

14

在不同场合接触过这个问题，不会那么忌讳的。有次我去看他，他说话已经很困难，又提起这话题。他亲口告诉我，如果不是为了哈蜜，他早就放弃了。他是为哈蜜而活着的。再难，再痛苦，他都要为哈蜜的孝心活下去。"前排传出了女人的抽泣声。老阿姨的情绪稳定下来，扩音器里，她带着浓重鼻音的讲话在继续："哈老说，我这女儿小时候吃了那么多苦——他家里的情况我当然晓得，他和师母离婚后，跟孩子们就分离了，早年假期里还会在南京偶尔见到的，后来干脆就再不见了，我们可以想想他这些年的心情。他一直都没再婚。到了晚年能到美国与儿女团聚，在病重时还得到女儿这样的关照，特别是哈蜜还这么孝顺。哦，哈蜜，你爸爸真是这么跟我说的。"老阿姨转向哈蜜，揩着泪，突然鞠了一个躬，说："这是你爸爸生前特别交代的，要我代他向你鞠个躬。"老阿姨直起腰时，再说不出话来。两位女士急步上去，将老阿姨扶下了台。

现场有些混乱，女人压抑的哭声此起彼伏。我怔在那儿，好一阵没反应过来老阿姨刚才说的是什么。在遥远的莫城岁月里，哈蜜母女曾是我留学生活的一部分，我却不曾知道哈蜜生长在离婚家庭这个细节。老阿姨抖出的这个关键节点，让她们母女当年的很多生活细节得到了合理的解释——一个在封闭时代失婚的中国母亲以"这个世界到处都是色狼"那样的"咒语"来呵护成长中的女儿，也没那么难以理解了。可我没觉得放松。如果这算得上秘密，它应该很早就由哈蜜告诉我的，这个想法让我更难过。

该哈蜜上台了。静场。仍有稀落的啜泣声传出,我伸长脖子望去,只见哈蜜低着头,肩膀在抽动。一位年长的女士走过去,在她面前蹲下,说着什么。接着,哈田夫妇和另外两个人也围了上去。另一边,也有几位在陪那位刚才发言的老阿姨,现场有点混乱起来。

　　投影屏幕上出现了哈老年轻时代的照片,一张接一张,黑白淡彩的,慢慢闪着,流水般漫过。人们看上去神情涣散,都在等待。哈蜜仍没起身,肩膀抽动得更快了。我站起来,到接待台取来一杯水,走过去递到哈蜜手中。哈蜜先是一愣,抬头看到是我,轻轻握了一下我的手腕,接过杯子,低头喝水。

　　哈田走上台去。我记得哈田的大儿子在他之后也要发言。从眼下的情形看,已能肯定我无法跟众人一起瞻仰哈老遗容了。我起身退出,走到过道尽处,从告别室门口的小花篮里取来一枝白色的菊花,由工作人员领着,进到小屋里向哈老的遗体鞠躬,然后将菊花在棺木边放下。

　　这是我第一次,也是唯一一次见到过去只在传说中出现的哈老。

　　北加州初夏明媚的阳光从告别室的小铁窗涌泄而入。双手背在身后的黑衣工作人员面无表情,见我站在那儿,他抬手示意我可以再往前靠。我动了一下,没有挪步。

　　跟遗照上的形象相比,哈老整个人明显瘦了一大圈,头上的鸭舌帽看上去过大,让脸颊显得更窄小了,看上去不及一掌宽似的,身形也缩成细薄的一条,从红色绣花缎被头露出的那截藏青中装一直扣到颈部上方,胸前却显得松薄而空瘪。这一切都在提醒人们,躺在棺木里的哈老在人生最后一程里跟病魔的那场贴身肉搏何其惨烈。好在给遗容上的妆很自然,让哈老的面色看上去相当光洁,一抹深酱红抹在他极薄的嘴唇上,在嘴角还回钩了一下,带着若有若无的笑意。跟边上白缎带上的烫金字体"安归天家"搭配得无可挑剔。

我的鼻子有点发酸。以当年与哈妈的稔熟,我对从未谋面的哈老有一种难以解释的熟悉感。这让老阿姨刚才道出的那些哈家秘密,像是往我脑里塞来的一团杂草。我拧着眉退出。小礼堂方向又传出唱经声,听众席有人在回应,轻轻响成一片。我停了一步,意识到追思会已近尾声。

出得门去,午餐时分的街上人潮涌动。殡仪馆门边停着锃亮的深黑殡礼车,宣示着葬礼正在进行,来去匆匆的各色男女却连眼珠都没转过来一下。谁在乎呢?我摇下车窗,伤感地吐了口长气,脑子有些空。

当天深夜,微信里跳出一条来自哈蜜的信息:"谢谢你来。It means so much to me, more than you could image.(这对我如此重要,远超过你的想象。)"早晨哈老葬礼的情景闪过,像那些会场投影屏幕上的画面,曝光过度,图像模糊。没等我接上话,哈蜜又在那头打出一行:"你的到来让人心安。"——非常的书面语。

"真对不起,我提前走了。人在江湖,请谅。"

"不客气。这样没浪费时间。"哈蜜很快地回复。

我正忙着找词安慰,她那边就"啪啪啪"地传来一串:

"你肯定不能相信,哈老的棺木给送到墓地才发现预留的水泥框架尺寸不够,又给抬回殡仪馆了。现在要重做水泥架,又得至少拖一周才能入土。"

"啊?!"——我双手摁到手机上,可除了这样的表达,又还能说什么呢。

"都是哈田他们闹的乌龙。你猜他怎么跟我讲?他竟说爸这是舍不得你。"这句跳出时,我正光脚站在空阔的大厅里,寒从脚起。忽然听到后院门上的小铜铃"哐当"一响,心里知道又是野猫在捣乱,可手臂上的汗毛还是竖起。哈蜜仍没消停:"竟在那种地方久别重逢,实在不好意思。等办完哈老的后事,让他入土为安后,再请你来认个门,已经太久了。"

我想也没想,打下一行:"我们上次好像也是在墓地外道别的。"转念一想,又将它们抹了:"我到今天才知道你家里的那些事情。那个老阿姨讲得真好,让人感动。""我不是故意隐瞒的,只是无从说起。"哈蜜传来一串黑字。她抽动的双肩在眼前闪现,我又打下:"别担心我。你是个好女儿,你爸妈没白疼你,你可以安心的。"

哈蜜跟上来,却没接我的茬:"记得我妈妈总是说,这个世界上到处都是色狼,到处都是陷阱?"我苦笑着摁下一行:"怎么会忘?"

"现在最后的一只老狼也走了。"哈蜜传来这行。我一惊,赶忙按下语音键,听到自己的声音在空旷冷清的厅里响起:"你太累了,早点休息吧,还有得忙累的呢。"哈蜜没有回应,我的心软下来,又说:"这是最艰难的时刻,你已经做得很好了。我爸已在病床上躺了很多年了,阿尔茨海默病,早就不认识我是谁了。我不知有多羡慕你,能这样陪伴你爸走完人生最后一程。"

哈蜜那头仍没回应,我又传去几句问候。它们像扔进深井里的石子,了无声息。我焦虑地在沙发上躺下,担忧哈蜜又会像十几年前那样失联而去。这困扰之深,超出了我的想象,以致哈蜜在半个多月后的深夜里再次冒头,一上来就约我到她家去见面时,我连想都没想就应承了下来。

二十世纪九十年代中期的一个冬天里,我与哈蜜在美国西北偏远的大学城莫里斯不期而遇。

那年夏天快结束时,我开着一辆老旧的二手小丰田,赌着一口气从美国东南部底端的佛罗里达出发,花了近十天的时间斜跨美国大陆,来到美国西北的莫城,摇身一变,成了爱大电机系主任菲利教授门下的博士候选人。这近乎突发奇想的临时决定,竟能在那么短的时间内得到落实,令我末路狂花般一路飞奔,连连庆幸天不绝我。我只在学校早春里举办的芯片设计学术会上,作为义工为与会的菲利教授送文件时,聊过几句自己的学术兴趣,发现与菲利教授在爱大主持的 NASA 研发项目有关联。没想到,当我在暑假里突然决定逃离负心男友同在的迈阿密大学,四处发信申请转学时,第一个接到的就是菲利教授的爽快回应,并为我提供了经济资助。我其实更想去的是阿拉斯加,那样就可将心目中的渣男甩得更远。

小丰田一到莫城就彻底趴下了。我租住在小镇边缘的一户美国人家的地下室里,步行到学校要二十来分钟。跟迈阿密相比,莫城就是个恬静的村庄。天暖的时候,每天穿过小城浓荫密布的僻静街区上下学,沿途逗逗松鼠看看野猫,一路欣赏各家的花草庭院,像走在童话里,让人连买车的念头也打消了。电机系上下都很友好,学业衔接也平顺,这一切将潮湿闷热的迈阿密推远,我芜杂而伤感的心情也慢慢平复下来。

没想到好日子没过多久,几场秋雨一落,莫城立马入冬。接二连三的大雪袭来,一下就把人冻蒙了,出门裹得再严实,感觉雪片都能穿过寒衣在皮肉上搅割。专门买来的防雪靴也不管用,每次走到学校,总得先找一处坐下,将发僵的腿焐暖,才能自由行动。系里的研究生们住得很分散,课时重合度也低,顺风车很难攀上,加上西北的冬天黑得特别早,就算冒着风雪跋涉到家,一躲进地下室里,漫长的冬夜也让人感到特别孤独。到了这时,再想起迈阿密沙滩上的艳阳和那段令人投入又伤心的初恋,难免频频抹起泪来。好在很快,我就发现了坐落在校园边缘的爱大学生俱乐部。

依坡而建的学生俱乐部像个圆顶的碉堡,因着地势,有一半建在地下,远远望去,神秘而安全。后来哈蜜告诉我,这建筑风格仿的是印第安原住民部落的雪屋,冬暖夏凉。俱乐部的穹顶下,罩着自习室、阅览室、音乐厅、小电影室和快餐厅。无论外面多寒冷,一躲进这座热烘烘的建筑,哈一口气的工夫,好像就能听到血管里发出冰碴儿崩析的声响。这个发现让我欣喜，便将俱乐部当成中途加油站，几乎每天都要来这里报到，陷在阅览室的沙发上看书翻报纸，或打个盹，再到餐厅里加热随身带的便当，待吃喝妥当再做作业。如果做完功课还有时间，就去小电影院里看个电影，总是要熬到夜深了，才踏着深雪走完归家的下半程。

在初到加州的很长一段时间里，我只要一进到光线暗淡的室内，鼻孔里就充满奶油爆米花的甜香气，令人困惑。直到有一天，我突然意识到，那气味其实是从记忆里雪地深处的学生俱乐部飘来的。这气息不时伴着哈蜜母女的身影在我的梦里出现。她们有时独自前来，有时双双离去，无声无息。我总在她们身后奔跑，却怎么也跟不上她们的脚步。所有的梦都结束在相同的地方———扇锈迹斑斑的铁门在身后"咣当"落下，留下我在满室的甜香气息中惊醒，陷在那阴森梦境带来的深度愉悦中久久难安。这样的梦后来自动消停了。我曾以为那是因我在硅谷的日子终于过踏实了。跟哈蜜重新联系上以后，我才意识到那些奇怪的梦是在哈妈去世后停止的。这当然是时间点上的巧合，我坚持对自己说。

哈蜜第一次在我的视线里出现时，端坐在一圈半旧的猩红色高背沙发里。她穿着一件米色的开司米毛衣，长长的脖子外绕着一圈纯白大花边卷出的竖领，烫过的卷发在脑后高高扎起，带着一股无法让人忽视的霸气。我迟疑了一下，才上前拉开阅览室那厚重的双层玻璃门。哈蜜扫来的一瞥带着明显的躲闪。我朝她点了点头，"Hi!"了一声。

哈蜜那时不过二十出头，一脸细腻丰满的婴儿肥，苍白的脸色很有生气。我后来知道她平日出门几乎从不化妆，连薄粉也不扑，但会认真地抹上原色调的口红，这经意的一笔让她白皙的脸色显出鲜活。我第一眼就被她抓住，跟她时髦讲究的衣装有直接关系。当年的中国留学生，受美国人日常着装追求简单舒适的风尚影响，纷纷套上从廉价商场或二手店里淘来的 T 恤、卫衣和牛仔裤，足蹬网球鞋，一个个看上去版型雷同。忽然撞到哈蜜这样一位衣着古典讲究的中国女生，让我想起大学时代弥漫在广州大街小巷的港台风，感觉很亲切。

也许因为学生俱乐部有点偏，在这里很少见到中国同学，这让我们两个中国女生的相识无法回避。一回生二回熟之后，我们在俱乐部里再遇到，就会一起坐到俱乐部前厅的沙发上，看着窗外落地无声的漫天大雪，闲聊一阵。跟她带着浓重东方保守色彩的打扮不同的是，哪怕是在冰天雪地的天候下，哈蜜也总是要喝冰镇饮料，这让她显得非常西化。

比我小两岁的哈蜜，从南京大学数学系本科一毕业就来到了爱大。我们认识时，她已经在统计系修读了一年的硕士课程。大概见我的表情有点尴尬，她抬了抬下巴，说，到爱大只是权宜之计，反正终归是要念博士的，到时再投个名师，换个名校。

哈蜜说话的声音很轻，还有点糯，听上去不太自信，跟她的装扮和仪态里显现的骄傲有明显的反差。我说自己刚从佛罗里达过来读博，现在并不确定要不要坚持下去。"难怪看着眼生。"她笑笑，没等我回话，又说："为什么不呢？你们电机系应该容易拿到资助的。"她瞪起眼来，拖着长长的尾音。我耸耸肩告诉她，如今芯片设计是大热门，本科一毕业就能马上在硅谷找到很好的工作，办下绿卡，往上读无非工资高点，但要花太多时间，特别是在美国读个博士太辛苦，我发现自己好像并没有做学术的兴趣。我的苦还没诉完，哈蜜脑后的马尾就甩了起来，转头看着我不屑地说："别傻。我们千辛万苦来了美国，这博士是一定要读的，特别是我们女生。"

我没听明白这话里面的逻辑关系，笑了说："如果不是真的对学术研究有兴趣，没必要读博士啊，美国跟中国在这上面的概念是完全不一样的。""哎，你别信那些傻话，"哈蜜打断我，"博士就是个奖牌，它是自己挣来的，谁也拿不走，这对我们女生说来太重要了。"这是她第二次强调"我们女生"，我更听得一头雾水，不知该如何接话，只愣着看她。哈蜜淡淡一笑，不紧不慢地轻声说："你大概觉得这好虚荣。没错。这个社会本来就很势利。人要能刀枪不入，手里得有很多盾牌——""特别是我们女生！"我和她几乎是齐声说出这最后一句，两人一愣，在沙发里东歪西倒地笑出声来，一下有了亲密感。我说那话时，不过是想逗个乐子。现在想来，我后来坚持修完博士，没像系里好些个同期的博士候选人那样放弃深造，奔往职场挣快钱，与哈蜜的影响有直接关系。

我很快发现，哈蜜与我在美国遇到的其他中国女生不仅衣装做派大不相同，而且还有个在小镇上随侍左右的陪读母亲。她到学生俱乐部，主要是来等给她送餐的母亲。我们初遇的二十世纪九十年代中期,美国的留学生政策刚有松动,中国留学生能将配偶申请来陪读的人渐渐多起来,可我还是头回听说中国留学生能有父母随同来美陪读,这真是令人眼热又好奇,等不及要见见这位传奇的良母。

哈蜜的母亲童教授在一个风雪初停的傍晚到来。我随哈蜜的意思,像小镇上的其他中国同学一样,也叫起童教授"哈妈"。哈妈那时总是穿着长及膝下的灰黑色羽绒大衣,帽上有一圈亮眼的狐毛,让人想到因纽特人。她还戴着越野滑雪专用手套,架着一副宽大的滑雪镜,将大半个脸挡住,蹬一双轻盈的高档雪靴,那武装到牙齿的全套行头有我从未在她同龄中国长辈中见过的时尚感。"你妈妈非常超现实哦!"我由衷地向哈蜜赞叹,却没好意思问,这得花很多的钱呢。哈蜜听了抬抬眉:"你哈妈有钱。"说完耸耸肩。我的父母都是高级工程师,可当时两人每月的工资加起来也不到一百美元,这让我想不出在大学里教书的哈妈怎么能很有钱。再说他们那辈人应该很节省,就算经济条件不错,也很少特别讲究,更不会追求时尚。

哈妈比哈蜜矮半个头,当时约莫六十出头,烫过的头发总是染得墨黑,皮肤白皙,脸上没什么皱纹,显年龄的是皮肤有些松弛了,一笑起来,已变成两道深纹的酒窝舒展开来,看上去还相当动人。跟她的中国同龄人不同的另一点是,她身上那些样式夸张的耳环、项链、手镯,总是跟衣装和围巾的色调搭配得整整齐齐,还精心地描眉涂口红,让人想起港台电视剧里那些殷实人家的富态师奶。这样的形象跟她一出现就总是吁着大气、等不及掀下狐皮帽子、取下双肩包那如释重负的样子有着奇怪的反差。

哈妈的双肩包里装着大小不一的保温容器，那些瓶瓶罐罐里盛满她亲手烹制的吃食，有汤有菜，煎饺炒饭，肉粽和小馄饨，很少重样，还经常有我们平时不舍得买的海鲜。从第一次见面开始，哈妈就总会邀我去餐厅跟哈蜜一起分享她的手艺。平日里靠啃汉堡吃沙拉度日的我，哪里经得起那酱油香的诱惑，一来二去的，也真的跟着去蹭哈蜜的美食，弄得美国人都以为我们是母女三人。

哈蜜系里大楼离俱乐部不远，她到俱乐部来会送饭菜的母亲，主要是担心中国饭菜味儿太重，送到系里空间紧凑的研究生办公室里，会让其他族裔的师生不习惯。哈蜜吃了晚饭，通常还要再回系里做功课。哈妈就留在俱乐部读书看报，我注意到哈妈经常戴着眼镜，前前后后翻着字典看英文报纸，心下有些意外。她总是一边安静地读读写写，一边等哈蜜夜里做完功课再过来，再坐上哈蜜的车一起回家。

"你真的很幸福。只是你妈这样挺辛苦的。"我由衷地对哈蜜说。"这个世界到处都是色狼，我妈不放心。"哈蜜第一次跟我说出这句话时，我正在学生俱乐部的餐厅分享着哈蜜从冰箱里取出的生煎包。哈妈感冒了，已有好些天没见。我以为哈蜜在说笑，"扑哧"一声，差点让包子给噎住。哈蜜拉着脸递来一杯水："我可不开玩笑！但也不用怕，多小心就是了。"

"你妈来接你,是怕你遇上色狼?"我瞪起眼睛问。哈蜜点头:"这有什么可大惊小怪的。"我想也没想,就说:"你都快二十三了,不是总说女性要独立,要自强吗?还怕色狼?就算遭遇色狼,也可以是迫使女性走向独立的一条捷径啊,怕啥呀?"我低下头喝水,想掩饰自己的烦乱。"你受过什么样的刺激啊?怎么会说出这么奇怪的话?"哈蜜的表情很惊讶。

我的眼泪一下就出来了,将自己吓了一跳。夏天横跨美国时,黄昏时分在蒙大拿荒野上狂奔时的惊慌,迷路绕进怀俄明深山的绝望,莫城小镇风雪中跋涉的孤寒一齐涌来……这都是因为那只被我诅咒的色狼前男友对我的抛弃。我压根就没想到,大学时代跪在广州星空下指天发誓要与我共度一生的理工大"校草",在迈阿密的海滩与情人约会时会被我撞个正着。那可是个比他大八岁的已婚女人啊,我向着哈蜜哭出声来——她的丈夫和幼子都还在国内,我又加一句,哭得更伤心了。

我真的没有任何办法,只能投降。她那种风情——色狼说得很坦白,还哭了,可一切都挽不回了,我也不想挽回。

"那是鳄鱼的眼泪!一文不值。"哈蜜鄙夷地说,还"呸"了一口。

我失望地摇头。我那么年轻,连年的三好生,当年还是理工大艺术体操队主力,我差在哪里?说到底,就是不够骚,难道不是吗,什么鬼风情!——我以为泪已流干,没想到自己还能哭,便也不掩饰,在哈蜜面前哭着自己的自尊。

"一切皆有可能。"哈蜜低声说,轻轻地拍着我的背,示意我喝水,又递来纸巾,像老到的幼师在对付一个正满地打滚的小孩。哈蜜这样的平静,让我竟有些无趣起来,揩干了泪,轻声跟哈蜜说,实在不好意思。哈蜜摇头:"这可不就是被色狼咬伤的吗,还嘴硬呢。中国老话总是说要听老人言。我妈是用她的人生经验在讲话的,当然有道理。"我的情绪本来已平息下来,见哈蜜还在继续重复哈妈那些在我听来非常可笑的话,忍不住回嘴:"我那样说,也是想起刚听了班上阿拉斯加来的莎拉讲,她已经二十三岁了还是处女,很自卑,要去看心理医生——"话音未落,哈蜜就"腾"地站起身,紧抿着嘴唇,脸色一下白得吓人,"哗啦啦"地收拾起书包,转身抓起羽绒服,走出一步,又站下,回头盯我一眼:"你们真是跟色狼一样脏!"说完掉头快步离去。我愣在那儿,没想到平时总是轻言细语的哈蜜竟会有这么大的脾气,直后悔自己的鲁莽,但又完全摸不着头脑。这到底是哪儿跟哪儿呀,至于吗?

当天夜里,我给哈蜜写去电子邮件,真诚地感谢她对我的安慰,接着对自己的不当玩笑表达歉意,恳请她的原谅。哈蜜没回复。接下来的几天里,我都没在俱乐部碰到她。我将事情的前后在脑子里过了几遍,还是不能理解最后那些完全可以当作玩笑一笑了之的话,怎么会让她那么生气。

我们的关系进入僵持状态。哈蜜一直没在俱乐部里再出现。约莫过了一周,倒等到了来俱乐部找我的哈妈。

那是一个久雪初晴的傍晚,跟往日看上去总是一副风里来雪里去的样子大不相同的是,哈妈那天穿了一件做工考究的墨绿色厚呢大衣,拎一只同色的真皮手袋。我后来才知道,她那天是请教会里的朋友专程开车送她来俱乐部找我的。

哈妈唤着我的名字微笑着走近,很正式地跟我握手。她一边脱大衣,一边示意我到前厅的沙发坐下。我注意到哈妈的胸前挂着一副金丝眼镜。这样的郑重,让我有些紧张。

"我们哈蜜很喜欢你。她总跟我说,你跟别的中国女生很不一样,人聪明,气质又那么好。这些我也都看到了,还很会穿衣裳,特别善解人意。"哈妈的语速从容,话一多,能让人听出她带着南洋口音,很有点神秘的异国风味。

"谢谢阿姨客气,我哪有那么好——"我按着心中的暗喜,连连摆手。哈妈浅浅一笑,又说:"我们哈蜜没姐妹,从小乖嘛是很乖,但性格特别内向,玩得来的朋友很少。我也为哈蜜能有你这么个姐姐般的好朋友感到很高兴。要谢谢你哦,哈蜜总是跟我说,她从你这里学到很多东西,跟你在一起很开心。"听哈妈这么一讲,我才想起确实没见哈蜜有什么亲近的朋友,跟我真是走得最近的了。

哈妈抿了口咖啡,又说:"我也很喜欢你这孩子,一看就很善良。"

我支吾着,越发紧张,知道更紧要的话等在后面。哈妈看着我,眼睛很亮,略有迟疑地说:"话说回来,你虽然比哈蜜大些,可毕竟也是从学校到学校,生活环境太简单,不知道世道的险恶。现在独自漂洋过海这么远来美国上学,你妈妈不知多担心呢。"

我听得皱起眉头:"我们家不一样的。从小我爸妈就总说天高任鸟飞,海阔凭鱼跃,人要走得远,越远越好,那样才能见大世面,长大见识。"哈妈的表情一暗,低眉啜口咖啡,有点走神。坐得这么近,我发现她精心梳理的卷发里夹杂的一缕缕银丝,不忍再说下去。

哈妈放下杯子,轻叹口气,抬头看着我说:"我只能说,我们做母亲的都是凭自己的人生经验和对孩子的期待来教养儿女的。阿姨我真的是喜欢你这姑娘,才会像对女儿那样提醒你也要注意一些我认为是重要的事情,你听不听随意,真的随意,完全没关系的。我要谢谢你对哈蜜的关照,希望你们能继续做好朋友。"见我没吭声,哈妈想了想,又说:"阿姨有个小小的请求,请你不要再跟哈蜜说有色狼看上她是她的福气这样的话。"我的脸一热,赶忙说:"我那是跟哈蜜开玩笑呢,她怎么连这也跟你说呢!"哈妈连连摆手:"这事在我们家是绝对不能开玩笑的,这肯定会让哈蜜觉得受到伤害。"话说到这儿,她的口气已经冷下来。这让我想到那天哈蜜激烈的反应,刚想解释,忽然看到她的眼睛竟红了。我忙不迭点头,说再不敢了,绝不会了。哈妈的脸憋得发红,连忙说她不是这个意思。"那到底是——?"我拧着眉将"什么意思"吞了下去。

"Just between you and me."(只在咱俩之间说。)哈妈冒出一句英语。我这是第一次听她讲英语,一字一字地咬着,发音还挺准,这一下抓住了我的注意力。"可能是我对哈蜜

29

从小抓得太严,导致她的性格过于内向,一直都有交友障碍。能在美国这么偏远的地方认识你,又那么投缘,我们都很珍惜的。连我都很害怕会因为什么小事影响你们的友谊。"

"我哪会因为这么点小事就生气。我也觉得自己的玩笑可能过了,给哈蜜去了电邮道歉呢,我想她会原谅我的。阿姨您就放心,我以后会注意。"我连声解释着。

哈妈的表情放松下来。我们又闲聊了几句家常。她想了想,又说:"请你不要跟哈蜜提我们今天见面的事情。"见我一脸的困惑,她马上说:"那样会让事情更复杂的。""嗯,我不会跟哈蜜提的。""那谢谢你了!"哈妈点点头。

我随哈妈一道走出俱乐部,站在门口半截入土的雪道上道别时,哈妈让我先走,她要回俱乐部里看看报。说着,她帮我拉紧了脖子上的大围巾,柔声说:"这么冷的天,脖上的大动脉保护好了,身上才不会觉得那么冷。"我点着头,心下有些感动。没想到,哈妈这时又绕了回来:"女孩子在这个世界上行走很不容易。我们中国老话讲,一失足成千古恨,人的一生陷阱太多了。我最遗憾的就是少小离家,母亲又过世太早,没人指点,一生过得很艰难。"我听到最后这句,一下屏着气,害怕惊动她,再踏响个什么地雷。哈妈注意到我的表情,淡淡一笑,帮我拉上羽绒大衣的帽子,说:"唉,你看我又扯远了。路上小心啊!改天让哈蜜跟你约个时间,来家里坐坐,我给你做好吃的。你说爱喝粥,我给你熬些有营养的紫米粥。"

我跟哈妈道别。拐上路时,街灯都亮了。沿途的街区里,家家户户门窗上透出的灯光在寒冷的静夜里特别柔亮,令人心里发软。我想着哈妈那些话,感觉哈蜜应该是不知道母亲来找我的。可想到哈蜜竟会将我们之间的私房话兜给她母亲,不禁有些恼火,感到一股隐隐的忧伤,像街边暗伏的野猫,忽地窜出,在心头踹上两脚,转瞬又无踪无影。

哈妈来俱乐部找过我之后,十来天过去,仍没见哈蜜在俱乐部里出现。她这姿态令人越想越不安,我决定到系里去看看。

统计系所在的理学院大楼是座庞大的哥特式建筑,楼高六层,依坡而建,古色古香的红砖墙衬在雪杉林里,门窗都是用四十年代直接从爱州著名的大森林中伐来的原木雕构而成,结实厚重。

哈蜜在系里一边读研,一边当 TA(助教),与其他研究生合用一个办公室。我之前来系里见过她一次。这下凭着模糊印象,从楼道尽头拐角处老旧窄小的电梯坐至统计系所在的五楼,一路问过去,在迷宫般的走道里七拐八拐之后,终于找到了哈蜜的办公室。

开门的是哈蜜。见到是我,她显得很意外,转身将我往办公室里引时,可以看出有些勉强。

跟我们工程学院那现代建筑里各处明亮阔大的空间相比,哈蜜她们的办公室显得很小,里面竖列的五张书桌将狭长的房间挤得满满当当。我到的时候正是下午四点来钟,窗外的天光已暗下,屋里却没开灯。我一眼看到哈蜜的桌前站着一位高大壮实的教授，约莫三十七八的样子，面部线条清晰，五官立体，正双手抱在胸前，斜靠在哈蜜对面的书桌上。知道是教授，因他穿着熨得非常妥帖的白衬衫，系一条印第安风格图案的领带，一看就是刚从课堂上下来。哈蜜向我介绍说，这是系里的新锐教授格林博士，又转向格林博士介绍说，我是她最要好的女友，正在电机系读博。格林微笑过来跟我握手，又转过头朝哈蜜说："啊，这太好了，你就更有了留在爱大的理由了。"格林接着又与我寒暄了几句，随即告退。

哈蜜那天穿着牛仔裤、一件质地精良的水蓝色高领羊绒毛衣，一头卷发用摩丝固定了，蹬一双深灰色的高统靴子。除了看上去年轻了点，要说是系里新招的女教授也会有人信。我调侃着说："这格林教授简直就像是好莱坞来的嘛！"哈蜜一边收拾着书桌，一边懒懒地说："你还真是挺色的。"这话回得让我有点尴尬，只好笑了笑说："你又不是瞎子。"哈蜜耸耸肩："太晚了，人家都有娃了。"我没听明白这是在说对她而言太晚了，还是挤对我，只好说："算你狠。还在生我的气啊？"

哈蜜摇头："哪有闲工夫生气呢，忙坏了。"我顺着这话头聊格林。哈蜜的神情放松下来，告诉我格林是在蒙大拿大学拿的博士，帅就不说了，最要紧的是脑袋特别好用。他从基础统计出发，做人工智能领域的机器学习研究，发表了好几篇很有反响的论文，正在申请一笔国家科研基金，劝她留下来跟他读博。我连忙说："那可不是太好了啊？如果是我，想都不要想的，肯定马上答应。这可是最前沿的学科领域呢，去工业界也吃香，还能跟着这么个大帅哥——"哈蜜摆着手，忙不迭地说："你不要乱讲，格林有个三岁的女儿，太太在爱大商学院教书，你扯到哪里去了！"她越说越急，脸都憋红了。

我赶忙摆手："你扯上那些干吗，我这不是开个玩笑嘛。只是觉得这确实是个好机会，你不是肯定要读博士的吗？现在没几个人弄 AI，绝对有很大的发展空间。我下学期都准备到计算机系修 AI 课呢。"哈蜜盯着我说："你真的这样认为吗？""当然啦。"我肯定地点头。哈蜜吐了口气，一挪身坐到了桌上，接着告诉我，格林的专业兴趣是从统计学入手，寻找一条通向 AI 领域的路径。哈蜜是在修格林的"时序理论"时，因数学表现非常突出，被格林动员跟他读博。哈蜜其实只想读个传统统计学，这样将来到药厂或金融证券行都可谋到稳定的生活。格林对哈蜜的想法感到意外，他对哈蜜说，你这么有天分，又受过这么好的教育和培养，怎么会就只为谋一份所谓"稳定的生活"？

"他真的这么说吗？"我惊讶地问。哈蜜点着头："是啊。我说，我们这些第一代移民，背井离乡，连根拔起，最要紧的可不就是能扎下根来，求个稳定的生活吗？""那他怎么说呢？"我急切地问。哈蜜摇摇头，说："我当然也是你这样的想法。可格林说，好吧，就算只从功利出发，你也该学这前端学科。作为女性，少数族裔，理科学霸，你手里捏着好几张王牌，你会有大把的前途，又能做这么有意思的研究。"哈蜜说到这儿，停下来，问："你能相信吗，教授要讲实用时比我想的还实用。而且这逻辑天衣无缝啊。"我附和着，想到菲利教授对我们像放羊一样，你说啥他都不反对，这下就让人看到不同了。我有些嫉妒地说："哦，帅哥的话永远都是对的！你真的很幸运，只是，你不是说要换个名校读博吗？"

哈蜜有些不自在起来："读博最重要的还是看导师吧，格林一定会成为明星的。唉，不说这了，你找我肯定不是为这个吧。"我尴尬地吐吐舌头："好久不见了，想来看看你怎么样了，是不是还在生我的气。"哈蜜从桌上跳下来，走到门边开了灯，一边说："别再提那些事了。我确实太忙乱了。"说着，她用桌上的烧水壶煮开了水，给我冲了杯茶，又从抽屉里抓出一堆零食："你看有什么喜欢的。这些都你哈妈弄来的，只要有人去趟斯波坎，跑趟西雅图，她都让人家帮捎来各种吃的。"这话题一开，两人在暖烘烘的小房间里喝着茶，说起各自系里的新鲜事，感觉比往日更亲密了。

我小心地回避着我和哈妈的会面。向哈蜜问起哈妈怎么能来美国陪读。哈蜜那天的心情特别好，陪我喝着茶，说哈妈是五十年代初从印尼归国的侨生。哈蜜的外公在苏门答腊拥有好些个大橡胶园，在印尼是富甲一方的侨领。早年家里在庭园里放映哈蜜在香港读医的姨妈邮回的夏梦主演的电影，简直就是方圆几十里的嘉年华，引来四乡八邻的华侨同胞前来欢聚，外公家里管吃管喝，盛况空前，至今仍是流芳侨界的佳话。哈妈作为这等人家里锦衣玉食的满女，很小的时候却对自己的前途感到焦虑，知道若不像姐姐们那样去港台或欧美留学然后移民，女孩子留在印尼的最好结果就是当个中小学老师，嫁人后就得回家相夫教子。哈妈不愿这样过一生，到了初中快毕业的时候，接触到来自新中国的讯息，说祖国的女性如今拥有广阔的发展空间，个人的发展完全取决于自己的努力，于是决定归国求学，参与新中国建设。

家里开始对哈妈的选择坚决反对，无奈印尼政局开始不稳，对华侨的排挤和清洗事件时有发生，风声越来越紧。到哈蜜的外婆因急病去世时，家里忽然散了架一般，没人再顾得上盯年少的哈妈。哈妈趁乱收拾了行装，跟着同学动身投奔新中国去了。

哈妈最早落脚福州老家。在当地的华侨学校补习后参加高考，被当时的南京林学院录取。在南京念了四年大学，毕业后留校任教，嫁给了自己大学时代的老师，后来生下哈蜜兄妹——这是我第一次听到哈蜜正式提到父亲。她的口气很淡，没有引起我的注意。

哈蜜的外公八十年代中期在印尼去世，留下的家产由子女六人继承。远在中国的哈妈也分得一份。当时国门已开，哈妈打算以接收遗产为由，申办与儿女一起出国继承遗产。不料印尼方面不肯接收侨民归国，造成大批从中国涌出的侨民滞留香港，成为难民。哈妈到香港走了一圈，看到滞留在香港的归侨亲友生计艰难，挤在治安混乱的棚户区里成为黑人黑户，沦为苦力，马上决定让哈蜜兄妹在国内完成本科教育再考虑出国留学。

哈蜜兄妹按母亲的安排，双双在南大完成本科教育后先后顺利出国，哈妈也办妥提前退休手续，取道香港，追随来美陪读。哈蜜说到这里，忽然停下来，表情神秘地说："这些事可不要传出去。"我点头说放心吧。哈妈说的没错,哈蜜平时几乎不跟其他中国同学走动。再说大家忙学业,忙生计,难得有点儿空,无非凑在一块儿打个牌聚个餐,谁会在意她们母女的事呢。

"原来你那些时髦衣裳都是你妈在香港给买的啊。难怪你们看着特别像港剧里的阔小姐富太太。"我叹道。哈蜜听了很高兴,说:"我从不操心穿衣打扮这种事儿,都由母亲打理。"我扑哧一笑:"哈妈怎么没想到,穿得太漂亮会招色狼呢?"话一出口,我就后悔了。哈蜜看我一眼,没说话。我马上转了话题,讲了一下自己的家事。又聊到哈蜜在加大洛杉矶分校念物理学博士的哥哥哈田。我忽然想起哈蜜都没提父亲,"哦,那哈爸——"我自作主张地顺着对哈妈的称呼说,"如果哈爸也来陪读,哈妈就会有个伴儿呢,其实她在这里蛮闷的。"

"他还没退休,来不了。"哈蜜随口答着,表情看上去有点勉强,好像想尽快打住这话头儿。

"哦,你讲过你爸妈是师生恋,又是同事——"我没话找话地应着,站起身来,打算告辞了。

哈蜜紧张地摆摆手:"这事你知道就是了,不要出去讲。"
"你不要这么紧张好不好,我跟谁去讲呀,这都到了美国了。Who cares(谁在乎)?再说,归侨女生跟年轻老师坠入爱河,还真够浪漫的。"我想象着年轻哈妈异国风情的样子,笑着拍拍书包,示意哈蜜我走了。哈蜜的脸一黑,提起声说:"It's a long story. Don't get me wrong."(这是个很长的故事。别误会了。)我不知自己怎么又踩到了地雷,一下停在那儿不敢动。没等我回话,她又说:"你有时真的很天真。那些事就是在美国,更别说在今天的美国,哪里是什么浪漫,是要被开除的,不可以乱讲的!Har——Har——"她突然闭口,憋住气,脸都白了,拧着两道细眉,很痛苦的样子。她强咽下的是Harassment(骚扰),我听出来了。这上纲上线上到哪儿去了?我缩了缩脑袋,连声说:"啊,对不起,我得走了。约了人到图书馆见的,下次再聊,下次再聊。谢谢你啦,今天好高兴!"

哈蜜陪我出来,一直跟到电梯口才站住,拧着眉说:"你不要跟我妈提我们今天讲的这些事情,OK?"我不耐烦地说:"你们家的人怎么都像是给M6(英国情报机关)干活的,神秘兮兮。我们以后别再聊这些事情了。我并不想知道那么多,不用告诉我的。我躲这么远,就是想甩掉生活里的那些烂尾巴,真的。"哈蜜愣在那儿,电梯上来,又下去,她还是没开口,也不离开。我去拉她的手:"我在跟你讲真话,哈蜜。"

"你以为我愿意吗?那些蚂蟥一样黏住你、吸你的血的事情,谁不想甩脱,甩得越干净越好。我其实很羡慕你的。"哈蜜的声音很轻,语气却很硬,像在做最后摊牌。我看到她的脸色灰冷,看来是真伤着了,赶忙说:"我不清楚你的生活里到底发生过什么,我只晓得,如果人不想痛苦,就可以不痛苦。就像我,不开心就哭一场,哭过就拉倒,不用将一条条蚂蟥往自己身上拉。甚至可以往自己皮肤上抹石灰呀,蚂蟥黏上来就会给烧死。"在楼道暗暗的灯影下,哈蜜安静地看着我,脸色慢慢亮起来,到我退进电梯,转身向她挥手时,却看到她好像要哭了,我弄不清到底是怎么回事,在电梯里叹了口气。

天暖起来,我到学生俱乐部的次数越来越少了。转眼风雪季过去,我买了辆二手斯巴鲁,就跟俱乐部告别了,见到哈蜜母女的机会一下少了很多。哈蜜来电邮邀我周末去她家里吃饭。我推了两三次之后,见哈蜜没有放弃,也就不再拒绝。

哈蜜母女住在小镇西边一幢三居室的灰色平房里。前庭的台阶两旁装饰着两个刷成白色的轮船方向盘,给人一种登船入门的感觉。小园四周花木繁茂,前院的花带种满应季的花草,小木桩上总是搭着花花绿绿的园丁手套,边上放着长筒橡胶鞋、铲子、锄头和花洒壶之类的物品。想到哈蜜说过她父母都是植物学教授,我不时站在庭前的台阶上感叹,到底是植物学家的花园呢。哈蜜听了很开心:"能与花草做伴,不会担心日子寂寞的,对吧?"她这说的当然是哈妈。哈妈笑着迎出来,好像特别在意我夸赞花园的样子,听着听着,还会拍手。我逛店时也开始留心,碰到有花草打折,就买了扛来,让哈妈很受用。

有一回听我赞美说哈妈真是很不同,对租住的房子也这么上心打理,舍得花这么多钱买植物花草和农药化肥杀虫剂,果然是富家千金出身啊,哈蜜摆摆脑袋,说:"你以为啊,这可是哈妈花了四万多美元现金购下的房产呢。""四万多美元!"我好一会儿没合上嘴来。身边的中国同学普遍都在靠打工交学费,掰着钢镚过日子,四万美元真是天文数字。我脱口说:"你们可是莫城首富啊。"哈蜜赶紧"嘘"的一声,拍了我一下,压着声说:"这可是哈妈的隐私。"我吐着舌头,半天没回过神来。

哈妈对我的到来总是表现得特别开心。我每次一进门,就看到餐桌上已经摆好一大桌菜,中餐西餐、南洋菜、印度菜、中东菜、南美菜轮着换,很少重样。哈妈给我介绍她烹制的菜式时,那唱歌一样的声调很有感染力。跟她在俱乐部里端出的菜品最不同的是,哈妈在家里烧的菜不仅味道好,摆盘还十分讲究,餐具因着菜式而变化。"阿姨你家里得有多少盘盏啊!"我看着哈妈的厨柜惊叹。"都是从各处淘来的二手货。"哈妈得意地说。"你这孩子识货啊。我们中国人以前苦日子过久了,懂得欣赏生活细节的人不多,可怜。人可不该活得那么浮皮潦草的,唉。"她又说。

哈妈还自己动手将家里的各房间刷成不同的颜色,又用从镇上的古玩店、二手旧货店淘来的各种物什,将房间装饰得满满当当的,带着浓郁的南洋情调。哈蜜的哥哥哈田虽远在洛杉矶,哈妈也为他布置了一间房。里面家具齐全,连书桌上的书都摆得整整齐齐,好像哈田只是刚刚出门,又会随时折返的样子。见我好奇地翻看客厅茶几上摆着的那些五颜六色的英文菜谱和植物图谱,哈妈说,自己的英文底子是小时打下的,大学里学的是俄语,英语几十年没机会用,都还给老师了,可不,现在就看它们来学英文了。她轻叹口气,又说如今年纪大了，记性变差，只想尽量恢复到能应付日常生活的水平就好了。她平日在镇上教会为外国学生家属办的免费英文班上课，不时也邀班上的外籍同学来家里聚会吃饭，大家顺便练口语。

客厅里的壁炉上搁着不少家庭照片，大多是黑白的。除了一些家里长辈的合影，更多的是哈蜜兄妹儿时的照片。我努力辨认，都没有找到一张哈蜜父亲的相片。想到哈蜜每次提到父亲时的那份紧张和不适，我没敢多问。

这样有事没事就到哈蜜家蹭吃蹭喝的时光，没有持续多久，就因哈妈对我的冒犯终止了。

那是春末的一个星期天，哈蜜又来邀我去包馄饨。我想自己终于也能搭手干点活儿，很是兴奋，满口答应下来。傍晚到哈蜜家时，客厅里已坐了满满一圈人，都是哈妈英文班里的各国同学，清一色的中老年妇女。哈妈在用不太流利的英语教她们包馄饨。哈蜜在厨房帮着拌馅。我说笑着跟大家打过招呼，刚要在铺着碟盘和馄饨面皮的桌边坐下来，哈妈忽然绕过来在我耳边轻声说："你跟我来一下。"我看哈妈的表情有点神秘，以为她有什么要紧的事情交代，赶忙跟上。哈妈领着我向过道尽头的卫生间走去，到了卫生间门口，她先闪了进去，再闪出来时，突然递来一把崭新的牙刷。见我愣在那儿，她将牙刷塞到我手里，轻柔地说："你先刷一刷你的指甲。"我不敢相信自己的耳朵，捏着牙刷，直直地站到卫生间门边，瞪着眼看她。卫生间柔色的镜前灯下，哈妈脖子上一圈粗大的项链闪着含蓄的微光，富态的面庞带着温柔的笑,向我肯定地点了点头,轻轻推了我一把,低声催着:"刷刷指甲,嗯!"那口气听上去就像在哄一个小孩。

"我洗过手了。"我捏着牙刷,压着声说。"还是请你再刷一下吧,谢谢。"哈妈笑了一下,那笑里带点羞涩。"为什么只有我一个人要刷指甲?"我的声音高起来。哈妈镇定地微笑着,拍拍我的肩:"我是把你当自己的孩子的。"没等我回话,她已转身退出,轻轻地带上了门,留我独自握着一把牙刷,站在贴满深蓝凤尾花图案墙纸的昏暗卫生间里。我的身体无法自控地在抖,像是突然被人扇了个大耳光,震惊得反应不过来。那个夜晚我再没跟哈妈说一句话,也没有包一只馄饨,只安静地坐在那儿,等她们将一大锅热气腾腾的鲜虾馄饨端上桌来,呼啦啦地吃下一小碗,越想越气,找了个借口起身离去。

哈妈盯着让哈蜜送我。哈蜜紧随在我身后,一直跟到我停在路边的小斯巴鲁边上。见我沉着脸一声不吭地掏出钥匙开车门,哈蜜上来顶住,问:"到底怎么啦? 进门的时候还高高兴兴的,后来就一直拉着脸——"我将刚拉开的车门"嗙"地甩回去,转身走到路灯下,伸出双手摊平了,叫起来:"好,你看看,我的指甲很脏吗?"哈蜜怔在灯下。我又叫起来:"有这样羞辱人的吗? 变态,色狼,都罢了,爱谁谁。如果嫌我脏,不来往就是了。我怎么得罪你们了,要这样羞辱人?"我的声音越来越响。哈蜜拉拉我的衣角,示意我轻些。

"你妈居然让我用牙刷刷指甲才可以包馄饨! 怎么说我都是你们请来的客人,这何止是变态? 不对,是丧心病狂!

我讲错什么了？还说这个世界到处都是色狼，你想得美呢。真的，哈蜜，如果有色狼看上你，你赶快投奔去吧，那才是你的福气！"我一口气数落完，转身拉开车门，气呼呼地"咚"一下坐到驾驶座上，正要打火，转头看到哈蜜捂着脸，背朝着我，一动不动。我一惊，推开车门跳下车。

"对不起，我太冲动了。"我软下来，去拍她的肩膀。"你都知道了。"哈蜜哑着声说。我不明白她的意思，回说："现在夜里还是很凉的，你快回屋去吧。我们改天再聊。"

哈蜜摇头："我不怪你。我不是从小就没有朋友的，根本不是那样的。也不是没有喜欢的男生，他们都被赶走了，都赶走了，像今天晚上这样。"路灯下，我看不清她的眼睛，哆嗦了一下。

"我不需要知道，也不想知道。"我又说。哈蜜没有离开的意思，也不接我的话，只安静地站着。我想了想又说："我们长大了，要独自面对自己的世界，逢山开路遇水搭桥，不能让人一直罩着的，哪怕是父母。何况——"我咬住已经到了嘴边的"变态"二字，"是那样的父母。"

哈蜜转过脸："如果你的脚从没有穿过那些离奇古怪的鞋子，你永远没法想象脚指头在鞋里的感受。但愿你永远不用有这种体会。你讲的都是道理，可道理在这里不管用。我上教堂，读《圣经》，也找过心理医生，都对付不了的。"我打断她："我确实不知道你在讲什么，但我知道，你至少可以逃走啊，你哥是逃走的吧？"哈蜜手一摆："唉，我就是很可怜她，真的。""嗯？"我一愣。"不说这些了。其实她比我好，她一生再苦,老了还有我可以靠,我知道自己的未来,只能孤独终老的。"哈蜜的声音有些变了。我一惊,刚要开口,她退出一步,摆手说:"不要再讨论了,我讲的是都是真话,请你看在我的分上,Forgive us(原谅我们)。"我再说不出话来。

那天夜里离开后,我再没有去过哈蜜家里。

偶尔在校园里远远见到骑着自行车来给哈蜜送饭的哈妈,我总是赶紧绕道躲开。到了这时,大家都说美国经济好,高科技公司很缺人,我便想尽快毕业,一门心思赶着修课,准备博士资格考试,算计着通过论文选题后,先去工作一段时间,一边写论文,到合适的时候再回来答辩。我将这个想法跟导师菲利谈了,他虽有点意外,但还是鼓励我按自己的心愿做决定。"最关键是你得做你有激情的事,对吧?"菲利笑着拍板。我得到导师开的绿灯,像打了鸡血,每天忙到深夜,累得倒头就睡,不开心的日子越来越少。迈阿密、佛罗里达越来越远,偶尔想起"色狼",那面容都已变模糊。我发现自己喜欢这样的状态。

在校园里碰到哈蜜,我等不及地跟她说起我的计划,她听着,眉头越拧越紧,最后打断我的话,连问了几遍"你肯定?你真的肯定吗?",我有点得意地说:"这很容易啊,现在什么失眠抑郁的,一下都没了,我就知道是做对了呗。"哈蜜瞪着眼,不能相信的样子:"你要小心。很多人都是这样走失的。我觉得在这点上,格林教授的提醒是对的,一到社会上,太多的诱惑和干扰,人很容易失焦,要再回头坐冷板凳是很难的。

你最好跟父母商量一下,听听他们的意见。"我耸耸肩:"我来美国后学到了很重要的一点,生活是我自己的。只有我自己活好了,才能让身边的人也开心。再说,父母他们嘛,终归都会理解的。"

哈蜜轻叹一声,说:"你挺自私的。好吧,那是你的生活。我只是觉得很可惜,你这么随便就扔掉一张王牌。"我想起她过去是说"奖牌"的,刚想开个玩笑,看她那么严肃,赶忙改口说:"我会再想想。"哈蜜笑了点头:"唉,不开玩笑哦,王牌一丢,全盘皆输。""好啦好啦,讲得像真的一样。"我笑着摇头。

哈蜜接着告诉我,她也正在考虑申请读博。第一选择是UCLA(洛杉矶加大)。主要是哥哥哈田在那儿,如果兄妹近些,互相能有个照应,哈妈也没那么寂寞。当然,如果她愿意,也可以留在系里跟格林教授读博。我在校刊上看到新闻,英俊的格林教授已经拿到了美国国家科学基金的课题经费,如今是爱大颇有名气的学术新星了。"你说过很动心的。"我附和着。哈蜜点头:"他真的很聪敏,进入的又是这么前沿的领域。"想起格林教授那副好莱坞明星般的相貌和做派,我笑着撇嘴说:"嗯,只是跟格林教授读博,你妈能放心吗?"哈蜜的脸一下就红了,"啪"地拍了我一下:"说点正经的好吗!"我赶紧收声。

听哈蜜明确表示有留下来跟格林教授读博的想法之后,我感觉在校园里碰到他们出双入对的机会忽然大增。格林总是一身牛仔打扮,脚上蹬一双印第安图纹的棕色牛仔皮靴,扎着宽宽的原色牛皮带,看上去简直就是从西部片里走出来的男一号。跟在他身边的哈蜜总是一本正经地穿着带蕾丝花边的衣装,步态活泼,让人想到当年好莱坞热门电影《千金》里的男女主角,非常登对。

日子过到晚春,经过一段时间的紧赶慢赶,我感到功课压力越来越大,抵抗力明显下降,头疼脑热不断。按医生的建议每天需要锻炼一小时,想来想去,我选择去练游泳。

爱大游泳馆坐落在校区西北角的一面小山坡下。穿过满坡的雪松林,走到坡顶,有一段台阶通往另一个坡面。那里有座建于二十世纪三十年代末至四十年代中叶的肺结核隔离医院遗址,当年爱州西北部几个县郡的肺结核病人大多都被送到这里隔离救治。如今遗址上还有二十来栋废弃的住院楼,从平房到三四层楼高的各种老旧建筑散落在林间。门窗上的玻璃大多都给拆了,已倒塌的建筑上爬满野草、青苔和藤蔓,各种大小动物出没其间。遗址区内,有木牌醒目地提示行人小心山狮和野狼。我曾在早春里跟老美同学去看过那片遗址。站在午后寂静的林间,想到当年的结核病人们通常是被强制送到这儿隔离,生还机会绝少,这一路曾有多少断肠人倒下,不禁汗毛倒竖。废墟的深处,还有一条小路通向一扇锈迹斑斑的歪斜铁门,铁门后的草木深处是个小墓园。老美同学告诉我,那些都是被家人遗弃,或不幸全家无人生还的孤魂野鬼安息地。破败楼群间的碎石路还能行车,沿小径一路下到前方的坡底,再拐几道弯,就接上了去往爱大高尔夫球场的柏油路,那又是一片新天地了。我们上去的那天天气晴好,一路又有阳气十足的老美陪伴讲解,在废墟里走着，情绪慢慢放松下来，离开时已不再觉得那么害怕。

我在那个晚春的午后，又一次从泳池里爬上来，滑入窗边的人造温泉小池。这是运动的最后一步——泡泡温泉，放松后再洗澡离开。

小小的热水池子正对着游泳馆靠坡面的整副落地钢化玻璃高窗，窗外不远就是坡面上的雪松林。热气腾腾的池水漫过我的脖子，我让自己漂浮起来，浑身放松，半眯着眼看出窗外。连着吐出几口大气，突然感觉前方的松林边缘闪出一个熟悉的身影，我"哗"地一个扑转，在小池边站下，抹着脸上的水，定睛再看，那是穿着黑色上衣和牛仔裤的哈蜜。紧随在她身后的，是同样穿着牛仔裤、一件白衬衣的格林教授。

我"腾"地从池里跃出，湿淋淋地走到落地窗前。我知道这个高窗经过滤光处理，从外面是看不进来的。我整个过程没敢多眨眼睛，盯着看他们沿坡而下，说说笑笑，到了坡底边缘的挡土石墙顶，格林轻捷地跳到下面的草坪上，再回身伸出手臂去接哈蜜。哈蜜拉着格林的手轻捷地跳下来，整个过程默契得令人嫉妒。他们在坡地的草坪上站下来，又聊了好几分钟的话。哈蜜不停地笑，频繁打手势，我从来没见哈蜜这么亢奋过。他们最后相互摆摆手，分头向校区方向走去。我的心急跳着，感觉身体有些抖，就像我在迈阿密的沙滩上撞到前男友和隔壁大姐搂着埋在沙里晒太阳的时刻。我抓起大浴巾披上，脑子飞快转着——从这坡面上去，只能走到那结核病院的废墟。他们从那样的地方下来，看上去这么开心，这是怎么回事？哈妈知道吗？

有了这次的发现，我再去游泳时，总会特别注意坡后小树林的动静，却没见哈蜜的身影再出现，这让我有时会怀疑那次所见是不是幻觉，老感觉那树林里埋下了一个随时会炸响的地雷。这样的不确定让我生出越来越深的焦虑。在一个午后，我绕到坡底，沿小路往上走去，只走出几步，就让枝叶间穿过的风声给吓了回来。

暑假前，我在菲利教授手下找了个研究助理的工作机会，这样夏天就可留在学校里，一边上暑期班赶课，一边准备博士资格考试。学期快结束时，哈蜜来电邮约我到学生俱乐部餐厅吃午饭，又说暑假除了会短期出门旅行，基本就留在莫城。我想也没想就应下了。

期末的俱乐部餐厅里人很多，我们好不容易在靠窗的角落找到位子，还没来得及坐下，哈蜜就笑着问："你猜怎么着？"我很少看到哈蜜笑得这么舒展，让人想起她和格林从山坡上下来的那个午后。我摇头说猜不出。哈蜜将装满沙拉的盘子放下，一只手叉到腰上，晃着脑袋说："我接到 UCLA 的录取通知啦。"我一愣，发现哈蜜在等我的话，赶忙说："哇，恭喜恭喜！你的理想实现了噢，再过几年，就是手持王牌、纵横江湖刀枪不入的名校女博士了。"哈蜜笑笑，轻声说："格林教授也正式跟我谈了，让我跟他读博。我也同意的，小学校有它的好，自由度大很多，关键是他的研究课题做起来会很有意思。"我打断她，担忧地说："如果我是你，我可不会这么看哦。学界多势利啊，你现在念博士，就是选择了将来要走学术道路,拜个名师上个名校,会给你未来发展帮大忙。"哈蜜摇头:"这都是俗念。"我惊讶地说:"难不成你真要留在爱大读博?"哈蜜耸耸肩,马上又说:"如果我妈妈来找你,你可别说我们讨论过。""你觉得你妈还会来找我吗?"我撇撇嘴,反问道。她尴尬地笑笑,低头吃起沙拉。我赶忙说:"你妈当然会希望你到 UCLA 的,中国父母嘛,总有名校情结的。"哈蜜冷笑一声,说:"哈妈可不是普通的中国父母。"我一听就来了气:"噢,洛杉矶那样的花花世界,色狼不要太多哦。"哈蜜盯了我一眼,轻声说:"难怪我妈喜欢你。"我想想无趣,就换了话题。

本科生们在暑假里基本都离校了,学生宿舍有很多房间空出来。我看到学校房管部门正以平日三分之一的租金招租暑期住客,马上递了申请,很快便搬进了学生宿舍西区的塔楼里。住下后辨认方向,发现穿过楼前那片巨大的草坡,就可通向哈蜜家所在街区。

哈妈果然在一个傍晚出现在草坡边的小道上。她推着自行车,刚从草坡底部爬上来,走走停停,有些吃力。她穿一件半旧白色 T 恤、宽腿黑色绵绸七分裤,看上去有点走神。她应该还没发现我,可我已经走到她要上来的人行道口,只好停下来向她打招呼。

哈妈像被从梦中惊醒一般,喘着大气连应了两声,才缓过神来。她站在暮色中,罕见地未施脂粉,面色苍白口唇发青,额前的碎发散乱地耷下,看上去很憔悴,让人不敢相认。

"您还好吗?"我迎上去,惊讶地问,帮她扶着车把。哈妈松开双手，叉到腰间，上气不接下气地连声道谢，喘了口气，又加一句："我很好。"她从我手里接过车把，忽然瞪大双眼，问："咦，你怎么会在这里？"听了我的解释，她迟疑地点点头，说："难怪到处打电话找不到你。你现在住得近了，好。有空到家里坐坐啊，从这草地抄过去，上到那边，再走四个街区就到了。我好挂念你的，一直想去找你。哈蜜说你在赶论文，特别忙，我就没好意思打扰。上次的事请你不要误会，我真是把你当自己女儿，才会那样的。那都是我的错——"看哈妈上气不接下气仍不肯停，我赶紧打断她说："没事的，我早忘了。"

哈妈摇摇头，说："改天阿姨来给你送吃的，你住在哪栋楼啊？能留个电话吗？"我见推不掉，只得将自己的房号和楼层电话告诉她。哈妈小心地记下，就急着说要走了。我注意到她除了斜挎着个小布袋，没再拿什么其他东西。

大约过了一个星期，一天夜里八点来钟的样子，我被隔壁的老美同学大声唤去接电话时，完全没想到会是哈妈打来的。

我那天在系里忙了一天，刚回到宿舍，还没吃晚饭，有点不耐烦地拿起话筒，刚说了"Hello"，就听哈妈在电话里喘着大气说她就在楼下，有急事要上来找我。没等我回话，她又急切地说，有很要紧的事情找我。我吓了一跳，赶忙说了声："你等我下来。"就挂了电话，连电梯也没等，直接就顺着楼梯往下跑。

冲出楼下大厅时，太阳刚在夏日空阔的天际落下，远处坡地边缘被夕阳的余晖勾出一条金红的轮廓,参差的树影在天际泛成一片灰蓝。一身深色夏装的哈妈在公寓的平地上等我,边上架着辆自行车。我打着招呼急步上前,发现她还微喘着气。没等我开口,哈妈一把抓住我的手臂:"你得劝哈蜜一定要去 UCLA,不能留在这里。"我放松下来,拍了拍胸口,说:"嗨,吓我一大跳,以为出什么事了。她是有跟我说要去 UCLA 的呀,那么好的学校。您就放心吧。"

哈妈松开手,揩了揩额头,说:"哎呀,老话说得对,女大不由娘,我应该想到的。我们长话短说吧,我实在也没人可靠了。不说她哥哥眼下不在莫城,就算在也指望不上的。你是哈蜜的好姐姐,我只能来求你了。"

"伯母您别急,慢慢说。"我打断她,想让她平静下来。"唉,哈蜜在谈恋爱,你晓得吧?"哈妈紧张地低声问,又下意识地左右张望了一下。我赶紧摇头:"这哈蜜可从来没跟我说过。"哈妈往后退出一步,看着我说:"那是绝对不可以的,我是绝不会同意的。"夕阳最后的一抹余晖映到她脸上,让她看上去像喝下了烈酒,眼里好像都有火苗。"我真的不知道这事啊。"我摇头。哈妈打断我,说:"如果是光明正大地谈恋爱,怎么会到那种地方约会?明摆着就是鬼迷心窍了嘛。"她自问自答着。"到底是怎么回事啊?"我强作镇静,不敢直视她的眼睛。

"我可不是睁眼瞎。"哈妈声音高起来,听上去倒像在冲着我发飙。"你看到了什么?"我惊骇地问。"总归是约了到墓地里谈事情,无非要避人耳目。这鬼点子绝对不会是我哈蜜想出来的。确实够聪明。你都不能想象哈蜜现在走火入魔到什么程度,她还真去。天啊,我到底做错了什么?"哈妈带上了哭腔。"啊?你偷看了哈蜜的邮箱?"我失口蹦出一句。

哈妈瞪我一眼,警觉地说:"咦,你这孩子怎么这样说话?什么叫偷看?你到底晓得多少?这还了得。你要帮我拉她回来。"她一边说,一边将自行车推到自行车架前,麻利地将车锁好,回头冲我说:"快!顾不了这么多了,麻烦你载我去学校高尔夫球场边上那墓园看看可以吗?你如果害怕,你可以在外面等我。"

有过晚春在游泳馆里看过的那一幕,我对哈妈的说法将信将疑。"伯母,大夜晚的你一口一个墓地的,太吓人了。那个地方不是墓地啦——"哈妈摆摆手,说:"我晓得。阴魂不散之地,就那个意思啦。我就只求你这么一次,好孩子,帮帮忙吧。"

哈妈在夜幕降临的时刻要去废墟找女儿的念头让我头皮发麻,我摇着手说:"我不敢去。哈蜜也不会在这个时候去那种地方的。等我明天找她聊聊,一定帮你劝她去 UCLA。我们之前也聊过的,她很在意我的看法的,我相信她会听,您就放心吧。"我说着下意识地退着步。

哈妈没等我说完,急得带了哭腔说:"弄不好会出人命的!"边说边去取自行车,"啪啪"开了锁,头也没回地蹬车离去。这时天已黑下,我转身跑进大厅里,抓起电话就往哈蜜的办公室拨,没人接听。又往她家里打,也无人接听。我赶忙冲回楼上自己房间,想想还是不安,又出到楼道里再给哈蜜的办公室打电话,仍是无人接听。

五楼窄小空寂的过道静得吓人。我躲回自己房里,弄了个三明治塞下,觉得头有点疼,早早就锁紧门躺下。到了近十二点的时候,忽然听到楼道里铃声大作,无人接听。过了几分钟,铃声再次响起。很快,我的房门被人用力拍响:"501,电话!"一个年轻的男声不耐烦地叫着远去。

我开门探头一看,长长的楼道更显幽暗,硬着头皮出去,蹑手蹑脚地走向电话,抓起话筒一听,是哈蜜的声音。没等我说话,她在那头叫起来:"你能不能快点下来?我妈失踪了。"

我将电话一扣,穿着拖鞋就往楼下跑。下到大厅里,脸色青白的哈蜜一见到我就扑上来,将我抱住。她的身子在抖,口齿不清地说:"我妈现在还没回家,她的自行车也不见了,她不会出什么事吧?我要不要报警?"

"你先别急。哈妈在傍晚来找过我的。"我嘴上安慰着她,心里也焦急起来。哈蜜只顾抓住我的手臂,摇着说:"我想我晓得她去了哪里,拜托你陪我走一趟吧。"

"这样黑灯瞎火的,你上哪里找?"我甩开她的手,站下来,看向自己从拖鞋里露出的十趾。哈蜜又来扯我。我只得跟上她,急步走向停车场。进到车里还没坐稳,哈蜜已打起火,急速地拨划起方向盘,三转两转,直往城外的方向开去。

"你不要怕。"哈蜜沉着地说。我一下抓住窗上的手把,叫起来:"我不要去那种地方,我不要去!哈妈一老太太,大晚上的,怎么可能骑车去那种地方?"见哈蜜没有减速的意思,我的声音更响了:"你妈说你去墓地约会。你又要去那种鬼地方找你妈。你们深更半夜的不在家里待着,跑满地孤魂野鬼的废墟找人?都疯了吗?你约会不泡酒吧不上旅馆,去那种鬼地方干什么?!变态呀!你把车停下,我不要去!"我叫起来,双手用力拍着车顶。

"求求你,好姐姐!看在我的面子上,不要再叫了,我的心乱极了——"这是她第一次叫我姐姐,还带着那么凄凉的哭腔。"你至少要告诉我,为什么我们现在要去那里?"我高声问。

哈蜜沉默片刻,低声回:"我们能不能以后再说?"她又轰了一脚油门,车子喘着大气跳着加速,三转两转,就进了拐向爱大高尔夫球场的山道。我这是第一次坐车过来,发现并不很远,有点意外。

哈蜜的车灯在四合的漆黑里杀出一道灰白的小路,夏夜林间的飞虫循光扑来,一路蛙声起伏。我的手在抖,叫了一声:"真的太可怕了!"哈蜜铁青着脸,一声不吭。车子转上小石子路,很快就转进了废弃结核病院的地界。

车子的高灯在林木间扫出一片白刷刷的雪亮。哈蜜回手摁下车窗,凉风直灌而入,鼻子里满是植物带着甜腥的清香。视野一片空寂,灯影外是无尽的漆黑,车轮碾压碎石的声音清晰冷冽。灯光随着路面的起伏高高低低地射向路旁破败的楼群,它们的窗子像一张张黑暗的大口,朝着我们放出鬼魅。

"哈妈怎么可能在黑夜里骑车到这里来？太荒唐了!"我紧张地瞪着眼睛四下张望,紧张地说。哈蜜屏着气,好一会儿才说:"我想她会来的,她一定会来的。"我还没反应过来,她突然将车子停在小道中央,叫了一声:"You never know!"(你不知道的!)随即一把扑到方向盘上,脸伏上去,嘤嘤地哭起来。哈蜜压抑的哭声与穿行在黑森森废墟里的凉风混在一起,在林间飘开,越来越响,令人毛孔紧缩。我忍着惊恐,装着镇定地说:"你现在哭有什么用? 快出来,让我来开吧。"

哈蜜从方向盘上抬起头,抹着泪,推开车门走出来,换我坐到驾驶座上。我快速地打着方向盘,车轮吱吱呀呀地碾过碎石,一直冲到小道尽头歪斜的铁门前,再一把回拨,车子在遗址深处那小墓园漆黑的锈铁门前扫出一道弧线,掉头而去,摇晃着将废墟甩向暗夜的深腹。

待车子进入公路干道,我大口吸着从四周麦田里吹来的风。哈蜜的情绪平静下来,两人一时都不知该说什么。当莫城的灯火在前方出现,她忽然说:"你什么也没看见,也没听说,好吧?"我一愣,偏过头去看她。对面汽车飞驰而过,借着掠过的灯光,我这才注意到她穿着一件紫红色的真丝绣衣,头发高高地盘着。"你确实去约会了?"我问。

哈蜜盯着前方,叹了口气,说:"这不重要。我从小跟她互相陪伴,会接着这样生活下去的,未来是什么,你都能想见。"我摇摇头:"我的想法,以前都讲过了。你好好保重,争取过一份正常的生活吧。"

哈蜜苦笑着说，"谢谢你。你是对的，我会去 UCLA。我们在这么个偏远的美国小镇成为朋友，缘分挺深的。谢谢你对我和我妈妈的照顾和包容，你让我们一直感觉很温暖。你看，在最困难的时候，我第一个想到的就是找你。我妈也一样。"我揉了揉眼睛，直视前方，沉默着看校园的灯火慢慢在前方连成一片。

待我将车子在宿舍楼下停稳，从车里出来，哈蜜走过来跟我道别。我担心地交代她，如果到家还不见哈妈，那就真要报警了。哈蜜点点头，就要转身离去。我犹豫了一下，上前叫住她："我还是想问一个问题，你可以不回答。"她耸耸肩，示意我开口。

"嗯，你应该不会像你妈想象的那样吧?"我迟疑着，问道。她咬着嘴唇，眼睛在远处灯影的折光打照下显得特别明亮。我看不清是不是有泪水涌上来，只听到她肯定地说："我是那种特别明白利害关系的人，尽管放心。"

我倒退着往大厅走去，远远望见哈蜜的小车那红红的尾灯像一双哭红的眼睛，越来越小。等它消失到坡下，绕过大草坡而去，我才转身回到楼里。

上楼进到房间里，我还没来得及喝口水，就听到楼道里的电话铃声大作，立刻冲出去接起，只听到哈蜜在那头说："她到家了。""那就好那就好! 赶快歇了吧。"我有些语无伦次地说。"你猜她是怎么去的?""什么? 她真去了?"我叫了一声。"打的去的。$185!"哈蜜在那头自语般地说完，没等我的反应，就将电话挂了。

我一进屋就倒到床上，双眼直盯着天花板。哈妈竟然花了一百八十五美元打出租车去了那废墟！这比我一个月的租金还贵啊，我摇着脑袋，久久无法入眠。直到后半夜，眼皮实在太重了，才睡了过去。

哈蜜告别的电邮出现在我的电子邮箱时，一个月已经过去，暑假也到了尾声。学生们就要回校了，我忙着找秋天的住处，安排搬家。哈蜜在电邮里说，她已决定到 UCLA 攻读博士。无论从哪个方面讲，这都是最佳选择——她又加一句。然后告诉我，等她到新学校安定下来后，会将在洛杉矶的新地址和电话通知我。

哈蜜母女说走就走。就在我收到哈蜜电邮的那个早晨，她们已离开了莫城。想到她们那满屋的家什，屋前屋后一派为安居乐业而养殖的花草果木，我难以想象她们告别时的心境。我盘算着等收到哈蜜的联系信息，再打个电话去问候。可不承想，等来等去，却一直没等来哈蜜的消息。

秋季学期过半，天气开始转凉。有天路过学生俱乐部，看到满地的黄叶，忽然想起哈蜜母女，便专门开车绕到哈蜜的旧居门前。小屋已经易主，门前的大部分应季花草都给换成了常青植物，乍眼看去，好像撞到一位平日总是盛装出行的美人突然素面朝天，套着汗衫趿履而行，让人好一会儿没反应过来。跟在小街对面打扫前院落叶的白人老太太聊起，她很不开心地摇着头说，他们那么一对热爱大自然的母女竟然跑去加州——唉，谁要去加州啊，还去的是洛杉矶！肮脏拥挤，交通堵塞，空气污浊，犯罪率那么高，街头整天乒乒乓乓子弹乱飞，真可怜见的，愿上帝保佑她们。老太太自顾自地唠叨，我问起她们的房子，老太太才笑了，"她们在这上面倒是幸运的，房子卖出了六万多美元呢，多好的投资啊。"老太太羡慕地说。我知道爱大扩建后扩招顺利，莫城的房价和租金都涨得厉害，可没想到能涨到这个幅度，心下佩服哈妈到底是有见识，这么早就懂得投资。到了这时，我已意识哈蜜选择了切断我们之间的联系。我感到受了伤害，却无法将这伤害归类，只好任由她们母女在记忆的版图上淡去。

我在莫城深秋的农夫市场见过格林教授一家。他牵着一个小女孩，仍是神气的牛仔派头。他那身板高壮的太太推着一辆水蓝色的婴儿车走在旁边，车里躺着个脸小小的娃娃。他们有说有笑，很是好看。不过，好像还是跟喜欢穿蕾丝衣裳的东方女子哈蜜在一起更文艺呢，我脑子里闪过这样的念头，赶忙想掉头走开。格林认出了我，将我唤住，问着我的近况，有一搭没一搭地聊起他的课题、他招的学生，最后忽然说，可惜他们的数学功底都不能跟哈蜜比啊，他有些失落地说："希望她能有远大前程。"没等我回话，他又跟上一句："一定会的。"他的表情非常放松，并没有问我是否知道哈蜜的近况，好像在说着一个我们都不认识的名流。我站在秋阳下，眼睛有点发热，觉得哈蜜的选择是对的。

哈蜜的致谢信和杰西卡从尼日利亚首都阿布贾寄出的报平安明信片，在哈老葬礼后一周左右前后脚到达。杰西卡在信里专门说，戴欧——她交往了一年多的那位来自尼日利亚的 UCSF（旧金山加大医学院）住院医，已帮她和医疗队的小伙伴们安顿下来。他们准备休整几天，就出发到边远的山区去。她当然没说，现在那儿脑膜炎和霍乱又开始流行。我盯着明信片上那块看似横落在公路中央的阿布贾著名的祖玛巨石，有点回不过神来。我的直觉是对的——戴欧也去了。这令人放心，却又让我有一种说不出的紧张。

哈蜜寄来的乳白致谢卡上，暗浮一束白色马蹄莲，下面印着一串表达谢意的英文套话。哈蜜用黑墨水笔一笔一画地在花旁签下名字，带着孤零零的冷意。哈田一家的致谢信隔了两天又躺到我的信箱里，这兄妹的心思令人费解。

哈蜜在致谢卡里夹了一张对折的信笺，内里寥寥几行汉字，邀请我有空到家里坐坐。我将信笺和卡片随手放到纸品回收箱里，转念一想，哈妈已过世多年了，就又将哈蜜的信和卡片翻出，放到餐桌边上。正要坐下来喝口茶，哈蜜的微信就到了。时间掐得这么准，像是她在我家里安了个摄像头。

哈蜜第一句就问，什么时候可以来家坐坐？未等我想出推却的理由，又跳出一句：人生不要总是"再说"。这都什么话？当年可是我一直在等她到 UCLA 后的"再说"，只是人生过到今天，讨论这些还有什么意义。我苦笑着，将手机扔下。微信还是叮咚作响，停了一会儿，我还是没忍住，又抓起手机，只见哈蜜扔来几行：只想和你叙叙旧，已经白茫茫一片了，不必再担心。我关上手机，在暗淡的灯影里做着瑜伽，一边努力驱赶在脑子里轮圈上场的哈蜜一家。他们的面容越来越生动,最后好像连哈老都要从那张遗像里走出来。我赶紧中断一切,匆匆洗漱后吞了安眠药躺下。

哈田的电话在第二天傍晚打进来。我相信他是从哈蜜那儿拿到我号码的。哈田的声音有些沙哑,他努力清了几次嗓子,听上去还是很累。

哈田先谢过我出席哈老的葬礼,还专门提到感谢我留下的奠仪:"我妈妈生前经常说到你,总说你在莫城时对她和我妹妹都非常体谅,相处得像家人一样。她总想打听你的下落,一直想再请你到家里去,可惜一拖再拖,就再也没机会了。"电话两头一时静下,还是哈田打破了难堪的沉寂:"那天见到你来,哈蜜特别感动。说起来很惭愧,这些年我一直在跟朋友鼓捣公司,千头万绪,又总不很顺。孩子也生得晚,里里外外忙乱得很,父母基本都靠哈蜜照顾。她很不容易的。特别是这两三年,我爸病重来美国后,哈蜜专门辞了工作来全职照顾我爸,这有几个儿女能做到呢?"哈田一口气说下来,情绪渐渐平静。

"是啊。我也是在告别会上才知道的。哈蜜在保险公司发展得那么好,能为父亲做这样的选择,太难得了,至少我得承认自己是做不到的。"我由衷地说。"嗯,你是她的老朋友,跟你说说也无妨。哈蜜的性格你晓得的,很难打开胸襟,对这世界有太强的防范心理,在人际关系上有不少障碍,这些年无论在学校还是在职场都碰到不少困难,怎么可能发展得好。唉,这些另说了。"我心下一个"咯噔",难道哈蜜没拿到博士学位？哈田又接下去："我如果没有亲身经历，人家再怎么讲，我都很难想象照顾一个身患绝症的老人会有多辛苦，说是心力交瘁一点不夸张。经历过我爸最后的这段日子，我真的太佩服哈蜜了。也很感激她，按说她是没有这个责任的。"

我想到葬礼上那位老阿姨的哭诉，鼻子有点发酸。"我曾有不同意见，这大概跟我的人生观有关，我更看重的是生活质量。我爸住进临终关怀机构，都有思想准备了，反复讲要放弃治疗，都跟我们聊到安排后事的细节，希望能够土葬之类。总之是绝不肯再被救治的。没想半路杀出个哈蜜，死活不肯，直接就给办了出院手续，把老爸接回她家里。也没跟任何人商量，转身就去辞了工作。好在我妈先走了，要不这怎么弄啊！"哈田一口气讲下来，听上去像在自说自话。

"那你过虑了，如果你妈妈还在，到了这种时候，倒可能和解了，帮帮哈蜜的。"我好不容易接上一句。

"唉，根本没可能。看来哈蜜没跟你说过，我爸妈那么早就离婚了，在七十年代的中国，那动静大得可怕，各方受到的伤害难以形容，特别痛苦，真是至死不愈，治愈那个愈。"哈田说得这么坦白，让我不敢惊动他。他又说，"我其实并不同意哈蜜的做法，让一个根本没希望康复的重症老人强撑着活下去，有什么意义？还不说被病痛折磨得那么惨。"

"我理解你的想法。"我附和着。"怎么说呢，哈蜜这些年学草药，又学中医，我爸就那么强忍着，配合她折腾。说不好听，那多活的两年多，其实非常辛苦。我跟她大吵过好几次,讲不好,我有时认为那简直就是残忍。经常一管管铁锈色的血吐出来,还再吃,又再吐。那一碗碗苦汤药,让一个健康的人喝都会受不了的啊。我爸的眼睛凹成两个深坑,我们都不敢让人来看了。有一天,我见他呕到苦胆水都出来了,只喘了几口气就硬让我扶他起来,再接着喝哈蜜熬出的药汤,那一碗碗的,摆在案上,我看着都反胃。我不肯端给他,他突然跟我说,他要为哈蜜好好活,他答应她的。他说这话时,眼睛突然亮得惊人。我可从来没见过他那样的目光。"

"天啊。"我忍不住轻叹一声。哈田在那头清了清嗓子,又说:"可到最后,还不是走了。走的那个傍晚,不能说话了,我的孩子们也都来了,就哈蜜还出门去抓药。他已气若游丝,都只能见眼白了,可就是不肯咽那口气。一直等到天黑了,哈蜜一进门,他抓到哈蜜的手,才咽了气。"

我停了片刻才难过地说:"你爸真太有福气了。"哈田在那头接过话头:"对他,真的是一个极地挑战的'To be, or not to be'啊!"

四周的空气变得浓稠起来。我看不到哈田,但能想象到他凝重的面容。"你父亲的遗言就是《哈姆雷特》接下去的最后那句啊。"我小心地说,试图改变气氛。哈田的声音果然轻松些了:"嗯,以前我妈他们排莎翁的戏,他是当导演的。"

"哦——"我失口叹出一声。那头哈田又说:"一个时代真的就过去了。看到我爸最后的样子,我也只能想开了。如果他能这样离开,走得那么平静,那就足够好了。人活一世,追求来追求去,最后的成功不就是当我们离世时能有内心的安宁吗？从这点讲，我爸他得到了。哈蜜不仅在语言上让他获得安慰，更让他在精神上感到了宽谅，走得特别平静。意识到这些，我们兄妹也才有了和解的体会。"哈田吐出一口长气。

"谢谢你跟我说这些。"我迟疑着说，一边在回味他的话中话。"现在哈蜜空闲下来了，看来短时内也不打算重返职场，让人挺担心的，我们又不好多问。你是她信任的老朋友，按今天时髦的说法，是闺密。请你帮忙多关心她一下。"我应着，说有机会跟她聊聊，看她怎么想的。

哈田道过谢，又说："她的问题不是钱。我妈的东西都留给她了。可她还这么年轻，日子还长着呢。还是应该出去接触社会，最好能找个生活伴侣，过好下半辈子，对吧？拜托你了，帮忙开导开导她。"放下电话的那个夜晚，我给哈蜜回了信。约了找个周末到她家里看她。

哈蜜独自住在山景城的僻静社区。一拐进小街，远远就看到前院车道边排山倒海般怒放的红、粉、白色夹竹桃，热烈得像在办喜事的人家。与当年她们在莫城的小屋相比，这是一幢占地阔大的地中海风格的老式平房。以硅谷如今飞涨的房价，可以想象这座谷歌老巢边上房子的昂贵。

车子刚转上哈蜜的车道，我就听到后院传出急促的狗吠，下意识地踩了一脚油门。哈蜜从屋里出来，快步走到开满白色花朵的夹竹桃下，向我摆着手，示意再往前靠。她穿一条九分宽腿黑绸裤、白色棉质短袖套衫，领口和脚下的一双黑色塑料拖鞋都有镂花，一头卷发披了下来。看着眼前的这一片青白黑红粉衬着身后米白的墙色，我凝重的心情轻松下来。

哈蜜从我手里接过一小盆铁筷子花。轻轻相拥后，她领着我向大门走去。一脚跨进客厅，我才发现整个房子正在大装修，拆下的地毯堆卷在大厅一角，全裸的地面带着深浅不一的斑点，坑洼不平，视觉效果骇人。我下意识地退了一步，踩到码在过道里的瓷砖和木板上，"哗哗"地弄倒一片，很是狼狈。哈蜜跟在我身边，扫一眼乱糟糟的地面说："别介意，我等会儿再收拾。"表情淡得好像什么也没发生。我一怔，难以想象她刚下葬了父亲，这么快就有心思和精力来对付这挖墙掘地的浩大工程，还这么急着找我来看她这乱糟糟的家。

哈蜜示意我跟在她身后继续往里走，三下两下，已将我领到厨房和家庭间的交接地带。岛台上已经摆好碗筷盘盏，她一边给我让座，一边取来搁在炉台边的红焖豆腐、番茄炒蛋和一小碗拍黄瓜，最后又端来一盘红椒丁炒栗子球芽甘蓝。"我已经吃素多年了。"哈蜜笑着轻声说，有点歉疚的样子，马上又加一句："也不吃米饭了。不过你今天来，我专门熬了小米粥。我妈总记得你老说广西人一年四季都要喝粥的。"到这中年的光景里，身边的人都知道我已基本不碰碳水化合物，忽然听到哈蜜这样贴心的话，鼻子一酸，点着头说："真要谢谢你们记得。"

我坐到岛台边的高脚椅上，端起哈蜜递来的小米粥，感觉鼻子里充满一股药味。想起早年常到哈蜜母女在莫城的家里蹭饭，哈妈烧的那一桌桌大鱼大肉和海鲜，二手店淘来的红木圆桌和头顶漂亮的大吊灯，还有我们那年轻的欢笑，眼睛就有点湿。刚要开口，一眼看到通往后院的门外有个已抽干的大泳池，池里堆着大半池的建筑垃圾，还有废弃的电器和家什杂物。池壁上有几条长短不一的大裂缝，想来水已干了很长时间。

就算知道如今很多人嫌打理泳池费时费力又耗钱，弄得带泳池会对房价有负面影响，以致不少买下了带泳池的人家，会花钱雇人将泳池填平，可突然看到哈蜜这个堆着那么多废弃物的泳池，我还是很震惊。转眼又看到池边还有只围着一张半旧轮椅转圈的大狼狗，想来刚才正是它在叫。那是哈老坐过的轮椅——我这下反应过来，半张开口，直直地望着那轮椅。哈蜜顺着我的目光看出去，突然大声叫起来："蒙大拿! Go away（走开）!"狼狗闻声摇着尾巴跑开。顺着它的去向，我发现院子深处有个不小的玻璃暖屋，屋外堆满了高高矮矮的盆栽植物，绿油油一片，衬着暖屋淡青的玻璃屋面，给残败凌乱的小院抹出一道鲜活气息。

"狗狗叫什么?"我举手指指自己的耳朵，看着哈蜜问。哈蜜淡淡一笑："蒙大拿。"我们对视一眼，她的目光马上闪开了。

哈蜜端来一碗燕麦粥，拖了张高椅在我对面坐下。见我还没回过神来，她抬抬下巴，示意我开吃。我扒了两口小米粥，放下碗，笑了说："这跟你妈妈的餐桌真是完全不同啊，不

64

过确实很健康，我喜欢。"哈蜜没说话，回头朝厨房那头的过道望了一眼。我顺着她的目光看去，看到那头有张藤椅，上面搭着条灰白的薄被，边上有台直立钢琴，琴上搁着哈妈的黑白正面遗照。素净的哈妈带着我从未在她脸上看到过的安宁，在深黑的像框里抿嘴微笑。

我的目光缓慢地从哈妈的遗照上收回，又四下扫过一圈，想确认不再有更多的意外。哈蜜安静地喝着燕麦粥，没有抬头。"看来你是喜欢废墟的感觉。"我试图用轻松的口气说，也想让自己的心情轻松起来。哈蜜一愣，抬头看着我："不好意思，家里乱得很，想你不是外人嘛。"说完，她很快移开目光，也朝周围扫了一圈。

我想起哈妈说过她年轻时在印尼学过钢琴的，问："那琴是哈妈的？"哈蜜点点头："是呀。我们在加州安定下来，她就一直在学琴，都是自己坐公车去社区学院上课，风雨无阻，很勤奋。我那时傍晚下班回家，一拐上车道，就会听到叮叮咚咚的琴声，特别安心。"她捏了一下鼻子，努力笑了笑，说："说好的呢，等她出师了，就给她换台三角钢琴。好了，现在她安息了。"

我没听明白这之间的逻辑关系，又望一眼搁在钢琴上的哈妈遗像，说："我记得的哈妈总是化着彩妆，热气腾腾、活色生香的样子，好生动，不说那时，就是今天的中国老人，活成那样的也不多。"哈蜜的目光柔和起来："我们小时候听人讲要化悲痛为力量，半懂不懂的，后来我看我妈的一生，就是把悲愤都转化成能量了，其实真的很可怜。"我一愣，就听得她

65

问:"你知道为什么中国人的遗像是黑白的?"我不太肯定地说:"表示哀伤? 悼念?"

哈蜜摇摇头,说:"都不太对。最重要的,是祈愿先人能够安息。这就是那天我们迟到的原因。哈田一定要去给哈老换一张黑白照片——他之前完全不管这些细节,早上要出门了,发现我挑的是彩色照片,大发雷霆。说是咒他父亲不得安息。可到了那个时候,上哪儿去马上印一张他心目中的黑白大照片?"

哦,我应着,想到当天哈老没能如期下葬,心下一惊,摆了摆手,说:"这里是美国,美国人可不信这一套。窗后就是墓地也住得那么开心,还说风景独好,四季都有那么多鲜花。"

哈蜜苦笑一下,说:"你还是那么善良。我妈妈在世时,我们经常会说到你。我们绕着地球走了这么一大圈,交到像你这样的真正的朋友是很难的。"我抬眼看向哈蜜,她迎着我的目光,肯定地点点头。

"这些年,我一直都想找你。"哈蜜看着我说。"可都没找啊。"我耸耸肩。"无从找起——"哈蜜跳下高椅,转身去倒了茶,端过来,也不再解释,一边给我递茶,一边问:"你过得开心吗?"

"挺好的,没再遇过什么色狼。"我淡淡一笑。"在爱大拿了博士,确认自己真的没有做学术研究的兴趣,就来硅谷先做了一段时间的工程师,又觉得不太合适,就到伯克利的哈斯商学院念了个 MBA,后来改行做风投,感觉蛮合适我的,就这样一直做到今天。""爱大的同学都知道你做得很成功。你可以算是拿了两个博士了啊,你说没遇过色狼,他们哪敢呢?"哈蜜笑起来。

"大家也就说说客气话吧。你还别说,还应该感谢见过的色狼,才懂得在一段关系里,什么是可期待的,什么是不应该期待的了。我和EX(前夫)是结婚十二年后和平分手的,谈不上什么不可调和的矛盾,就是不想过了,觉得闷得很。任何不能让人成长的关系,都是可有可无的,就不再想彼此耗着,散了呗。"

"你看,当女人有生活主导权的时候,多自在啊。"哈蜜笑起来。

"那也未必。自由是最昂贵的。有时独自面对镜子,看到眼角新爬上的皱纹,我就想,这是在拿命换自由啊。这种感觉你应该能理解。"哈蜜一愣,随即说:"所以诗人才说,生命诚可贵,爱情价更高。若为自由故,二者皆可抛。我是从来没开始,你是半途自我了断,咱俩算殊途同归吧。"哈蜜话音一落,我们对望一眼,眼睛都有点红了。

"嗯,处理好孩子,确实也就无所谓了。我同意社会学家的讲法,糟糕的婚姻关系给孩子带来的伤害比离婚更大。"哈蜜显然在宽慰我。

"还是时代不同了。家庭的解体给孩子带来的负面影响已可降到很低。我和孩子她爸谈下来的是一人管她一周,好在住得近,这也是孩子的意愿。他后来再婚,女儿跟那太太带来的两个孩子也处得很好,性格非常阳光。"说着,我从

iPhone 里翻出女儿的照片,递给哈蜜:"这是杰西卡。"

哈蜜接过 iPhone,盯着杰西卡的照片看,像在辨认着什么,好一会儿才递回给我,表情有点落寞地说:"混血儿确实是漂亮。一看就很聪明乖巧,喜欢学什么呢?"我收回手机:"在伯克利念生物,马上就要大四了。将来想学医,唉,广东话讲的,女大女世界,随她了。"

哈蜜听得很认真,点头说:"多好啊。有男朋友了吗?""有个交往的男生,可是不是要结婚的男朋友,就不知道了。"

"现在的孩子哪有早早定终身的。是华人孩子吗?"哈蜜的表情有点好奇,问。

我摇头:"是华人倒好了。""你自己也没嫁华人啊。""所以就才这样呗。唉,不贫了。那是个尼日利亚来的年轻人,现在在 UCSF 当住院医,丫头去那儿打暑期工时认识的。"

"哦——"哈蜜拖了一声,盯着我的眼睛。

我迟疑着,说:"是个很优秀的黑人青年,脑袋特好用。从非洲经英国到美国,一路拿奖金学读过来,在霍布金斯念医学院时,还作为杰出非洲学生代表到白宫受奥巴马接见的。"哈蜜递来一杯水,轻声说:"听上去很棒啊,可我怎么在你脸上看到了你哈妈最典型的表情。让人好紧张哦。"

"我不开心的是杰西卡对我的不信任。我和戴欧,就是那个男生,相处也很好,可丫头一直跟我否认自己跟戴欧的关系,就连要跟随他参加的医疗队去尼日利亚这么大的事,也是直到办完休学手续,去尼日利亚都成了板上钉钉的事了才通知我,我问她是不是戴欧也去,她还说没确定。一直瞒着。我从小给她那么多个人空间，任由她自由发展，真没想到，结果会这样，对我根本不信任。真是蛮伤心的——"我摇着脑袋，叹起气来。

哈蜜想了想，说："杰西卡应该是很怕你会说 No。从天性上讲，没有一个孩子是愿意冒犯父母的。"我的声音急切起来："就算她带来的是个华人孩子，我也完全可能说 No 的，这跟戴欧是不是黑人完全无关。这点觉悟都没有的话，这美国可不白来了？""你跟丫头说去，你们母女的交流模式只有你自己知道。我只是直觉而已。"哈蜜笑笑，说。

"人对自己不了解的事物和文化有疑虑，难道不很正常吗？认识戴欧以后，我很努力地了解非洲文化，还在社区大学修了一门'美国黑人历史'的网络课程。"

"那真是难得的。"哈蜜有些吃惊地说。

"不过你说的应该是对的，可能这里面有沟通的问题。我记得有一次我在看《纽约时报》电子版上一篇讲奥巴马对美国黑人社区提出批评的长文，让杰西卡撞到了。你知道的，奥巴马上任后，作为美国史上第一任黑人总统，他对美国黑人的现状和文化作了很多批评和建议。杰西卡过来，很惊讶地说，没想到你对这种文章有兴趣。"

"那文章说了什么？"哈蜜好奇起来。

"奥巴马从他自己来自肯尼亚的父亲从婚姻中的出走谈起，说到他由母亲和外婆带大的艰难，呼吁黑人男性要有意识地培养对家庭的责任，对孩子的教育尽责，从给孩子买一张书桌、一起读一本书做起，做一个负责任的父亲，用实际行动帮助人们甩掉对非裔社区的成见。奥巴马平时说话特儒雅，真没想到批评起自己人来，口气那么严厉。很多话，也只有他敢讲。"

"父亲对家庭确实是很重要的，唉。"哈蜜叹口气，又问："杰西卡怎么说？"

"她没说什么。但从那时起，她就总是回避谈戴欧了。我问起来，她总是说，就是朋友，而不是男朋友，更不是要结婚的那种男朋友。唉，现在想起来，我是不该回避，应该跟她直接交流的。"

"如果她说，戴欧就是她的男朋友，是准备结婚的那种男朋友，那你会怎么想？"哈蜜小心地问。

我皱着眉："我会将我的担忧说出来。我们华人是最重家庭的，这点我一定要提醒她认真考虑。""哎哎，你可别活成你哈妈的样子。其实天无绝人之路，就算最糟糕的事情发生了，人家奥巴马的外婆独当一面，不也培养出了一个美国总统——"

我一愣，她又接上来："自由也是有代价的，这么想，就容易想开了。反正一代人有一代人的挑战，你刚说的是什么，女大女世界？就是那个意思。最要紧的是你有个孩子，多大的福气啊。"哈蜜表情真诚地说。

"谢谢！就像你爹妈有你，多幸福啊！"我叹一口气，说。

哈蜜摇摇头，轻叹口气："说到底，各人各命。到我老了，就得靠 AI 机器人了，不过那也很让人兴奋呢。再说，我妈妈福气好，不是有我，是她走得很爽快。这是得到了祝福的。"

见我愣在那儿，哈蜜又说："我妈走前的一天，我们坐在这儿吃晚饭，真巧啊，还说到你。我们都想你一定过得很好，我妈让我找你，她说，这个朋友丢了好可惜的。"

我的眼一热，说："谢谢你告诉我这些。"哈蜜握了一下我的手，轻声说："她第二天就走了，就摔倒在门口的车道上，当时正要出门去上课。"

"啊，I am so sorry（我真难过）。你爸——"我犹豫着。

哈蜜盯着我，想了想，又说："说来你可能很难相信，我妈走得很突然，这让人先是很难过。但我很快就体会到难以表达的轻松，好像你撬了很久的一块巨石，你使尽全力都撬不动的一块挡在车道上的巨石，突然自己滑走了。我对自己的快意感到过自责。可巨石本身也解放了，获得了大自由，不是吗？我没跟你好好讲过家里那些事。不是故意，只是故事太长，我都不知道该从哪里讲起。"我点头，哈蜜又说："其实我父母很早就离了婚。我妈出国后，到去世没再见过他。"

我静静地等她的话，怕一个轻咳都会打断她的思路。

"在我们这一代人里，父母离婚是罕见的，这你肯定知道。"哈蜜看看我，说。我故作轻松地说："哈妈是归侨，这大家能理解的。"哈蜜苦笑着哼了一声："关键是，我们的一生就这么给毁了。""你这就说得太重了。"我拍拍她的手，轻声说。

哈蜜直往向后院，说："我从懂事起，就一直听我妈在耳边唠叨说这个世界到处都是色狼。讲得夸张点，我从小是在对色狼的严防死守中长大的。你不是一直觉得很可笑，对吧?"

我屏气听哈蜜讲下去:"小时候我不晓得她在讲什么,糊里糊涂的,当你被隔离出人群,与外界没有互校的空间,自己慢慢就接受了。后来长大,身处其中所感受到的撕扯,外人根本难以想象。为什么这么讲?因为所有的'色狼',其实就是一个人的化身——那个哈老。"

"你在讲你爸爸?"我压下心头的震惊,轻声提醒。"没错,就是他。老实讲,我对他们离婚其实挺开心的,小孩子嘛,觉得一下好自由,再也不用半夜里突然被母亲的哭声惊醒,有时还会看着她在深夜里哭着冲出家门,哈老紧追出去,留下吓傻了的我们兄妹在家里发抖,还不敢哭。我小时候,最深的恐惧就是母亲哪天会突然一去不复返,让我们成为孤儿。这种害怕还没法跟人说,觉得多丢人啊,完全是生活在恐惧中。只要父母声音一高,小腿肚子就抖。现在有时还会做噩梦。那时的社会也没法为我们提供心理帮助,不堪回首。"

哈蜜说着,起身收拾起碗筷。"真没想到你经历过这些,真让人难过。"我叹着,帮端了碗盘,一起走到水池边。哈蜜也不看我,接着说:"他们学校那时学朝阳农学院,在苏北办了个分校,我妈是主动要求去的,就因为不愿跟哈爸在一起。那时大学已招收工农兵学员,全面复课了,我妈到了那里工作很忙,苏北乡下条件很差,她根本没法带我们这么小的孩子,特别是哈田快上学了。我们就被留在南京跟着哈老。很快,哈老也到南京郊县支农去了,我们两个小孩只得跟了他去。我们住的地方是个废弃的劳改农场营地,别的我都不怎么记得了,只记得那种氛围,到处是荒草、野狗、倒塌的房子、大片大片的野地。现在想起来还很怪异,好像总有一层灰蓝的雾,电影里'二战'时欧洲战场的那种氛围。"

"你爸妈那时就离婚了?"我小声地问。

"他们之间到底发生了什么,我很长一段时间都没弄清楚。我那时应该是四岁多的样子,只模糊记得天总是很热,南京是大火炉嘛。那年代交通多不便啊,从苏北过来一趟很辛苦,但感觉我妈好像来得挺勤的,旋风似的,一下来了,哗啦啦地,一下又不见了,每次都搅出很大的动静。哈田后来告诉我,我妈将我带走那次,最终导致了她跟哈老的离婚。"

哈蜜转过身来,背靠着水池,接着说:"我妈那次一来,冲进房里时,看我光着个膀子,身上的痱子都流脓了,不停地哭,哈老穿个烂背心、烂短裤,趴在地上扮老虎,让我骑着满地转。我对这些细节都没有印象,都是哈田说的。我只记得我们的小屋很昏暗,特别闷,我妈在大喊大叫着乒乒乓乓乱砸器物。哈田说,我妈那天冲进来时,他正站在一边等我从哈爸背上下来,换他去骑老虎。哈老明显对我偏心,我不肯下来,就让哈田一直等。没想到我妈一进门就尖叫,冲过去,当着我们兄妹的面甩了哈老两个大耳光,然后将屋里乱砸一气,拉上我和哈田,连夜奔往长途汽车站。"

"你那时很小——"

哈蜜看我一眼,说:"哈田跟我讲起这一幕时,我们都上大学了。他已经一米八了,铁塔一样,夜里在空无一人的足球场上,说着说着,放声哭了起来。你想想,他心里有过的煎熬。"

"哈妈文质彬彬的,真没想到。"我迟疑着,不知怎么继续下去。

哈蜜摇头,说:"我那么跟着她,是因为晓得她经历过什么,真是很凄凉的。原来学院里大家也都知道他们关系糟,打打闹闹是家常便饭,觉得那就是我妈的资产阶级小姐脾气,没当真。到她正式打报告提出离婚,一下成了大新闻。从学院、系里,到教研组,层层做工作,让她撤诉。她坚持要离。最后法院将我们判给母亲。哈老就调去了在扬州的江苏农学院。每年暑假,哈田都是自己到扬州跟哈老生活一段时间。我妈说,绝不能让我跟那老色狼有来往。这样一来,父母离婚后,我就几乎没再见过他,更别说单独相处了。哈老一直在扬州待到我们都出国了,才又调回南京。"

"你妈妈倒没有让你们跟她姓。"我轻声说。"从这点看,她还是蛮老派的。"哈蜜轻叹一口气。

我试图让凝重的空气散开,笑笑说:"到我自己有了女儿,每回想起你和母亲感情那么好,总想知道有什么秘诀呢。"哈蜜转身去拧开水龙头,一边涮洗着池里的碗碟,一边说:"小时候,我经常看到她在蚊帐里偷偷哭。在人前又总是那么要强,工作上也从不让人,累得个半死,还得管两个孩子。这个世界能让她开心的恐怕只有我了。"

"这些你都能明白,对吧?"哈蜜见我没吱声,转头看看我,问。我小心地点头。"你以为是好事? 你猜美国的心理

74

医生怎么说,他们说这是我被母亲用爱绑架了。所以我特别不愿看什么心理医生。"哈蜜耸耸肩,也不看我,陷在自己的回忆里:"我刚进青春期时,其实有一段时间和母亲的关系很紧张。她盯得那么紧,防贼似的,一个小女孩怎么会开心。再说,那时候也对男生有点小朦胧的感觉了——"我忍不住笑说:"哈,那多好啊。"

"好什么!有次夜里跟几个男同学逃自习课,偷跑去看电影,被我妈从电影院抓回来,一进家门,她就抄起竹尺。"

"啊——哈妈会打你?"

"她没打我。"哈蜜盯我一眼,又说:"她狠狠地打在自己手上,一下,两下,三下——一直不停。那时哈田已经上大学去了,家里就我们母女。我吓得跪了下来,她还不肯停。打到打不动了,才瘫坐到椅子上,摊着血痕斑斑的手,开始哭诉。就是在那个夜里,她亲口告诉我……"哈蜜说到这儿,转过身来,背对着哈妈遗照的方向,想了想才说,"那天夜里,我妈第一次告诉我,在她上大学时,十九岁那年,哈老,也就是我爸,作为她的班主任诱奸了她。"

"啊?"我瞪着哈蜜,很响地叫了一声。哈蜜看着我,肯定地点点头:"'诱奸'这个词是她用的,我当时完全不理解它具体的意思,可光看她的表情,也知道它特别邪恶特别肮脏。我妈在那个夜晚还告诉我,她怀孕后,只得嫁给我父亲。可怜那个不被祝福的女娃,一生下来就死了。"

哈蜜说着,扯了张面巾,轻揩着眼角,她的脸上失去了血色。我倒来杯水递给她。"她本来在福建补习时,有个相好的男同学,是吉隆坡回来的侨生,考到广州上学了,她很中意他的。一失足成千古恨,这不,她的一生就这么给毁了。"

我叹了口气:"这些事,你问过哈老吗?"

一个尴尬的静场。哈蜜喝下两口水,点点头:"问过的,就在那儿。"她朝大开着的后门指去,转眼一看,又望到那张被扔在泳池边的轮椅。

"那天天气很好,他刚喝了我熬的药汤,精神特别好,我就问了。"哈蜜面无表情地说。

"他怎么说?"

哈蜜冷笑一声,说:"他当然一口否认。说当时是自由恋爱,当年大学里也允许学生结婚的,师生恋很普遍。"我松了一口气,说:"或许是的——"

哈蜜摇摇头:"我特别失望。他那时已经受了洗,我以为他会忏悔的。可他在明明知道来日无多的情形下,还是一口否认了。而且他否认的口气还特别凶。"

我轻声说:"这些都无法对证的了,而且事情已经过去那么久。你提到了忏悔,那就宽恕——"

"忏悔和宽恕,是有顺序的。"哈蜜摇头,说。没等我反应过来,她又说:"我妈妈还讲到了她亲自抓到我爸对我的侵犯,当然这点我并没有印象。但从哈田的旁证中,我了解到她认定哈爸确实做过。唉,细节不重要了,要紧的是我是在她对哈老的诅咒声里长大的。一个人如果生活在这样的气场里,内心总是那么悲情,又没有安全感,是很惨的。她只六十来岁就去世,跟这大有关系。"

"谢谢你告诉我这些。这么多年了,我确实对你们有很多的不解。现在老一辈都走了,愿他们安息吧。我们活着的人,要好好地走下去,对吧。你已经做得够好了。"我说着,轻轻拥抱了她。

哈蜜的脸色亮起来,说:"谢谢你听我说这些。我们到院里走走?"我对废墟般的后院有点迟疑,可见她兴致那么高,只好应着:"好吧。"

"你这些年回过莫城吗?"哈蜜领着我往后院走去,一边问。

"没有呢,太忙了。""我倒一直想回去看看的,就是事太多了。"哈蜜说。"你可去走走啊,正好休息一下。"我说。她叹口气:"也许吧。"

我想了想,鼓了勇气问:"不晓得格林教授还在爱大吗?"哈蜜脸上的表情一下柔和起来:"他到西雅图去了,在华盛顿大学教人工智能。现在华大的人工智能研究是一流的。他跟亚马逊联合研发的算法在工业界应用很广,很了不起。"哈蜜高兴地说。

"是哦,他那么早就做 AI 研究了。有机会去看看他具体做些什么,一定有意思。"我由衷地说。

哈蜜连连点头:"嗯,他很不容易的。从蒙大拿的麦田里走出来,父母早早离异。父亲吸毒,兄弟和母亲都酗酒,是奶奶靠着信仰将他拉扯大。中国老话讲得好,是金子总是会发光的,说的就是他这种人啊。"

我迟疑了一下,问:"我有件事一直很好奇,不知该问不该问。"哈蜜耸耸肩,笑着说:"是想问我和他是不是有过罗曼史,对吧?"说着瞄我一眼,那笑里带着一股甜蜜。我赶忙点头,等她的话。

哈蜜摇摇头:"还是这样好,这样最好了。我这样的人,就该过这样的生活,已经非常好了。不能太贪心。"见我不说话,她叹了口气,说:"所以请你原谅我当年的不辞而别。如果我不是很快带走我妈,所有人的人生版图可能都会被改写。"见我愣在那儿,哈蜜肯定地点点头,抬起手来,将拇指和食指一捏,比画着推到我眼前:"Almost(就差一点点)!"

"但是,"她马上又说,"我还是很感谢格林。虽然没做成他的学生,但他给过我很大的帮助,启发过我对人生的思考。"我眼前跳出那个晚春的午后,他们在爱大游泳馆那巨大而明亮的落地玻璃窗前闪出的身影,林间的阳光打在哈蜜身上那忽明忽暗的光斑,她年轻的笑脸如此甜蜜。

我们前后脚绕着废弃的泳池走,她的口气轻松起来,说:"等这泳池填平了,房子也改建好了,到时来烧烤啊,说不定以后就要卖了。"我一愣:"你有什么打算?会再回去上班吗?"

哈蜜的手臂在空中一划:"再说吧,或许会去读个药学博士。""是吗?"我惊讶地说。她一笑:"反正在美国,四十多岁再出发也不晚的,Why not(为什么不呢)?"说着,哈蜜忽然站定,指着院子深处的那间玻璃暖房,问:"去看看我的药圃?"

我想起在哈老葬礼上那位老阿姨提到哈蜜父女用自己

种植的中草药治病,连声答应。哈蜜有些雀跃,领了我快步走向玻璃暖房。

"蒙大拿"不知从哪儿一下窜出来,狂吠着跑到我们前面,一下进了玻璃房,在里面不停地叫。我惊异地看看哈蜜,她轻声说:"哈老走后,它还没恢复过来。"

走到暖房门口,往里一望,我就停了下来。我完全没想到玻璃房里层层高叠的木架上也堆了那么多的盆栽植物,一排排地码得整整齐齐,每一棵植物边上都竖了个小木牌,上面写着植物的中英文和拉丁文名称,还有生长习性。哈蜜向我招招手,转身自己先走了进去,一路扶起"蒙大拿"狂叫着撞歪倒的盆罐,我不敢相信自己的眼睛:"哇,你就靠它们让你爸多活了这么久?"

哈蜜回头用力地盯了我一眼,意味深长地说:"可惜功力还是不够,他活得太短了。"说完反身靠着架边,一边理着架上的植物,一边说:"我妈去世后,哈老年事也高了,他也没再婚。退休后在南京独居,靠学生和钟点工帮着干点重活。哈田就把他接了出来,住在老人公寓里,我好久都没敢去见他。后来他查出了直肠癌,虽然做了手术,可发现得太晚了,一查出来就已经有转移,医生说随时可能走。我就接了他来。"

我想起葬礼那天听到的对她的那些赞美,由衷地说:"你真是个好女儿。"哈蜜没接我的茬,自顾着说:"他是植物学家嘛,我就跟他说,让我们来试试中草药。""哈老就信了?""他是专家,有足够的专业知识,当然晓得这是隧道尽头的一丝希望之光。不要听他们说的那些,什么哈老是为了我咬牙活下去的，人求生的本能可以迸发出你难以想象的巨大能量。他可想活下去了。"说着，哈蜜轻叹了口气。我安静地听她又说下去："我从网上找来很多草药配方偏方。你别以为只有我们中国人才信草药，其实所有拥有古老文明的民族都有这样的传统。我拿到了从印度到南美、再到中东和地中海各地的中草药偏方上百种，又在社交媒体上收来各种方子，跟哈老一起试。他从植物药理上给我指导。那些药你说要治好不见得，但要让人多活几年，还真是可能的。"

我转头去看那密密麻麻的盆栽，又发现水池边有很多看来是煎煮提炼药材的器皿，还有依墙而置的一罐罐浸泡着草药的罐子。我惊叹着说："唉，那天听了老阿姨的话，你猜我怎么想？"哈蜜站直了，催着我："你说。"

"那天听了老阿姨的话，我想的是，生命的质量其实更重要，你爸爸那样为你撑着多活了那么一段，其实很辛苦的。"哈蜜转过身去，背对着我，沉默地整理着架上的花草。"蒙大拿"转过来，冲我叫起来。哈蜜呵斥了它两声，看它摇着尾巴跑出去了，她才转过身来，微红着眼，看着我说，"你知道吗，有些人一生所受的心灵煎熬，跟末期癌患所经受的痛苦相比，是等量齐观的。"见我蹙起了眉头，她的声音更肯定了："比如我母亲一生承受过的痛苦，还有我这半生的失败，比他因为生这场病所受的磨难可能更惨。我妈若看到他最后能走得这么快，肯定很不满意的。"

"哈蜜！"我打断她，"不要再说下去了，你让我来，就是要跟我讲这些吗？"她抓起一把搁在架上的水枪喷头，冲着我说:"我说了什么？我什么也没说。"她向前走出两步，又说："我当然看到了他为我活下去的样子，那都是我们那些日子里一起经历的，那些时光——"她转过身去，摁下水枪，向四下的植物射出水柱，"哗哗哗"的水声，伴着她的哭声，越来越响。"蒙大拿"不知跑到哪儿去了。我没有劝她，看她背对着我走在植物架间，在自己喷出的水帘中小心地整理着那些盆栽，一路啜泣着，好一阵，才消停下来。

我们再没说话，一起往房里走去。道别的时候，哈蜜没有挽留。我在她的陪伴下一直走出大门，坐进车里，摁下车窗，无言地向她摆摆手。她快步走近，伏到窗口，带着浓重的鼻音说："原谅我。你要相信，哈老走得很平静的，事情并没有那么坏。"

我想了想，回道："你不要忘记那天老阿姨说的，哈老是留了话给你的。"说完，没等她回话，我轰了油门，急速地倒着车子离去。在"蒙大拿"狂吠声里，哈蜜在后视镜里退远。很快，她的白衫和车道上的夹竹桃混成一片，难以分辨。

车子转到主街口时，我一眼望到马路对面有家星巴克，掉转车头开进它的停车场。

正是将傍晚时分，店里坐满了躲避交通高峰的人。我叫了一杯拿铁，坐到靠窗的角落里，满耳都是哈蜜的絮叨，伴着若有若无的啜泣声，脑子一片混沌。哈蜜说的或许不是那个意思？就算她有那个意思，后来，就像人们都证明的，如果哈老走得很平静，甚至是幸福的，这真足够好了，不是吗？我举起杯子，"咕咕"地将拿铁灌下肚子，想着要给哈田去个电话，提醒他还是印一张老人的黑白照片给哈蜜送去。这是我眼下所能做的了。

收拾好台面，我正要起身离去，手袋里的 iPhone 一阵轻振，掏出一看，竟是杰西卡发来的短信——

"我在卡因吉湖国家公园的荒野里，在大河马的欢叫声中，问候你，妈咪！"

我一愣。我这些天都在为那儿霍乱流行担心，发了几次短信问她们的行程都没得到回复，打算过了周末再无消息的话，就要跟组团的医疗机构联系，哪里想到他们先游山玩水去了，其实丛林更危险。没等我反应，手机里又传来一条短信息——

"在丛林深腹和大象河马的唱和声里，在满天繁星的夜空下，戴欧掏出了一只来自她祖母的镶着巨大钻石的戒指，要给我戴上。OMG！！（我的天哪！！）"

我捂住嘴，努力不要叫出声来。他的哪个祖母？戴欧说过的，他有四个祖母，因为爷爷娶了四位太太。

你还太年轻了——我打出一句，又删去。

你要——，删去；气泡一样冒出来所有的惊叹，删去删去。

你答应了？——我镇定下来，问。

What do you think?（你想的是什么？）——一个眨眼的动漫表情符号跟着跳出来。光标在闪，我的手指在犹豫，情急中一抬头，望见人群里闪出了哈妈愁苦的脸。我心下一惊，定睛再看，她与熙攘来去的人群时而重叠时而交错，好像随着灯影的变化在人流中飘移,时远时近,忽大忽小。

哈妈一头杂草般的白发在空中散开,上身一件泛黄的白色短衫,远看着像米纸般通透薄脆,黑色的七分裤腿裂成丝丝缕缕,随着她的游移,让人想起在深海漫游的巨大海蜇。我终于能看清她的脸了。哈妈已经很老了,脸上带着当年来找我带她去废墟找哈蜜时的表情,面色青白惊恐无助。她的五官很快被灯光打出的色影一笔笔抹平,枯瘦的十指在空中翻转,带出一团团磷火般的光斑。周围的幢幢人影和桌椅机器叠映在哈妈身上,忽明忽暗,四周一片死寂,默片一般。我腾地站起来,转过身去,迎面却是哈妈在玻璃窗上的倒影。漫涌的人流开始逆时针旋转,一个巨大的旋涡在形成。灯光暗下来,旋涡中心冒出一个个赤白光圈,气泡一般。跌入湍流中心的哈妈在急速缩小,两条枯老细弱的手臂高高举起,像溺水的人没顶前奋力伸出的双臂。我捂住双眼,叹出一声——

Oh no!

2019 年 6 月 12 日改定稿

焱

冰葵被飞机的颠簸震醒。广播里传出机长的声音,提醒乘客们不要走动,回到座位上系好安全带。"这会是一段刺激但安全的飞行。"机长的口气带着调侃,试图宽慰他的乘客们。意识到自己一路睡得那么深,冰葵有些吃惊:难道自己将过去都忘了?她皱起眉头,将滑落的毛毯扯上,坐直了身子。虽然知道设置成飞行模式的手机已无法收到新信息,她还是摸出 iPhone,再次点开敏玲留在上面的短信息——

　　"天时已至肺癌晚期。想了好久,还是应该告诉你一声。敏玲"——寥寥几句。短信到时,冰葵正在开会,她立刻起身走回办公室,盯着短信反复确认,直看得那些字从黑变红,火苗一样蹿升,最后被一泼冰水浇熄,淌出一团墨色。她扒拉那团墨,确认只有敏玲和天时。敏玲没有称呼她。这绝不是疏忽。他们三人最终先后脚来到美国,各自成家立业,开花结果,转眼已在新大陆过了半辈子,之前从不联系。冰葵辗转听说，敏玲如今在波士顿当医生，天时在纽约做教授。她不想知道得更多。冰葵相信他们应该也会从不同渠道听说过她如今是硅谷高科技公司的高管，主管公司的亚太及欧洲市场开发，成年累月地满世界飞。在这个时代，失联与互联不过一键之距，取决的只是态度。当年敏玲一刀砍断了三人间的关联，现在又是敏玲领头跨过彼此间的隔离带，可惜已经太晚。

这是从硅谷中心城市圣荷西飞往纽约的红眼航班。凭多年空中飞人的经验，冰葵不用看表也能估出，飞机再有不到两小时就该飞抵肯尼迪机场。早春清晨六点半的纽约，将仍在黑暗中。落地后，她会叫 Uber 的车子接上她，一路去往长岛。

冰葵接到敏玲的短信后，点开上面的地址链接，经由"谷歌地球"一下就看到了天时在长岛的家园外景。那是坐落在一个河汊转弯处的灰蓝色维多利亚式老屋，在做梦也想着创新的硅谷住得太久了，面对那样的老派，冰葵有点回不过神来。她想象不出天时每日在这样的房子出入的样子。四周光秃秃的树干间距很密，能想象春夏间屋前屋后那浓得化不开的绿。天时那么温暖的人，应该会有几个长大成人的孩子了，这个想法让冰葵有些安慰。他的太太会是个什么样的人？不知是更像一团火，还是更似一块冰，冰葵忍不住想。

她去网上搜天时的信息。在第一张跳出来的照片里，穿着浅灰蓝色衬衣、系条深蓝斜纹领带的天时靠在讲台边，一只手在空中作比画状，神情专注，带着威严。这形象已很难跟当年一笑就露出满口四环素牙的年轻天时联系起来。二十多年过去，天时壮实了一圈，身形挺拔厚重，从照片上都能感到衬衣下漂亮的肌肉线条，一看就是经常出入健身房的人。他已脱尽青涩，又还没见老，正在男人的最好时光里。天时的另一重大改变是戴上了眼镜，那镜片完全挡不住他双眼炯炯的目光。这样的人会得绝症？冰葵一个哆嗦，打消了去网上搜看敏玲的想法。她关上页面，点开自己的日程表，看来看去，决定一周后的周五夜里坐红眼航班去纽约，周日早晨飞回，这样还不耽误接下去周三飞耶路撒冷的出差行程。

"我要去长岛看一个患绝症的老朋友，刚接到的消息。"订好票和酒店后，她一边跟丈夫麦克说取消下个周末到海边健行的计划，一边解释。"在长岛的老朋友？好像从没听你说过呢。"麦克惊讶地看着她。苹果公司的老员工麦克是在纽约出生长大的意大利人后裔，他父母和家族里好些长辈都葬在长岛。他们婚后每次去纽约都会到长岛看望仍住在那儿的麦克的亲戚们。"我也才听说。一个年轻时代的朋友，失去联系很久了。肺癌晚期，越早去看他越好——"她没说自己想抢在天时还住在家里的时候去看望他，而不要等到他最后住进临终关怀机构的时候。她不要在那样的地方跟他道别。麦克过来搂住她的肩膀，轻声说："那一定是个很特别的朋友，真令人难过。我会为他祷告。"冰葵点头，轻轻地拍了拍麦克搭在她肩上的手。

行程确定后，冰葵给敏玲回了短信："谢谢知会。震惊难过中。我会尽快去看天时。请保重。冰葵。"她也没称呼敏玲,她想这是敏玲要的。

敏玲没有回应。

又一波旋流来袭,飞机强烈的颠簸令冰葵反胃,感觉是坐在一艘暴风雨中航行在海面的轮船上。四周传出人们的惊叫声。冰葵甚至听到了行李架里物件碰撞的响声。她捂住双眼。天时的脸从指间穿入,青白,消瘦,下眼睑有睫毛投下的隐隐暗影,就是第一次见到他时的样子。天时瘦削的影子在晃动,迎面而来。冰葵看到自己在前世赤白的天光里,缓缓地在天时身边落座。她没跟人说起过,自己也已忘了很久,敏玲被天时端出的那个遥远的午后,是隔开她前世的光标。

那天雷暴雨刚刚过去,空气里有股清新的甜湿。天时穿件半旧的白色短袖衬衫,跟冰葵身上月白色的无袖连衣裙很搭。他们在前世里总是这样出场,好像从不曾换过衣衫。天时笑得很由衷,却总带着些许的忧伤,让她想到一匹驮着神秘重物在山道上行进的骏马。

冰葵支起下巴,在等天时看她最后一次的模拟试卷。天时那时已通过筛选考核,正在等着办去美国公派留学的手续。他在春末接了被临时外派的外办同事的手尾①,给在备考 TOEFL、GRE 的冰葵当英文家教。冰葵已停薪留职,打算

---

① 方言,工作剩余的小部分,指善后工作。

赴美自费留学。

第一次见面，天时就看出冰葵的弱项是听力。那年头外语音像资料很少，外国人也罕见，一般人只凭听"灵格风""英语 900 句"这类的磁带，难以在短时内将听力大幅提高到能对付 TOEFL 的程度。天时将冰葵掏出的一堆《托福满分捷径》之类的书拍了拍，笑笑说："学习语言只能靠死功夫，没有捷径可走。"他约冰葵一周三次到城中心广场旁的市第二图书馆碰头，每回先让冰葵做套模拟试卷，再当场答疑，然后掏出一堆他在上海外语学院念书时收集的英语磁带，让冰葵拿回家听。

冰葵在那个闷热的夏天，每天戴着耳机吹着电扇，愣在桌前牢牢坐上两小时，将天时给的语音带子反复听，再做练习，几周下来果真听力大增。天时高兴得不时带雪糕来给她吃。她愿意让天时开心，再回到家里，戴耳机的时间越来越长，听力成绩终于稳定在百分之九十以上。天时兴奋地说，原来只是帮个同事的忙，没想到遇到个这么聪慧的学生，中了彩一般呢。冰葵摇头，笑说这哪里说得上聪慧，下的是苦功夫呢。天时马上说："当然，勤奋是重要的才华。但要冲过一个阈值，比如落到钟形曲线的右端去，那单靠刻苦是帮不上忙的，天分非得要起作用了。就说听力，一个非母语的人要听懂外语对话中的言外之意，她的知识积累、举一反三的能力、想象力这类跟智商密切相关的因素就都要起作用了。"他又来了句英文："I am so proud of you!"（我真为你自豪!）冰葵不知说什么好，腾地一下起身冲出去，到街边的小冰室里买来雪糕,两人说笑着一起吃了。

他们花在功课上的时间越来越短,可都没主动说这补习可告一段落了。两人总是按时到来,伴着头顶吊扇"哐当哐当"的轻声,东一搭西一搭地闲聊,只为享受那午后经常无人的小阅览室。天时身上驮着的重物好像忽然少了,脚步轻快起来。冰葵开始提议一起去看个展览,或看场电影,没想到天时推得很快。冰葵想不出他一个家在外地的单身汉怎么连周末也没空,但她从不追问,只不想印证自己的直觉。

天时跟冰葵同龄,却比她高一届。听冰葵说要去美国读MBA,天时有些不屑,说自己只想去美国做海明威研究。海明威是天时最喜爱的作家。"活得勇敢,死得干脆。"他又强调。冰葵便说自己喜欢勃朗特姐妹的《简·爱》和《呼啸山庄》。天时笑起来,也不评论,只说将来你得空了,去读读简·奥斯汀再说。"最好读原著。"他又加一句。他还跟她聊福克纳,又讲《了不起的盖茨比》。冰葵后来上考场,一眼看到"阅读理解"部分里有海明威的小说节选,几乎要流泪。她跳过文字,直接答对了下面的所有问题。

在那个雷暴雨过后的下午,天时"啪"地合上冰葵的作业本,忽然说:"你完全可以单飞了。"接着他说已接到外办的通知,要去广州美领馆进行签证面谈了。冰葵瞪大眼睛:"没听你说过学校的录取书到了呀。""密大和哥大的都来了。"冰葵想说句客气话,没想到自己一个转身,将月白的背影对向天时。

"我一直想告诉你的,可是——"天时犹豫的轻声从身后传来。冰葵没想到自己的眼泪掉了下来。她伏到桌上，不敢动弹。背后的天时没有任何声响，冰葵不知要如何下这台阶，只顾轻声啜泣。突然，天时捏住她的右臂，细瘦的他能有这么大的手劲儿，让她一惊，眼泪止住了，左臂又被天时揽住。冰葵转过头，看到天时微红的双眼。她一把环住天时。

"我和敏玲已经在一起两年了。"天时很轻地说，这是冰葵第一次听到敏玲这个名字。果然是这样的，冰葵想，竟松了口气。

"第一次见到敏玲，她也在哭。那是在秋天。"天时的叙述这样开始。

天时结束了大学毕业后的第一次公差，登上北京至南宁的五次特快，好不容易挤到自己的硬卧车厢，列车就开动了。

敏玲躺在天时对面的下铺上，向过道来往的人流丢出个玲珑有致的鲜红背影。待天时坐定，注意到对面那横躺的身影在哆嗦，时快时慢。她在哭，天时反应过来，心下一惊。卧铺间的其他人也屏了声，轻手轻脚地出入。天时躺下看书，不想很快就睡过去了。醒来已过下午两点，肚子在叫。待快餐推车过来，赶紧买了盒饭。转眼看到对面敏玲的肩还在抽动，天时想这也哭得太久了，赶紧追去又买了盒卤肉饭，回来就朝那红背影唤："该吃饭了。"连唤几声，敏玲才坐起来。她双眼红肿，长发散乱，有种说不出的妩媚。她后来从没告诉过天时，自己那天为什么有如此漫长的哭泣。

敏玲去了趟卫生间，回来时已将头发在脑后松松盘起，鲜红的薄绒连衣裙也拉平整了。吃完天和递上的盒饭，敏玲的情绪平静下来，和气地跟四邻打起招呼，仿佛什么也没发生过。敏玲有着南国女子典型的浅棕肤色，不大的眼睛很圆，厚厚的双唇是天然的浅瑰红色，很诱人。

敏玲跟天时闲聊起来，说自己念的是广州中山医学院七七级，现在人民医院当眼科大夫，刚完成在北医的进修。天时听得吃惊，猜不出她的年龄。车厢里的人们见敏玲没事了，也热络起来，吆喝要打牌，敏玲应得很快。牌局开在敏玲的铺位上，几圈过后，敏玲招呼天时坐过来，自己退到边上陪他打。牌局很长，到天黯时，敏玲靠得越来越近，手臂不时绕过天时肩头去帮他出牌，天时闻到她身上淡淡的皂香，竟不想那牌局散了。

夜里熄灯后，天时的眼睛睁着，在火车与铁轨有节奏的摩擦声里盼着天亮，那就又会有牌局，他急切地想，一夜都没安稳地睡着。

第二天的牌局开了又开。敏玲不再帮天时出牌，只挽住他的手臂，不时将头靠到他肩上，很安静。牌局一直打到黄昏才散。敏玲唤天时去餐车里吃晚饭。

饭点上的餐车外，人们挤着等位。天时感到敏玲靠到他的背上，正不知如何反应，敏玲很轻却肯定地将他拦腰抱住。他们的身体贴在一起，随着车厢一起晃动，天时为自己越来越急的喘气声感到羞愧。

吃饭的时候，敏玲就着酒菜问天时的年龄，然后笑了说："喔，我比你大六岁。""我不在乎的——"天时酒酣耳热，眼睛花起来。敏玲握住天时的手摇:"你醉了吗?你是不是醉了?"天时听到自己的笑声:"没醉!我当然没有醉。"敏玲不再应声。从餐厅出来时,天时已站不稳。他从来没喝过那么多酒,只得由敏玲搀着回到铺位上放倒。

天时在那天夜里一直喊热,满脑子都是敏玲抽泣时起伏的身影,越来越红,血一般摊开。他张开双臂在空中比画,喃喃地叫:"我不在乎,不要难过,你不要哭!"大家乱哄哄地围过来出主意,只有敏玲不说话,直往他嘴里灌糖茶水。

也不知过了多久,天时有点醒了。车厢已熄灯,轰隆隆的车轮声里夹着鼾声。借着微弱的地灯光,天时瞥见敏玲的铺位空着。他的脑袋又乱了,眼皮重得张不开,忽然感到脸很凉,意识到是敏玲在给他擦脸。他用力去拨敏玲的手。敏玲一下伏到他身上,先是静静的,好像在聆听他的心跳,慢慢地,开始移上来吻他的脖子。敏玲的舌尖温热而湿润,移动的速度很慢,那强烈的刺激让天时想要跃起。敏玲用双臂固定住他。她的舌尖移到天时右耳,先是吻他的耳郭,再慢慢地伸进他耳朵里,接着高速蠕动。天时大张着嘴,意识已完全恢复。他强抑着不让自己发出声响。敏玲最后吻牢天时的嘴唇。天时没想到自己的反应比敏玲更强烈,他们在黑暗的车厢里紧紧相拥,伴着车轮的响声一直接吻着,直到困了,敏玲才蹑手蹑脚地退回自己的铺位。

列车在早晨抵达南宁。南方初秋的气温仍很高,一出车门,热浪扑面而来。人们从四方推挤着往闸口涌去。敏玲安静地走在天时身边,表情有些冷。接近闸口时,天时忽然抓起敏玲的手,心里感到很安稳。

出了车站,敏玲挥手唤来一辆"柔姿车"——那是早年市民对人力三轮车的俗称。敏玲报了街名,比天时在城东的住所离火车站近,他就打算先送敏玲回去,再回自己单位。

敏玲住在江边僻静的小街上。从"柔姿车"下来,她指向楼东边四层上一个花木繁茂的阳台说:"那是我家,要不要上去坐坐,喝口水?"天时不响,她又轻声告诉天时,自己离婚后独居,家里没别人。

天时说累了,改天再来拜访。两人便在楼下交换了电话和地址。天时坐上"柔姿车",见敏玲并没回头,一路往楼里走去。天时后来总是想,如果他也坚持住,前夜里那些泛起在车厢里的小小浪花也就过去了。

"柔姿车"将他载出敏玲家楼前的长坡时,天时再也没能忍住。他扔下车资,一路小跑折回,冲上四楼敲开了敏玲的门。

"出来的时候,华灯初上。"天时说到这里,双手划开,像在形容着烟花在夜空里的盛放。他在暮色里走走停停,看到一团团白雾,最后来到江堤上,坐在槟榔树下哭起来。

"你哭什么?"冰葵小声问。天时不响。"因为你知道自己得到的不是爱。"冰葵又说。天时捂住脸,很久都没说话。冰葵去推他。他用力摇头,呜呜地说:"一切都太晚了。不要再说了。"

他们从图书馆出来,都没再说话。冰葵目送天时穿过人

96

行道,消失在街对面的拐弯处。热气从地面蒸腾而起,喧嚣街市里的人物和景致在变色。她突然反应过来,从此再没有对重聚的盼望了。她被四合的白雾包裹,拨也拨不开。冰葵第一次有了要去找敏玲的想法。之后的一连几天,这个想法占满了她的脑袋。可她又找不出去见敏玲的理由,直到接到天时的电话。

天时在电话里告诉她,自己过两天就要到广州办签证了,会将最后一批改好的作业邮寄还她。"你肯定没问题了。"天时又说。冰葵拿着话筒,不知道是该欢喜还是该难过,说不出话。"你还好吧?"天时在那头问。冰葵的眼泪上来了,还不说话。"想你听了也会高兴,才给你打电话的。"天时的口气犹豫起来,轻声说。冰葵抹着鼻子,问:"你签证会有问题吧?"天时在那头笑起来:"我是公费留学,不会有问题的,这你放心。你好好准备,尽快报名考试,我们在美国见了。"冰葵开始啜泣,轻轻地挂上电话。

热浪一股股地翻来卷去,令人窒息。冰葵漫无目标地在大街上走,终于走累了,靠到行道树下喘起大气,眼前闪出星星点点的白光,开始不停地呕吐,直吐到胆汁都出来了似的,一下却轻松了。她走到街边的小冰室里,买来一只雪糕慢慢吃着,又想到了敏玲——对,去找敏玲,去找敏玲,只能去找敏玲。

冰葵将去找敏玲的时间选在一个傍晚。她之前仔细确认了敏玲的住处,找到那里没费一点周折。她给自己鼓着劲儿,敲了几下门,没听到应声,正要转身离开,门一下开了。

敏玲探头出来,眼睛圆圆地一睁,灵活地眨起来,将疑惑表现得很生动。

"我是冰葵——"冰葵将两只手握在一起,紧张地报上名字。敏玲一愣,马上又说:"噢,想起来了,天时的学生。你的字写得特别好看,我们天时总夸你的。"敏玲一边说着,一边打开大门,热情地催着:"请进,快请进。"

冰葵没了退路,跟着敏玲走进屋里,就听敏玲说:"你跟我想象的一样,真斯文,很好看。"冰葵赶忙说:"哪里哪里,太不好意思了。"敏玲自顾着又说:"随便坐。天这么热,你是喝凉茶,还是吃西瓜?""那就凉茶吧。"冰葵答,由着敏玲的示意,坐到木沙发上。敏玲给冰葵端来凉茶,又捧出个小马铃瓜切开,动作非常麻利,果然像个大夫。

客厅里摆着大小不一的盆栽植物,各处收拾得清爽整洁。冰葵转眼看到阳台上晾着天时的衣裳,还有雪白的床单。她感到了不自在,脸微微有点发热。

敏玲穿件非常家常的淡蓝泡泡纱无袖直身裙,大概是刚洗过澡,头发有些凌乱地扎在脑后,发梢有些湿,脚上趿双火红色泡沫拖鞋,配着她几近完美的腿形,很迷人。这真是男人很难拒绝的女人啊,冰葵想,向自己点点头。

"你和天时认识蛮久了?"敏玲先开了腔。"不能说很久,有两个来月吧。"冰葵犹豫地说。

"你很诚实。"敏玲笑笑。冰葵不能确定敏玲的意思,没接话。敏玲和气地一笑,晃晃手里的杯子,说:"我比你和天时都大。和天时在一起久了,很多事情凭直觉就能猜个八九分。"敏玲说到自己"和天时在一起久了"时,加重了语气。

"当然,两个来月也不能算很短的了,足够发生很多的事情了。你看,都弄到了你要来找我的地步了。"敏玲又说。

冰葵见敏玲将话说到这份上,赶忙摆摆手:"你可能误会了。我跟天时不是你想象的那样。再说了,如果真想发生点什么,哪里用得到两个月,一两天就够了,对吧?"敏玲一愣,转而笑出声来:"你能知道我想象了什么? 姑娘你太可爱了。好吧,我们别绕圈子了。凭我对天时的了解,我哪里用想象。就算你们做了什么,根本也不重要。重要的是你们犯了一个错误,以为彼此之间有了特别的感情。"

冰葵放下手里的杯子,迎着敏玲的目光,口齿清楚起来:"你是大姐。你肯定知道那不是个错误。"敏玲的脸色一沉:"天时这样的男孩子,太容易招人喜欢了,对吧? 你觉得我应当对所有喜欢上天时的女孩子负责吗?"冰葵感到了自己背脊上的汗。没有退路了,只能迎上去:"你只要对天时负责。如果你真爱他的话。"敏玲给噎着了,不响。"你晓得我在说什么,敏玲姐。"冰葵又追上一句。

敏玲站起来,走到墙角的落地电扇边,将电扇的转速调高了,回头冷笑着说:"让我告诉你,你错在哪里。如果你和天时有了相爱的男女该有的关系,你今天是有立场来找我的。你经常听到人们祝福一对新人时会说'永浴爱河'这样的陈词滥调。那可能吗? 爱河的归宿就是欲海。这是人类生物性宿命,千万不要搞倒了。我总是告诉身边的年轻人,要趁青春大好时多谈几场恋爱,好好享受自己健康美好的身体。等有了足够的社会能力时，再去担起繁衍的责任。你真是个孩子，让人心疼。"

冰葵的鼻子一酸："没有爱河涌动的波涛，欲海的归宿就是死水。当然，如果你认为男女之间最重要的是本能的生物关系，我就没有更多的话了。"

敏玲"哈"了一声，停在那儿。她们安静地坐着，没再说话。天暗下来，户外街市的声音显得特别真切，冰葵起身告别。敏玲将她送到门口，沉吟片刻，轻声说："我还是应当谢谢你来找我。可惜我们在观念上相差太远，我帮不上你的忙。退一万步讲，凡事还该讲个先来后到的，对吧，靓女？"听敏玲说到这里，冰葵再也接不上话。

敏玲留给冰葵的最后印象，是一张姣好的笑脸。她轻抿双唇、一副胜券在握的样子，让冰葵感到羞愧。冰葵哪里能想到竟会那么快就传来了敏玲出事的消息。

敏玲割腕自杀未遂。情变的故事长了脚似的在天时的朋友圈里流转，很快就传到了冰葵的耳里——神秘而凶狠的第三者；即将远渡重洋的负心郎；人民医院风情万种的女医师为情所困，以利刀割腕。敏玲割腕自杀?! 冰葵不敢相信自己的耳朵。看来天时已从广州回来了，要不敏玲怎么会自杀？她提着心满城找天时，到终于约到天时，已经是事发后一周了。

冰葵坐在图书馆的小阅览室里，看着满脸乌云的天时一路走进来。他整个人小了一号，腰好像也弯了。冰葵起身迎上："敏玲没危险了吧？我太抱歉了，真是对不起。"她听到自己的哭腔。

"已经稳定下来了。"天时摇着头，声音沙哑。

"怎么会这样？怎么会是这样？"冰葵揩着泪，喃喃地问。

天时目光发直，缓缓地应着，像在给自己梳理还原那个过程。

天时在广州办好签证，坐了夜班飞机回来。一下飞机就直接去敏玲那里。敏玲那天夜里的气色其实不错，对冰葵上门找过自己的事先是只字未提。她捧出刚炖好的海带冬瓜排骨汤，催天时喝，又端来西瓜，殷勤得让天时有些意外。待听他说完签证的事，敏玲就问天时有什么打算。天时说打算八月初就走，主要想提前点到纽约，争取开学前将生活安顿好。敏玲打断他的话，问："那我们应该在你走前先登记结婚，你觉得呢？"天时完全没想到敏玲会提出结婚的问题，一下愣在那儿，直直地看着她。

结婚曾是天时想要而敏玲不愿意给予的承诺。他最初觉得两人走到这步，不娶敏玲简直就是自己的道德污点。他和敏玲反复讨论过结婚的问题。敏玲说自己是蔑视婚书的人，对那纸婚书没有信心："那张红皮证书是最恐怖的东西。人拿了它，就得了护身符似的，知道对方要走，总是加倍的难。等那结婚证一拿，双方关系的质量就直线下降，我可不要再吃那苦头。"这样的话听得天时心惊，就问敏玲："难道我们就一辈子这样下去？"敏玲便笑了说："离婚要早，结婚要晚。千万不能急。"后来大概看天时生起闷气，她就说："好吧好吧,到我想要结婚的时候,我会告诉你。"到天时获得公派留学资格时,敏玲高兴地说会等他学成回来。天时就承诺说自己会尽快拿下学位回国。他们之间关于婚姻的讨论,到此停了下来。

敏玲那天晚上的一百八十度急转弯,让天时回不过神来,追着问她发生了什么事。敏玲苦笑说:"我改主意了呗,想要结婚了,马上就结。"天时觉得蹊跷,就说:"给我点时间想想。"

在敏玲决意前行的时候,天时做出了后退的决定。他不愿承认,这是因为认识了冰葵。他也不愿面对这样的事实:如果将敏玲和冰葵搁到天平上,还是敏玲这端的分量应该重些,因为自己内心对敏玲有亏负感。敏玲却不肯再等下去。"等一个学期?"天时犹豫着建议。"或许一年?两年?再就是遥遥无期了!这些话我可不是没听过,少来!"敏玲接了天时的话,夸张地往下说,情绪一次比一次激动。天时完全无法理解,敏玲那样一个自信而潇洒的人,怎么突然钻了牛角尖,一定要去捡那张她不知喷过多少唾沫的婚书。

天时没有多说他们争吵的细节,停在那里,喘了一口大气,说:"后来就出事了。"

冰葵小心地问:"她就自杀了?"

天时的脸色白得吓人,嗫嚅着,说不出话。冰葵轻轻地握住了天时的手腕。

"她不是自杀。她第一次提到了你。"天时的口气变得温和起来。"敏玲说了你找她的事,后来局面就失控了。我从

102

来没有见过她那么情绪化,完全变了一个人。一定是她内心最深层的地方,感受到了巨大的威胁和挫败。事情说到那份上,我也不隐晦了,我说我要的仅仅是一点时间,让我理理头绪,请你成全我。敏玲叫起来,叫得很响。后来就冲去抓餐桌上那把切西瓜的刀,她挥着那把尖刀,在屋里哭喊,情绪完全失控。我到现在还不能相信,敏玲那样一个我行我素、简直可说是惊世骇俗的人,遇上这种事,怎么也是'一哭二闹三上吊'。我去抢她的刀,她就更激烈了,争抢之间,刀戳到了她的左手掌上,几乎戳穿了那手掌的。那血呀——太恐怖了!"

冰葵一把松开手,倒吸了一口长长的凉气,靠到椅背上,久久说不出话来。

"你知道敏玲受伤之后,向我说了句什么?"天时轻声问。冰葵直直地看向天时,摇头。"她说,也好,就让我成全冰葵那丫头吧。"

冰葵含着泪,握紧天时的手:"你和敏玲准备怎么办呢?"天时苦摇头:"我也不知道。只是有种预感,用俗气的说法讲,我想敏玲是不会转过头来捧一个黏合的花瓶的。她不是那种人。"天时说到这里,看着冰葵,表情怪异地一笑,说:"我一直觉得敏玲是一把火,我是火边的一个舞者。我围着那把火不停地跳,自己也变成了一把火似的。那一切开始得太突然了。其实我很想要一块冰。你就给了我那种清凉透心的感觉。谢谢你。"冰葵记得那天说到冰时,天时眼里闪过的光芒。

冰葵和天时从此别过。她听说最后是敏玲出面,到教育厅做了说明,天时才得到一路的绿灯,如期去了美国。没人知道他们之间曾经出现过一个叫冰葵的姑娘。冰葵后来又听说,敏玲在几年后也到了美国,却没和天时在一起。他们三人都将自己青春时代的故事留在了故乡。今夜之前,冰葵已很少去想那些旧事,她高兴自己终于做成了江河里的一道水波。

机身的颠簸终于停止了。飞机穿过厚厚的云层,缓缓下降。

纽约就在脚下了。冰葵闭上眼睛,吁出一口长气,安静地坐在座位上,直降的飞机"嘭"的一声在跑道上落下,急速滑行后慢慢停稳。

冰葵取下行李,随着人流往外走。从到达厅的落地窗看出去,云层很厚,只在天边有微微的几道光亮。她看到前方不远处有家灯火通明的咖啡店,打算去买杯咖啡,再上 Uber 找车。她一边走着,一边掏出 iPhone,就听到新信息"咚咚咚"地跳响。她急速地在各种 App 界面间拨划着,忽然看到有条新短信里闪过"天时"的字样。她马上转过去翻看,是一条天时在近五小时前发来的信息。她当时刚刚飞出加州。

"冰葵:太久不见。敏玲说你要来长岛看我。想了好久,还是不来为好。愿你记得我另外的样子。我说过自己是一把火,你是带给我清凉的冰。现在这把火已萎,让它安静地熄灭吧。天时"

冰葵慢慢地挪到长椅上坐下,想起那个遥远的夏天,年轻的天时穿着白色衬衣,鼻梁上没有眼镜。他在他们故乡图书馆那小阅览室里来回踱着步,微尘在午后的斜阳里漂浮,星星点点,像他们年轻的前程里那无限的可能。天时朝向窗外的一片苍翠,给她念过这样的诗句:

I warm'd both hands before the fire of life;

(我双手烤着生命之火取暖;)

It sinks, and I am ready to depart.

(火萎了,我也准备走了。)

"唉,连海明威都没做到啊。"——年轻的天时一声长叹。他们哪里想过,终于有一天,他们也走到了这里。

冰葵的眼睛盈满泪水。她在心里说:天时,我这次来,就是想做你身边的那一盆炉火。

2017 年 3 月 20 日凌晨定稿

莲　露

1

吉米·辛普森的照片从电脑屏幕中闪出的瞬间,我立刻就明白了莲露的归宿。

"旧金山资深风险投资家吉米·辛普森出海失踪"的浅灰标题,置于《旧金山纪事报》网站首页"湾区及本州新闻"版内第三条。照片中,那个叫辛普森的老头齐刷刷的灰白短发,着深黑紧身运动衫,身板笔直地站在一艘神气的帆船前端,正抬手摘取架在头顶的太阳镜,一脸由衷开心的笑容,顺着脸上那些因常年户外运动晒出的深纹四下散开,让他的脸相显得立体有力,跟我在沙沙里多水边撞见的时候几乎一模一样。这该是近照。新闻说,感恩节后的第一个周末午后,帆船运动爱好者辛普森从旧金山北湾的沙沙里多水岸出发,去往金门大桥外海域撒母亲的骨灰,一去不返。接到辛普森家人的报告后,海岸警卫队出动多艘救援艇和直升机,在金门大桥一带海域大面积搜救未果。现四十八小时已过,海岸警卫队停止急救措施,进入正常巡逻程序。

文中提到辛普森是旧金山金融界知名的风险投资人,现年六十四岁。他的投资团队主投的两家网络应用软件开发初创公司,分别被"谷歌"和"脸书"并购,很是赚了几笔大钱。辛普森和前妻育有一子二女,均已成人。他二〇〇〇年离婚后一直独身。文章末尾有一句:据目击者透露,辛普森当日从沙沙里多出发时,船上有一位亚裔女子同行。记者就此向警方求证,警方表示目前事件正在调查中,具体细节无可奉告。

那就是莲露了。上周末,在沙沙里多水岸边人声鼎沸的"渔人"餐馆里,我们在大门口撞了个正着。那是天意。我几年都不去沙沙里多一次,那天是陪伯克利帆船俱乐部的老美哥们托尼去那里看一艘待售的二手帆船。我们看完帆船,走到"渔人"餐馆时,已是午后一点多了,人们还在门口排着长队。我正要去领号,在大门口撞到正推门而出的莲露。她一身纯黑,风衣领口处露出一抹雪白,可能是围巾。黑色的棒球帽檐压得很低,帽子后檐的孔里露出一把卷曲的长尾。口红很艳,让她本来就阔厚性感的嘴唇更加抢眼。时尚的宽大太阳镜将她细窄的脸几乎遮掉一半。她在辛普森的臂弯里——那个挺拔精干的老男人的名字,是我刚从网上看到的。他们看上去非常开心。辛普森正说着什么,莲露咧嘴大笑。

那笑声有些耳熟,我的注意力被它抓住,以致我和他们交臂时不禁停了一步。按我的职业规范,在任何公开场合遇到患者,即使他们已中止治疗多年,作为心理医师的我,都不能主动跟他们打招呼，当然更不能有私人性质的交往。我已经很长时间没见莲露了，她的状态好得出乎我的意料，这是我忍不住停步的原因。莲露显然看到了我。她侧过身来，也停了一步，笑很快收住了。一两秒间，她和我擦肩而过，随辛普森走到餐馆前阔大的停车场上。餐馆的露台上坐满了身着深色冬装的食客，他们在明亮的阳光下和海鸟混在一起，杂乱而喧腾。不远处的水岸，停满以素白青蓝为主色调的帆船。我在进入餐厅之前，忍不住再次回头。莲露也在回头，她放开了牵着辛普森的手，朝我摆了摆，脑袋有点俏皮地一侧。我看到她那几乎要咧到耳角的红唇。非常灿烂的笑，带着用力过度的夸张。我急忙扭回头来，未做回应，心下有些不安地想，看来她又换了男友，可这短暂的忧虑很快被托尼的说笑抹去。

　　我拿起手机。那里面有当年将莲露推荐来的婚姻家庭关系专家杰妮在今天早些时候的留言。杰妮说，莲露从上星期天起就没了音讯，已有两天没有上班。她家人和她供职的公司都已向警方报案。莲露的家人通知了杰妮。杰妮最后语气犹豫地说，我了解你们已很长时间没有工作上的联系了。说到这里，一个停顿——美国人总是样，一说到专业领域的事，哪怕彼此是多年的老朋友和工作伙伴，仍然会这样小心翼翼。我摇摇头，又听到她说：这仅是你我间的私人电话。我为莲露担心，也很着急，想到或许你有点什么线索。如果给你带来不便，请——我点停回放键。

　　杰妮的直觉是对的。我是看到了莲露离去身影的人。

虽然我显然不是唯一的目击者。

我将手机扔回台面,转过身去。墙上那排镶在金色漆料画框里的太平洋海岸的巨浪扑面而来。这是早年某个春夏之交的傍晚,我作为冲浪运动发烧友,在北加州无名小镇的海面上被大浪拍到海水深处之前,抓拍到的海面——西沉的太阳在巨浪的边缘刷出一片火轮,浪的深处呈出透明。画面侧边更深处的海面,已经因黄昏的到来呈出墨蓝。在数码相机流行之后,我将照片请专家用特殊的相机处理翻拍,再印到帆布上。这技术像用砂纸给原本过于光滑的海天夕阳打过了磨,使海浪带上粗粝的韧性 。

这画好奇怪——那是莲露作为患者,第一次坐到我位于伯克利市马丁·路德金大道上的诊所办公室里说的第一句话。她一口完全没有卷舌和后鼻音的南方国语,听不出明显的地域口音。我相信我华裔心理医师的身份,是她选择来见我的主要原因。没等我回答,她又说了一句,它很像我常做的一个梦,老人与海。说到这里,她歪了歪脑袋,目光没有从照片上移开,又说,应该还有条向着满天晚霞开去的船,一直去往金红的天际。最后一起沉落到夕阳深处的大浪里。听她说了"一起",我一愣,回过头去看了一眼那挂在墙上的海浪。

我们就从这里开始吧——作为心理医生,我说了这样的开场白。莲露撇嘴一笑:怎么能从结局开始呢? ——隔了一年多的时光,我还能感觉到那个初秋的午后,莲露那微笑里冷冷的讥诮。

112

我看着她，点点头，将之前读过的她的档案，在脑子里快速铺展着。

作为生于一九六四年的女子，莲露看上去比她的实际年龄要年轻十岁左右。她个子不很高，但非常挺拔，染成深棕的头发在脑后松散地扎成一把。一件明艳的姜黄色薄针织套衫，将她丰满的胸线和收缩有致的腰腹勾勒得十分突出，脖子上看似随意地搭条米白色荷叶织纹围巾，紧身黑色牛仔裤，高筒皮靴，非常年轻的打扮。她的无名指上没有戒指，清楚地表示着她眼下婚姻的状态。她皮肤光洁的脸上看不出明显的脂粉，丰厚的嘴唇非常饱满，不笑的时候嘴角看上去也微翘着，带着天真的无辜。一对鱼形长眼的眼角也让人觉得她总在微笑。当正面迎上她的目光，她那对深棕的瞳仁令人想到久浸在盐水中的梅子，就是笑的时候，也能看出被酸咸汁液经久浸泡出的褶皱。这是明显透露出她年龄的地方。她在伯克利一所著名的大型建筑设计公司做电脑系统管理员。她那伯克利加大计算机系毕业的长子，已在西雅图的亚马逊上班；女儿是罗德岛设计学院大三的学生。目前已正式分居的丈夫是伯克利加大工程类专业的终身教授。她因婚姻危机而导致情绪不稳定，心理评估的结果发现有自杀倾向，由婚姻专家杰妮推荐到我这里进行指定性的心理治疗。

好的。我们从头开始——我接过她的冷笑，试图让气氛轻松下来。莲露的眼神一黯，静场。Lilian？——我唤着她的英文名，提示她。你会中文，请叫我莲露吧——莲花的莲，露水的露。大概见到我有些犹豫，她又说，我母亲说，她在生我的前夜,梦到了一朵白莲花。莲花不特别,特别的是那上面的露水,大滴大滴地沿着花瓣滚动,钻石般闪烁。母亲觉得特别神奇,给我起名"莲露"。莲露说到这里,停了一下,又说:我后来想,母亲梦里见的哪是什么钻石,那全是眼泪。

这是一个思路清晰的患者,一下就直接回溯到自己的出生时刻。如果像她填写的表格上所示,她之前从未做过心理治疗,那她或许自学过心理学理论。

很好的开始,请继续——我的声音轻下来,怕打断她的思路。她摇摇头,抬起下巴,说,一切是从"处女"开始的。我一愣。作为在中国完成医学本科教育的留美心理学博士,我已接受将"处女"解读为前现代的一个文化符号的教育。在日常的职业实践中,这个符号偶被提及,通常是女性在陈述第一次性经验时一句带过。此时,它被莲露一脸郑重地端上桌面。我意识到自己这回是以美国从业心理医生的身份,遇上了中国的旧事。我也曾有过几位受情感问题困扰的华裔女患者,但她们面对的都是异族婚姻中的困难,莲露的情况显然跟她们不同。

从前年初秋的那个午后起,到同年圣诞前夕,三个多月的时光里,莲露每周都会来诊所一次。她通常是在周五下班之前到,从诊所出来,就直接坐旧金山湾区城际捷运系统的动车回旧金山城里去。分居后的她,当时在旧金山租了房子单住。说到这个话题时,她加了一句:伯克利太小,容易碰到熟人。

莲露的看诊档案,完整地存在我的电脑里。没有外人知道,莲露是被我从半道上推开的。她的旅途竟真的终结在"老人与海",这我确实没有想到。这些年来,我一直站在狂风大作的海岸边鼓励冲浪者从巨浪里穿行而出,在滑板上挣扎站稳,再迎着下一波大浪冲行而去。哪怕是看到他们颤颤巍巍的身子在水中反复坠落,我已经能做到,只要一脱下身上的潜水服,就能将自己与汹涌的波涛剥离,忘掉他们的哭喊。我真的越来越像一位合格的心理医生,却不知该喜或悲。

我的手从键盘上移开,将电脑关上。那块她曾经在上面打转的草地,如今长草蔓蔓,植被疯长。此时,我往这草地边一站,立刻能望见莲露领我看过的她脚下路上的一派颓败凄凉。

按莲露的叙述,她母亲离开上海去往桂林的时候,她刚满四岁。莲露的生父是广西红色老区百色人,转业前是崇明岛驻军里的营指导员。莲露谈到生父的口气很淡漠。算起来,打莲露记事以来,他们大约只见过两三面。

莲露的母亲在六十年代初从上海戏曲学校毕业后,很快就成了普陀区青山越剧团实力小花旦。按莲露说的是,小花旦人强命不强。小荷才露尖尖角,就遇上三年困难时期。上海各级越剧团纷纷解散,很多演职人员被迁往西北各地落户。青山越剧团作为市里的名剧团,动荡中的前途也很不明朗。背着前上海浦青毛线厂资本家的小姐这么个出身包袱,莲露母亲第一批就被下放到郊县锻炼。在崇明岛一带巡演时,美艳的越剧小花旦认识了当时在崇明岛军中、后来成了莲露生父的年轻军官。

莲露从来没有见过自己的外公。莲露的外婆,是她外公在五十出头的时候从欢场上赎出的苏州穷人家女儿,自小长在风月场所,吹拉弹唱舞样样来得。外婆嫁给外公后,又跟了白俄教师学芭蕾、练钢琴;还请来美国家教教英文;为了讨外公交际圈的欢喜,她还拜师学京剧。凭着机灵气儿,学啥像啥,样样都拿得出手,气质就出来了。外公出门将莲露外婆时时带在左右,外婆在大家庭里的地位一路急升。可安稳阔绰的日子没过上几天,到了解放军进城,新婚姻法一出来,外公只能择一房作为合法婚姻对象时,他选了孩子最多的二房。带着一双少儿少女的莲露外婆,连同大房的一家,开始还是离婚不离家,仍一起住在静安寺附近的独院大宅里。一大家子气还没喘过来,接着"三反""五反"、公私合营,连连的洗刷,家道败落不说,将毛线厂资本家风雨飘摇中的大宅也冲得七零八落,已离婚的大房三房被扫地出门,住到亭子间里,迁入里弄平民人家。莲露外婆还被分派到在普陀区毛纺厂学做挡车工。

莲露母亲在崇明遇到后来成了莲露生父的年轻军官时,已预感到自己即将被遣散到西北。小花旦很快和军官结了婚。生父很英俊的,莲露特地强调过。眼睛深而大,简直带着异国情调,她还加了一句。因为这个婚姻,小花旦保住了在上海的户口。可就像戏文里唱的,好景不长,莲露才一岁多时,"文革"就开始了。莲露的生父面临转业,被安排到桂林轻工局。莲露母亲心里是不愿跟去广西的,但到了那时,上海已经大乱,越剧团也瘫痪了。莲露外公被反复批斗,遭惨打致死,莲露母亲想去送葬都没敢。外婆从静安的亭子间又给一路赶到普陀的棚户区。莲露母亲那时不过二十多岁。她跟着行将转业的军官跑了一趟广西,回来便决定要随夫去桂林。

像那个时代很多被下放到外地的上海人家一样,莲露的母亲将女儿留在上海的外婆家里。莲露父母在桂林安顿下来,只一年多后,就离了婚。莲露的生父在离婚后迅速调回自己的家乡百色。

说到这里,莲露停下来后,有些不好意思地看着我说,谢谢你这么耐心地听我说这些细碎旧事。我说,别客气,这是我的职业。莲露摇摇头,说,我知道这是你的职业,但能练到有你这样的耐心,还是很不容易的。

刚满三岁的莲露,被留在上海普陀杂乱肮脏的棚户区里,和外婆、舅舅一起生活。舅舅在这时出场了。莲露提到他时,她那两颗仿佛久浸在酸坛里的梅子般瞳仁突然明亮起来,褶皱被撑开。这稍纵即逝的瞬间被我抓住,在记录里,"舅舅"二字被我打成了玫红色。莲露在"舅舅"这里停住了,盐渍中的梅子迅速萎缩,滚入深潭。相当长的静场,在我的等待中,她忽然哭起来。非常凄切,我起身拿来纸巾递给她。

一切其实是从舅舅开始的。我在记录里加了一抹深蓝的旁白。

2

草稿纸上,留着我随手勾下的一个没有五官的文弱瘦削男子的速写。按莲露的描述,舅舅非常斯文好看,五官生得很气派,像照片上的外公。不同的是那眉眼跟莲露母亲的明艳大不相同,总是带着很深的幽怨。虽然我无法从这类描述中给这舅舅画出具象的面貌,但这用在心理诊所里足够了。

那时,他其实就是阿爸——轻声说出这话时,莲露表情空茫,随即皱眉,像在否定自己。这种感觉,最初来自她由外婆抱着,坐在舅舅的黄鱼车上,一路穿过大半个上海城区,从上只角的静安区搬往下只角普陀棚户区的那个黄昏。那是早春,天还很冷,外婆的身子不停地哆嗦,将莲露越抱越紧,莲露感到被捏疼,哭起来。外婆一边哄她,一边向前张望。外婆那时未到五十,雕刻般的五官清晰立体,面相仍精致耐看,天然的卷发已灰白,在脑后盘成髻。莲露强调说,外婆的长发从和外公办妥离婚手续时开始留起,一直到离世都没有再剪过。莲露顺着外婆的目光也往前看,小小的身子缩在外婆怀里。舅舅吃力地蹬着黄鱼车,身子不停躬曲扭动,骇人地怪异,引得莲露又哭。好了,好了,就要到了,要到了,外婆反复轻叹,像是自语。她们脚边塞满零碎家什,稍有颠簸,外婆就要腾出手去扶一把,莲露感觉就像坐在摇晃的船上。街市暗下来,偶尔看到路边有小女孩牵着父母的手走过,莲露将外婆抱得更紧,再转头去望舅舅蹬车的身影。她也是有爹娘的人,年幼的莲露想,安静下来。

你当时很小,怎么会有那么清晰的记忆?我小心地切断她的话。莲露一愣,说,很多细节是外婆告诉我的。我点头。莲露又说,它们跟我的记忆混在一起,成了我自己的故事。

莲露童年的记忆在棚户区里开始成形。那条具象模糊的普陀弄堂里的生活场景,透过她孔隙稀疏的记忆网筛滤出来,在苍白的布面上映出一片烟色的零碎影像。布面上不停移动着她和舅舅一小一大的剪影,偶有外婆穿插其间。

莲露随外婆和舅舅住进棚户区的老旧工房。他们一家三口住在二层的一间小房里——"一家三口"是莲露谈到那段生活时最常用的词。他们分到的房间不算小,可外婆的老式大床一塞进去,再加上几件从静安老宅里带出来的家具,空间立刻显得逼仄。莲露和舅舅分别睡在架床的上下铺。厨房在楼下的公用灶膛间。外婆非常不放心也不习惯要穿过杂乱肮脏的弄堂去上公用厕所,在家里为莲露备下木马桶。每天一早,洗刷家里木马桶的事情,就由舅舅担下。跟弄堂里的人家相比,年幼的莲露并不觉得自己家庭的特别。

幼小的莲露在小花旦母亲精致的美人坯上长出了揉入生父异国风情的容貌,又顺延了外婆天生的卷发,看上去就是一只细瓷烧出的洋里洋气的娃娃。她只要在弄堂里出现,总会惹得人们拦下逗玩。若是外婆撞上,就会不快地牵了她走开,还跟人们甩个话头,说我们家里的规矩是不作兴当面夸小女孩子好看的。一次二次说过,邻里的女人们给直愣愣撞得下不了台,就撇了嘴,七嘴八舌起来:咦,她又是哪家子呢?再看到莲露,各人脸上的笑就怪异起来。外婆的脸也更冷了。弄堂里的小鬼们见逗不着莲露了,就变了法子地戏弄起她来。在莲露被他们揪了几次头发、遭了几次他们的弹弓袭击,哭着回家后,外婆就干脆不许她单独出门下楼去找同龄的孩子玩耍了。

外婆很快被编入厂里的三班倒,在家里的时候一下少多了。舅舅从名校育才中学高中一毕业就撞上"文革",升学梦碎。大部分同学被动员下乡,他以频发梅尼埃病为由,申请留城治病。在家中待业一段时间后,被分到区里的铸造厂当翻砂工。关于这一点,莲露没有像描述外婆的纺织女工生活那样一笔带过。她特别说到,她有次随外婆去舅舅的厂里找他,远远看到瘦弱斯文的舅舅跟人扛着一桶沉重的铁水,在凹凸不平的砂土上歪歪扭扭地穿行,她觉得只要一个偏差,就可能倒地被铁水烫伤。她搂着嘴角颤抖的外婆不停哆嗦。舅舅过来,穿一套莲露没见过的半旧深灰色石棉裤工装,不停地擦脸上的汗,让她想到流窜在弄堂里的那些野猫的脸。舅舅蹲下来抱她,她突然哭起来,响亮而悠长,引得工棚那头的人都望过来。外婆和舅舅劝了很久她才停下来。舅舅和外婆对望着,一脸的讶异。以后不要再带她来这里了,也不要带她去你那里,舅舅怜惜地摸着她的头,向外婆说。可怜的囡,太小了,很多事会怕。舅舅又加了一句,牵牢她的手往外走。莲露说,她那时哭不是因为害怕。她还没到上学的年龄,第一次从舅舅身上体会到了"心疼"的感觉。

住进棚户区后,舅舅几乎就没了社交。中学同学绝大部分都去了北大荒,他自己那些在上海的同父异母兄弟姐妹在动乱中自身难保，外公的死以"自绝于人民"定性后，彼此间更不敢往来。偶尔来家里走动的都是外婆的亲友，出入低眉顺眼，有弄堂里杂乱的街邻好奇攀谈，他们也总是笑而不语，匆匆来去。有时莲露问舅舅，你为什么不出去玩呢？舅舅就说，你看我多忙啊，要照顾你啊。见莲露不响，他马上又说，我是觉得跟你在一起玩更开心啊。莲露笑起来，说，那我们就是最好的朋友！舅舅点头，莲露伸出小拇指，两人勾起来。莲露说，那我们永远做最好的朋友！舅舅笑了，说，你是我的囡囡呢。后来舅舅跟莲露说过，他小时生在大家庭里，虽然有不少玩伴，但经常见不到父母，特别没有安全感。他不愿意莲露也那样长大。他觉得，小孩子每天回家能见到家里有亲人特别重要。

他们在棚户区那窄小一居室里的家具也总是擦得干干净净，发着黑亮的光，让人忘了那老旧里的破败。家里买烧洗汰都由舅舅打理，连外婆和莲露的四季衣裳，也靠他车缝补改。舅舅毕竟是过过几天阔日子的人，用单调素净的布料裁剪出来的衣衫让莲露穿出去，托儿班的阿姨、弄堂里的女人们看到，常会扯近了细看那腰线怎么掐的，领口的小翻边又是怎么镶的，三针两线近似色缠绣出的小花又是怎么弄的。她们跟舅舅套近乎，请他帮忙裁剪衣裳，让莲露都能感觉到她们对自己的客气。面对女人们的热情，舅舅却鲜有表情，待她们不管不顾地说着，他偶尔淡淡一笑，以家事杂多将她们推开，让莲露那样一个小孩子，都觉得难为情。老师们反倒对她更好奇，不时跟她打听家里的事情。到了后来，莲露听老师跟舅舅说要给他介绍女朋友，这一说不打紧，舅舅再来接她时，连笑都不对她们笑了。

莲露早晨由舅舅送到街道的托儿班，傍晚又由他接回来，洗澡喂饭。按外婆的规定，没有大人的相伴，她不能自己出门下楼。这让莲露在绘制童年记忆的图表时，她总是人群中最矮最小的一位，远远地跟同龄人隔离着。但是，她从来没有在关于上海时代童年经历的描述里，用过"孤独"这样定性明确的词语。天暖时，她爬到靠窗的八仙桌上，趴在窗台上，透过竹竿上衣衫的间隙，看小鬼们在拥挤杂乱的弄堂间东撞西撞地跑来跑去，踢毽子，滚铁环，砸沙包跳房。看到高兴时，她会咯咯地笑出声，引来小鬼们跑到窗下唤她逗乐，又邀她下楼一起玩。每到这时，莲露立刻缩头，从桌上蹿跳下来躲起。舅舅见到也不责怪，干完了家务，就唤她到跟前，给她讲故事，从悟空八戒白骨精，到武松阿里巴巴卖火柴的小女孩水晶鞋，比托儿所里的阿姨讲的《半夜鸡叫》《一块银圆》那些有趣得多。他还用自制的卡片教她识字，又用它们变出游戏，用来复习、造句。还教她很多算术，五岁多的时候，莲露就能将九九表倒背如流。舅舅还教她临帖练写毛笔字，又学画画。她在托儿所里简直成了神童，但凡有街道或区里的领导来参观，她总被拎出来表演。在老师和小朋友面前，听那些老师见到都要屏气低声的人们不停的夸奖，莲露欢喜起来。再回到家里，总是缠着舅舅教她学新花样。到了轮休日，舅舅会带她去公园、动物园，学认植物和动物，回来又对着书本再认学，了解那些动植物的习性。夏天里，舅舅在公休日里总是会带上她坐很远的车子去区里的游泳池游泳，春天去远郊踏青，人们都认为他们就是父女。舅舅后来在给莲露的信里说过，如果他没有她的陪伴，那些日子不知会多么难熬。

其实我更像是个单身父亲带大的孩子——莲露曾这样强调过几次。怕我不同意，她又说，这种感觉贯穿我的童年和青少年时代。外婆呢？我问。莲露犹豫起来。

外婆这个当时家里成年女性的形象，在莲露的记忆里是愁苦的，以致她常下意识地将外婆从记忆的网孔里筛出。按莲露的讲法，她不记得外婆笑过。外婆常搂着她，也不说话，搂着搂着，突然抹泪，由此哭泣起来，很久都停不下来，令莲露心惊。莲露觉得是自己不好，总惹外婆伤心。若只有她俩在家里，莲露常大气不敢出，怕什么事没做对，又惹外婆难过。

幼小的莲露对远去广西的父母从未有过想念。早期外婆还不时拿出他们在象鼻山前的合影给她看。外婆点着照片里那个穿着四个口袋干部装的父亲说，这就是你阿爸。见莲露不响，外婆便"唉——"地一叹，莲露那颗小小的心就缩起来。外婆又一点军官身边那个穿着泡泡袖上衣、深色裙子、站着丁字步的好看女子说，这是你姆妈，像煞阿婆年轻时呢。可怜啊——莲露起初很喜欢看相片里那好看的姆妈，可每回一听到外婆叹出这句，就知道外婆又要掉泪了。几次下来，莲露再从栗黑色的矮柜前走过，下意识地扭过头去，再不去看那上面立着的自己父母的照片。后来那照片忽然就不见了，莲露也没想起问一声。从那时起，莲露只有每次添新衣鞋帽时，才会听到外婆或舅舅说，这都是你姆妈给你买的啊。她跟母亲的联系，就这样简化成母亲每月从桂林寄来的二十元汇款。这笔总会引起外婆叹息忧愁的款项，在莲露心头成了一块定时出现的阴云，她怕它飘过时留下的雨滴。

在我的记录里，莲露关于外婆的回忆被打上不少代表需要思考的绿色星号。以莲露外婆的身世，她是吃过苦又有不少阅历的旧式女子，性格应该比较坚韧。但在莲露的视角里，我看到的那个普陀棚户区里的外婆明显带着抑郁症患者的特质。她当年被莲露外公从欢场上赎出，嫁给外公后备受宠爱，生儿育女，风光现世，真是活出另一世人生。让人不禁想起老戏里那类欢场女子资助穷书生进京赶考，书生中了状元后回头将那女子赎出正娶，她从此一步登天，最后成为诰命夫人的经典桥段。外婆正演着一部吉庆喜剧，却到了一九四九年后戛然而止。在外婆的意识里，外公是她在世人眼里"洗白"自己的唯一希望。不难想象，被迫离婚的莲露外婆在生活骤变中遭遇种种外界剧烈冲击波后，会有失去自尊和自信、被重新打入地狱的感觉，导致心理大厦斜塌。

莲露七岁那年的初夏，外婆突发心肌梗死，从夜班的挡车机上晕倒跌下，经抢救活下，多个内脏受损，腿部骨折，身体极度虚弱，卧床不起。舅舅不久也出了工伤意外，一只手臂被烫伤，在街道的帮助下转回街道纸盒厂。在离开三年多后，母亲从桂林赶回上海。

穿着苹果绿色的确良短袖衬衫、黑色绵绸长裤，手提行

124

李袋,身背一只灰色马桶包的母亲在窄小杂乱的弄堂口出现时,莲露正由舅舅牵着在路口迎接。母亲那年三十出头,短短的头发在脑后修得很薄,天然的卷发在前额曲出一个自然的大波,身材挺拔修长,举手投足、眉眼转动间很有舞台感,整个气质装扮跟这弄堂全不搭调,带着上海都罕见的一股洋气,引得路上的行人不停回望。莲露后来想,那是因为母亲早早去了南疆,跟上海断裂的创口还没来得及溃疡之前就被几千里的距离急冻了,待重新归来,却成了上海的新人。

见莲露他们走近,母亲迎过来蹲下,将手里的袋子搁到地上,握着莲露细小的双臂摇着。莲露看到她眼里的泪,那简直就是外婆日常的影像,令她心惊。莲露扭过头去,挣脱母亲的手,躲到舅舅身后。露露长这么大了,多好看的小囡啊! 母亲轻叫着,又伸手过来。莲露觉得她的声音很好听,忍不住从舅舅腰间探出头来打量这个好看的女子。叫姆妈! 舅舅拍她。母亲用手帕轻抹着鼻子,转头急切地跟舅舅说起话来,一路往家里走去。在莲露眼里,这个她要叫姆妈的女子太好看了,她身上那抹明艳的果绿缓缓地穿过灰乌乌的弄堂,像是一张飘到污水塘面的新叶,莲露觉得自己闻到了清香。她最后走向前牵上了母亲的手。母亲一惊,又笑起来,更好看了。

母亲的到来让小工房一下亮起来。莲露觉得家里简直来了个下凡的仙女,更要紧的是,这个仙女似乎还总在讨好她。母亲几乎足不出户,收拾停当了,就坐在外婆床前陪外婆小声说话。两个好看的女人,似乎有说不完的凄凉,彼此看着,长吁短叹。莲露听不明白她们的话,可她知道这对母女只要凑在一起说话,就能让大白的天光染出一层深暗,连带母亲原本好看的脸色也不住发灰。母亲只有在领着她出去逛菜场或百货店时才露出笑容。

母亲笑起来是那样的好看,晶亮的眼睛小飞鱼般灵活,尖尖的鼻子刀削出似的精巧,只要有机会,莲露就会伸手去捏一下。她们走在街上,总会引来人们的目光。母亲的美丽让莲露生出极深的好感,以致当母亲小心地跟她说,决定带她离开上海去桂林上小学,莲露兴奋地从窗前的椅子跳下来,打碎了一只墨绿色镂花玻璃杯,这举动引得母亲和外婆同时叫出声来。

对七岁的莲露说来,上海和桂林没有任何不同。关键是她可以从此跟在漂亮的母亲身边,让她在心里生出享受特权的优越感。在莲露的记忆里,外婆和舅舅都没有直接跟莲露提过她就要随母亲去桂林的事情。她只记得母亲和外婆在那段时间里说着话,不时会一齐望向她,急切地压着声音接着说下去。她竖起耳朵,听到她们谈的是舅舅。总是外婆说得多。我也舍不得囡囡的,将她放去那么蛮荒的地方,想到都难过。我老了。你兄弟也大了,该成个家的。家庭出身不好也罢了,我又病成这样,再拖养个外甥女,这可怎么弄? 愁死人了。外婆反复的话,莲露后来都背得下来了。母亲总是反复安慰外婆,说她这回就将莲露带走,她如今在桂林的生活条件还不错的,有自己的小洋楼,虽比不了过去静安家里的气派,但也是上等人的生活了。如果外婆愿意,也可以接她过去跟自己住的。外婆一听就摇头，说她不要去那么远的地方，那在古时是蛮夷之地啊。莲露母亲就说，那露露我就带走了。外婆又摇头，说，我真舍不得她，一个这么娇气的小囡，生得多好看啊，这一去，怕再见不着了。唉，好在是跟着自己的亲娘，我也就放心些了。家里的气氛在母亲和外婆越来越重的叹息声里凝重起来，有些个夜里，母亲将莲露送上床了，待外婆也睡去，就跟舅舅到楼下公用灶膛间去说话，很晚都不上来。有天晚间，莲露趁外婆睡过去，爬下架床，光脚摸到楼下。灶膛间的灯很暗，她看见母亲和舅舅站在灶间通向后弄堂的门边，压着声，语气很急，像在吵架。见莲露近了，他们都大惊，舅舅迎过来，说，你怎么还不睡觉？莲露不响，舅舅蹲近来抱着她，转头去跟莲露母亲说，我还是那句话，她要在上海长大的！我是不能同意你带走她的，你不要再乱来！母亲站在黑暗中，不响，上前一步，在暗里狠狠掐了舅舅一把，示意他停住——在我的记录里，莲露对母亲和舅舅互动的这几句话，被画上几个问号。我想，在莲露的回忆里，显然有不少她自己填进的内容。

莲露在跟母亲离开上海的前夜，才对母亲将要带自己去的地方生出害怕。她的东西由舅舅打理好，装在一只老旧的牛皮箱里。舅舅专门给箱子擦了油。箱子在灯下呈出暗暗的光亮。舅舅在箱子的提把上系了条粉红格子的手绢，反复交代她凭这个记号看好箱子。

舅舅一早起来就为莲露梳洗，给她穿上一身新的花衣裤，换上新的大红色塑胶凉鞋。出门去火车站前，母亲和躺在床上挣扎着起身的外婆抱在一起。一对好看的母女脸都扭曲了,让莲露想到见过的弄堂里那些专业哭丧事的女人们。她贴上去,从后面抱住母亲。外婆示意莲露走到床前,摸着她的头说,到了那边,要好好听你姆妈的话,好生念书。莲露扯住外婆的手不肯放开。舅舅催促起来,说再不走就要赶不上火车了。她看着自己小小的十指,被母亲从外婆的手上掰离。

舅舅一手拎着给莲露收拾出的小皮箱,一手拉着莲露,跟在莲露母亲身后一路出去。舅舅不停地说,马上就要上学了,要晓得用功,早点学会写信,给舅舅和外婆来信啊。不要忘了舅舅。莲露在车厢里松开舅舅的手时,看到舅舅的眼睛红了,她追上一步,紧紧扯住舅舅的衣角,叫着:你跟我们去桂林吧!去桂林吧!她忽然想到,她就要成为一个没有阿爸的人了,大哭起来。舅舅扳开她细小的手臂,将她的手放到母亲的掌心里,跟母亲简单地说了两句什么,头也没回就走下车去了。莲露坐定后,才发现小衣袋里有舅舅偷偷塞下的二十元钱。莲露花过最多的是在弄堂口的小铺子用一毛钱买水果糖,二十元是天文数字。她将钱紧紧抓在手里,紧张地递给母亲,母亲一惊,眼睛随即红了。母亲将票子小心叠好,小声说,我帮你收着,到家再给你。母亲到了桂林将这二十元钱还给了莲露时说,舅舅对你是有大恩的,你将来长大了要报答他。

3

一天一夜之后，莲露随母亲走进桂林榕湖边市革委大院深处的一个小院。莲露从拥挤杂乱的普陀棚户区一脚走到这绿油油的安静处所，不禁屏住气。母亲微弯下腰，轻声对她说：这就是我们家了。见莲露还咬着嘴唇，母亲摸摸她的头，说，你外公家里当年比这阔气多了呀，唉——莲露抬头，看到那是一栋坐落在桂树丛中的白色二层小楼，房顶和门窗是沉闷的暗栗色，外表跟那些老式办公楼差别不大。一条红砖甬道直通到小楼大门前的台阶下，两边有些她叫不出名字的花草和果树，小院里还有个水泥圆台、几张石凳。也许是桂树太密，遮蔽了阳光，树下的草皮看上去无生气。

在一楼宽大昏暗的大厅里，莲露第一次见到继父。那是一个肥胖高大的男人，五十多岁的样子，看上去挺面善。这是爸爸——母亲拉着她的手轻摇着，告诉她，又小心地看向那男人。莲露一愣，觉得这个男人看上去好老，跟外婆该是一辈的，穿着半旧的背心，跟弄堂口那个补鞋的老头很像。莲露心下生出害怕，可她还是乖巧地轻声叫了那男人一声"爸爸"。那男人取下叼在嘴上的烟卷，笑起来，过来摸她的脑袋，说，好闺女，真是生得很好看啊，比照片上的还要水灵。欢迎你啊，这就是你的家了，喜欢吗？他的口音让莲露听得有些吃力，她却懂得乖巧地点头。继父愈发笑得欢心了，将烟卷在烟灰缸边一搁，去切茶几上的西瓜，递过来让她吃。莲露再一眨眼，看见男人那张脸随即又陷进烟雾里。

继父是从部队上"三结合"后转到市里的三八式老干部，山东莱阳人。在莲露的印象里，继父永远叼着烟，面色嘴唇给烟熏成灰黄，将母亲那张白净的脸色衬得气色特别滋润。

莲露被母亲领到楼上自己的房间里。房间不大，向阳。崭新的绿塑料纱窗外是桂树的枝叶，大概是缺乏修剪，离窗很近，又非常茂密，让屋里显得有些暗。在屋里能远远望到老人山主峰的那个老人头形，让莲露想到外婆靠在床头无力的侧影，不禁多看了两眼。靠窗摆着一张小书桌，有盏贝壳装饰的小台灯。墙边单人床上的凉席、枕头和毛巾被都是新的，看得出母亲去上海前就为她准备好了这房间。屋里还有两把椅子、一个小衣柜，东西看着都比外婆和舅舅家里的家具简陋，只有天花板上那只深草绿色的吊扇显出几分奢侈，让莲露看得有点发呆。母亲将她的小皮箱搁到小柜顶上，高兴地说，你有自己的房间了，喜欢吧？莲露有些发怯，不响。母亲过来搂搂她，说，很快就会习惯的，不要怕，我和爸爸就住在隔壁。

母亲一回到桂林，像变了个人，说话的音频也提高了很多，进进出出好像总在赶着奔去救火一般，经常是同时处理着几件事，跟莲露在上海时看到的那个总是轻声低气缓言慢语的斯文女子完全不同。那时普通人能有一件的确良衣裳就很不得了，莲露却看到母亲柜里有各种花色的的确良长短袖衫，还有深灰和咖啡色的的确良布料做出的百褶裙。母亲将这些衣裳一套套穿出去，配着她那越剧花旦的底色，举手投足都让人看得发呆。莲露还惊讶地发现母亲能说一口道地的桂林话。母亲那时在市文化宫做文艺宣辅,带群众文艺团队排练彩调或桂剧改编的样板戏,高兴时也上台扮几个角色,再加上是市革委会黄副主任的年轻妻子,连莲露都能感到母亲到处受人奉迎的派头。每到这种时候,莲露会想到在普陀区那个杂乱弄堂深处小工房里暗扑扑的外婆家,外婆说来就来的泪水,舅舅终日闷声忙碌的身影。她想,人们如果知道母亲家里的真相,大概就不会对母亲这么好了。这个想法让莲露变得安静,很少跟人搭腔,怕自己一不小心会将母亲家里的秘密说出来。她想,如果自己会写信的话,要去告诉外婆和舅舅,要他们一起到桂林来,就不会过得那么不开心了。

在莲露上中学之前,母亲从来没有跟她提过生父。后来莲露慢慢知道了,母亲是继父的续弦。继父有一女二子,都已成人。那女儿婚后住在军分区里的婆家。小儿子在外地当兵。只有在桂林城里当青工的长子住在楼下卧室里。继父的儿女们见到莲露时都表现得很友好,"小妹"长、"小妹"短地唤着。初时,他们工休时会带她看风景逛公园,遇到熟人朋友,听大家都夸莲露生得洋气水灵,他们看着很欢喜。但莲露不久就发现,其实他们并没有舅舅那种与一个小孩子长久相处的耐性和兴致。他们很快就把她这个小孩从自己的生活中撇开了。

住在家里的继父长子看上去跟莲露母亲年纪差不多。莲露随大家叫他"辉哥"。辉哥个子壮实,皮肤黝黑,脸相应该是像他那也是山东莱阳人的生母,小而亮的眼睛,非常北方。辉哥喜欢穿劳动布工作服配宽大的确良军裤,那是当年的时尚。辉哥非常活跃,交游广大,只要他一回来,家里出入的人就没断过。他常招来一堆堆年轻人聚众吃喝。继父不是出差就是下乡、蹲点,经常不在家。母亲跟辉哥带来的那些年纪相仿的男女就总混在一起,她看上去特别高兴,完全没有辈分之分。她给他们烧菜做饭,一楼的厅里,仿佛总在开席,烟雾缭绕,酒气熏人。那些年轻人总在喝高之后开始唱歌,母亲就给他们拉手风琴伴奏,有人吹口琴。他们唱的都是外国歌曲,一本本手抄的歌谱翻到哪页唱哪页。有时母亲喝得脸红了,会站起来给他们清唱传统越剧单曲,小年轻们更欢腾了,敲瓶敲碗地伴唱起哄,没有人在意莲露这小孩子的来去。到了吃饭的时候,莲露总是自己快快吃过,又独自回到楼上自己的小房里待着。就是继父在家,他也是跟年轻人打过招呼,随便吃一点就离开,自己读报看书或吸烟去了,好像那些热闹跟他无关,看上去完全没有脾气。莲露在楼上听到楼下哄笑声中母亲的狂浪尖声,觉得母亲离自己很远,就想哭。但她不愿自己成为外婆那样动不动就流泪的人,就默默地写字看书。

继父的家在大院深处的僻静角落,莲露下学回到家里就很难再出去了。大院里的孩子跟小院人家的孩子来往又不多,莲露感觉非常孤单。她像在舅舅家那样爬上窗边的椅子,看到的只有眼前的桂树和远处的山影。她想念起弄堂里小鬼们的嬉闹声,便自说自话地学着他们,用上海话叫喊,甚至说些粗话,自己咯咯笑了,又静下来。莲露很快还发现了母亲的心思也不在她身上。继父不在家的时候，莲露下学回到家里，经常到天黑也等不到母亲回来。她就吃母亲前一天买来的菠萝面包，或胡乱热些剩饭剩菜吃下。小楼虽不大，天一黑下来，楼上楼下黑乎乎的一片，感觉非常瘆人。楼下厅里那台当年平常人家罕见的九寸黑白电视是莲露的最爱。她平时总会守着看到夜里十点节目播完。可家里一空，她连心爱的电视也不敢开，待天一黑就躲回楼上自己房间，锁上门，开亮所有的灯，将收音机拧到最大音量，一做完不多的作业就上床睡觉，不是忍到实在不行了，她都不愿出门去走廊尽头上厕所。

　　母亲每次夜里回来，总说是在加班或导戏。莲露慢慢发现，常常是母亲前脚到家，辉哥后脚也就回来了。莲露对这样的巧合感到莫名紧张。有一次，他们大约是夜里十点多才回来，莲露已在楼上睡下。母亲蹑手蹑脚地推开她的门，轻声叫了她两下，又轻轻合上门离开。莲露在黑暗里张开眼睛，想起在普陀工房里跟外婆和舅舅在一起的日夜是那么安全。舅舅总是在明亮的灯下将她抱上架床，让她在舅舅和外婆的轻声细语中安然睡去。莲露开始流泪，过了一阵才停下，迷糊睡了一阵，起身上卫生间。她推门出去，正要穿过走廊的时候，一眼看到楼梯口上母亲的身影。莲露从黑暗的屋里出来，瞳仁不需调节便能将黑道里一切看得很清楚。她一下意识到其实那是两个人的身影。大概是听到了响声，那对身影立刻分开。其中那个高大的身影往楼下一闪而去，在木梯上留下咚咚的足音。直觉告诉她那是辉哥。莲露听到自己的心跳,她"啪"地拧亮走道上的灯。灯光很暗,但足以看清楚在楼梯口直立着的母亲。深秋的桂林,夜里已有寒意,莲露的鼻里是桂花的香气。母亲只穿了乳白色带月牙边的紧身背心、碎花的宽腿三分睡裤,光着脚丫,头发凌乱,脸色绯红,两颗眼核亮得如水里捞出的葡萄一般。莲露从来没有见过母亲这样的容颜和打扮,惊在那里。母亲下意识抱紧双臂,但莲露还是看到了母亲半裸的丰满乳房,乳头清晰地在薄薄的针织棉下耸立着。莲露打了个激灵。就听得母亲说,你快上厕所吧。我睡下了才想起,好像忘了锁大门,刚下去看了看。莲露下意识地答:门锁了吗?她的声音带着很重的鼻音。嗯——母亲点头,想起什么,趋前一步,问,你怎么了?莲露不响,回到屋里,在黑暗里坐了很久。莲露觉得自己并不是母亲的孩子,自己到底没在她身边长大,在母亲眼里还不如辉哥他们亲。莲露生出想回上海去的强烈愿望,有几次独自在家的夜里,她将舅舅给她从上海带来的小皮箱找出,认真收拾起来,等到天亮,又明白那不过是白日梦。她萌生出要给舅舅写信的想法。

　　莲露到桂林后不久,就开始收到舅舅从上海寄来的包裹。开始是由母亲去邮局取了带回来。舅舅寄来的东西,不仅是桂林城里看不到的新鲜玩意儿,就是莲露在上海时,也很少能在家里见到:五颜六色玻璃纸包装的糖果、花生牛轧、大白兔奶糖、奶油五香蚕豆、奶油话梅。还有不同香型的彩色香水胶擦,带磁铁口的大熊猫图案海绵大笔盒。每次拆开邮包,母亲都会"啧啧"地说,都是这贵的东西,你舅舅哪有什么钱呢！莲露相信母亲会写信跟舅舅说同样的话，可包裹却没有停过。舅舅还寄来为她缝制的样式特别的衣衫、红色丁字猪皮鞋、粉红色尼龙纱巾、好看的尼龙花袜、鲜艳花哨的彩色发夹发箍。母亲翻看着舅舅做的衣裳，又会叹气，说起自家兄弟可怜，那么聪明、心气高的人，弄到连个老婆都娶不到。莲露便问为什么呢，母亲摇头，说，高不成低不就啊。家里又是这个环境，人家还得挑你呢。你说怎么办好啊？莲露怔住，连母亲都发愁的事情，她更没有主意了。母亲也似乎只在这种时候会想起她的兄弟，一放下包裹，出了家门，又是另一番天地，每天都欢喜快活的，真不像是有老母亲躺在床上不停落泪的棚户区人家的女儿。

莲露将舅舅寄来的奶糖慢慢吃了，将糖纸小心收集起来，用水泡开，展平，晾干了藏到书页里。那时小学生里流行收集糖纸，莲露将自己的收藏带到学校，同学们围上来抢着看，都想跟她交换。莲露一时成了同学间的热门人物，课间总会有不同年级的人过来找她，要看她的收藏。这让她想起小时候在上海的幼儿园里，舅舅教会她早早识字绘画，被人当作"小神童"受关注的日子。她开始给舅舅写信，开始写得很短，写好了，走到院外小街上的邮局去寄，也不告诉母亲。舅舅的回信总是非常及时。母亲知道莲露跟舅舅通信后，显得很开心，给莲露买来好些邮票。舅舅总在信里交代她早起早睡，不要挑食，出门过马路小心，别跟陌生人搭腔。又关心她的学业，鼓励她好好念书，说只要会念书，将来长大了就不会被人瞧不起。莲露每每读到这类话，会有些难过。她想告诉舅舅,在桂林没有人敢瞧不起她们的。转念又打消了念头,怕这样会和舅舅生分了。舅舅在信中告诉她外婆的近况,说的总是外婆能下床了,外婆能吃不少了,外婆能自己洗澡了,外婆很想她,等等,都是让莲露开心的消息。舅舅却从来不说自己。莲露告诉舅舅自己在桂林的生活、市井趣闻、功课,想到什么就写下来,信寄出去,心里就有安妥的感觉。她知道舅舅会认真地听她那些别人都不会在意的闲话。舅舅在她脑子里的形象慢慢模糊,她给舅舅的信却越写越长。

莲露夜里在楼道上撞到母亲和辉哥后不久,辉哥就搬出去另住了。辉哥跟人们说单位里分到了房子,又谈了个女朋友。辉哥一走,只要继父不在家,母亲显得就更忙了,回家越来越晚。家里过去那些一场接一场的年轻人的啸聚,说散就散了。继父在家的时候,莲露看到母亲穿着睡衣在安静的小楼里无声穿行,拆拆洗洗,然后慵懒地斜靠在躺椅上,在继父吐出的烟雾里翻翻书报,看上去没精打采,心里竟会有些难过。虽然继父不在家时,她和母亲相处的时间可能更少,她还是更喜欢看到母亲活跃欢喜的样子。继父对莲露是温和的,出差回来,不时给她带些土特产。他的话很少,因为抽烟过多,天气一变,就拼命咳,进而有些喘,就更没有多少精神,让莲露都为他揪心。家里人的这些事情,莲露从来没有告诉过舅舅。

在跟舅舅频繁通信的时光里,莲露一路上学,学会了一口桂林话,长成一个矜持的桂林女孩。

带莲露离开上海后,母亲利用出差的机会回过两次上海,并没有将莲露带去。母亲带回舅舅给她的各种礼物,还有一些桂林不易找到的连环画小人书。母亲告诉她,外婆的身体看起来越来越差了,又叹息舅舅还是没能成家。到了一九七八年春节,"文革"总算过去了,舅舅在给母亲的信里说,区里有人来谈落实政策的事了,过去被扫地出门的很多大户人家都在传,老房子有退回的希望。就是外婆的身体状况让人担心,她也总在叹说怕等不到那一天,又很想念莲露,想见见这唯一的外孙女。舅舅在信里说,若是可能,看能不能带莲露回上海看看外婆。十四岁的莲露将舅舅的信拿过来,念着上面的"回上海"三个字,几乎要哭出来。母亲的心情明显好起来,揽着莲露的肩说,我们春节就回去看外婆。

莲露一放寒假,就随母亲去上海。母亲为她准备了一个小小的黑红墨绿三色格子图案的旅行袋,她将一直藏在柜子里的那条舅舅当年为她系在小皮箱上的粉红格子手绢找出来,小心地在旅行袋上系好。

莲露感觉上海跟自己离开时相比几乎没有变化。除了弄堂显得更拥挤之外,她没有一点陌生的感觉。比起莲露已经习惯的桂林居所的空阔,外婆和舅舅的工房显得非常拥挤,可莲露一看到自己小时睡的上铺收拾得干干净净,一家人一关上门,哭笑着抱在一起的热闹和贴心,她想自己是宁肯留在这里的。

母亲只在上海住了大约十天,一过大年三十,留下莲露跟外婆和舅舅过寒假,自己就赶初一的火车回桂林,说要带队去郊县各处进行新春巡演。

外婆已是一头雪白，脑后盘出大大的发髻，看上去虚弱而衰老，令莲露想到"风烛"二字，鼻子发酸。按母亲说的，外婆是因为没有康复的意愿，所以身体越来越差，偶尔下床，撑着拐杖走几步就要坐下，腿就更加没力，最后就这样再也站不起来了。外婆眼睛还是很亮，目光落到莲露身上时，愣了一下，随即伸出双臂，眼泪就涌上来。莲露的鼻孔里是久违了的外婆总是带点清凉油混着淡淡花露水的气息。她快步上前，和外婆抱在一起，没想到自己"哇"地就哭了起来。外婆送给莲露的见面礼是一条藏了多年的纯金项链，带一块有莲花和鸳鸯纹案的挂件。外婆将挂件交到莲露手里时，用细长苍白的手指点着上面的莲花说，这么巧，上面有莲花呢。这是你外公送给我的。唉，他都走了那么多年啦。看来你是我死前见得到的唯一的孙辈了，这就留给你，它会保佑你的。莲露抬头，看到母亲含着泪朝自己点头，她才接过外婆的礼物，紧紧捏在手里。外婆又搂着莲露说，送你去跟姆妈是对的，如今生得这么好，比外婆都要高了，多耐看，是个迷人的囡囡了。莲露听到外婆对自己用了"迷人"这样的罕见字眼，再去照镜子，忽然也觉得自己像个大姑娘了。

弄堂里的邻居看到十四岁的莲露，都很好奇，七嘴八舌地夸着她的好看。他们说她不太像上海本地的小姑娘，却一点也不乡气，又惊叹她眉眼里有说不出的异国情调。舅舅对邻居似乎也没有从前那样冷漠，听他们夸莲露，总是特别欢喜。

舅舅那时已三十出头，仍是单身，已从糊纸盒的小工变成了街道纸盒厂会计。跟过去不同的是，舅舅开始吸烟，让家里小小的屋子带上了烟草气息。舅舅起初怕莲露不习惯，总是一早就开窗吹一阵。莲露说太冷了，不要开窗了，桂林家里比这里烟味浓多了，很习惯的。莲露问他为什么要吸烟，舅舅笑笑，说，解闷啊。你很闷吗，舅舅？人抽烟是因为烦闷吗？莲露有些吃惊地问。舅舅一愣，拍拍她的脸，苦笑了一下，没答。

舅舅看上去像是缩小了，年过十四的莲露已可跟他比肩。因有多年频繁的通信联系，莲露看到舅舅，感觉自己好像从来没有离开过。莲露跟在舅舅身边出入，总是很自然地拉上他的手，有时走着，脑袋会靠到他肩上。舅舅肩膀上坚硬的骨头也是莲露熟悉的，让她想起小时候被舅舅抱起，头歪在那上面时小脸被硌着的感觉，如今还带上了她习惯的一种烟草气息。舅舅没事就带她逛街，买书，买上海街头已经出现的各种化纤涤纶面料的花哨时装，都是桂林城里没见过的样式。跟过去最大的不同是，舅舅还带她下起了馆子。莲露已经知道心疼钱，总不大肯去。舅舅悄悄告诉她，外公留下的一些被冻结账户已经解冻了，让她一个小孩子不要为钱的事担心。这些将来都会是你的，舅舅又说。这些话让莲露想起舅舅那年在火车站塞给她的那二十元，觉得舅舅真是最亲的人。

按莲露的陈述，她对舅舅的感情，在随舅舅去苏州和杭州的旅程里发生了微妙的变化。"微妙"这个词一下抓住了我的注意力。在记录里一片密密麻麻的冷色中，这两个被我标成梅红的字眼,令人难以回避。莲露紧接着加了一句:那时我已经有过初潮。怕我没听明白,她又说,她对自己和舅舅的性别差异,开始有了意识。这是莲露最接近问题核心的表述。我在此处将她截住,请她解释她这句话的意思。

我的话音落下,屋里一片死寂。在我们一个多月的会见中,莲露一直特别热衷讲述自己的童年,却对治疗需要做的功课,比如回答那些引导她认知自己心理状况的问卷、被临床实践证明非常有效的"苏格拉底式提问",并没有配合的意愿,常在很多栏目下留出空白,在小组互助性治疗活动中也基本沉默。可以想见,当我听到她罕见地对自己的心理做出分析性评论时的兴奋。

时近晚秋,窗外的枫叶开始变色,加州湛蓝的天空深邃辽阔,有一架飞机在缓缓移动。莲露突然捂住脸,开始抽泣。这是莲露第二次在诊谈过程中哭泣,又是因为舅舅。我安静地翻回最初的笔记,将蓝色的"舅舅"又画了几圈。定睛一看,意外地发现它很像一块磕出的伤疤。我耐心等着莲露的情绪安定下来。我不会在她没有彻底准备好的时候,要求她去揭那个伤疤。我的工作目标是创造心理条件,引导她促使那块伤疤结痂,然后自然脱落。

莲露停止抽泣后,从手袋里掏出一瓶水,喝了两口,又开始忆述。

莲露和舅舅在苏杭,都是住在外婆娘家的亲戚家里。时局已变,多年未走动的亲戚都很热情,一路玩得很尽兴。从杭州回来,离莲露回桂林不到一周的时间了。他们一回到上海，就撞上外婆突发高烧。他们将外婆连夜送往医院。外婆被诊断为急性肺炎，留医治疗。家里就剩下莲露和舅舅两人，整个空间好像一下就扩展了很多。令莲露感到有些陌生。白天舅舅上班，她就转两趟公车去给外婆送舅舅前一晚备下的饭菜，陪在外婆身边，到傍晚再回家。到了离开上海前一天，外婆看上去虽然还很虚弱，但病情已经得到控制。莲露跟外婆道别，说明天就要回桂林了。外婆拉住她的手。莲露低下头，怕看到外婆的泪眼。可这次外婆没有哭，只轻声说，看到你长得很好，又跟在姆妈身边，我很放心，你看上去就是有福气的小姐相。如今世道也变了，会有好前景的。回去好好念书，将来考回上海读大学。莲露点头。外婆就叹了气，说，只怕这是最后一面了，不过我开心的，看到你长大了。你回去后，记得常来信啊。莲露握着外婆柴火般枯瘦的手，不停点头。

莲露在黄昏里提着装着保温壶和大瓶小罐的篮子从医院出来，站在街边等公车时，想到这怕真是见外婆最后一面了，退到医院的围墙边哭起来。有路人停下问是不是为了家里人的病？又劝两句。她点点头，又摇头。她想起很多年以前，坐在舅舅的黄鱼车上从静安去往普陀的傍晚，她缩在外婆的怀里，很清楚自己是有爹娘的人，心里是欢喜的。她眼下就要回桂林跟她唤作爹娘的人继续过日子，却觉得心里空得荒凉。

莲露在那个傍晚到家时，天已完全黑了。天非常冷，风声很大，家家户户都严实地关上了门。舅舅在弄堂口焦急地等她，一见莲露，他就往她头上搭上一条厚厚的毛线围巾，又帮她在脖上系好。莲露待舅舅接过她手里的篮子，很自然地挽上他的臂膀，心里忽然觉得有些怪异，痒痒的，是她不曾体会过的一种奇异的感觉。舅舅问：跟外婆道过别了？莲露"嗯"了一声，就听得舅舅叹口气，说，怕这是最后一面了啊。所以你不肯去？莲露问。舅舅沉默了一下，搂紧她，说，你真是长大了。

那个夜里，舅舅烧了好些的菜，温了黄酒，一杯杯地喝着，不说话。莲露转眼看到舅舅已为她收拾好的行李，开始流泪，说，我不要去桂林，不要去。舅舅起身用暖瓶倒了水，拧了毛巾过来给她擦脸，说，那就不去吧，舅舅也舍不得你。说着，将莲露搂到怀中。莲露说，她清楚地记得，她看到了舅舅红红的眼圈。她有些害怕，问：你哭了？舅舅开始亲她的脸，咕噜咕噜地说着什么，莲露没法听清。他的眼神已经发直，嘴唇贴到了她的唇上。莲露闻到了很重的酒气。舅舅的胡梢在她嘴唇和面颊上磨蹭着，让她的身体打着激灵——老实说，我是有些兴奋的。我想我是有逢迎的，完全没有抗拒。如果我当时拒绝了，我——回忆行进到这里时，莲露又开始哭泣，不能停止。我起身拿来纸巾递给她，说，如果你愿意，我们今天可以停止在这里。

莲露喝了一口水，揩着泪，眉目扭曲起来，手撑到上腹，目光发直，轻声说，好痛。我一愣，问她是不是胃，未等她回答，我已反应过来，她并没有听到我的问话。她半眯着眼睛，说，整个人给撕裂的那种痛。我看到了血，在一团粗糙的手纸上,我看到了——她的嘴唇哆嗦着。

舅舅在哪里? 我小心地提示。这是重要的一关。她需要倒出来,理清细节,才能清理创口。她抬头看着我,眼神空茫。我需要确认的是,你是在说,在那个夜晚,你受到了你舅舅的性侵犯? ——我说得很直接,不让她有机会回避最本质的问题。她不响。我再接上去:你可以暂时不说细节,但请你回答,Yes or no? 一个不长的停顿,她点头,说,他跪在那里。她的眼睛一斜,看向墙角,那眼神灵活得好像此时看到舅舅就跪在那里。她再一次绕过问题的核心。

很多年来,我一直在想,其实我也有错。莲露不看我,自顾着往下说。你为什么会说自己有错? 我打断她,试图引领她回到对自我心理状态的分析。今天我回头看,我的很多行为不够检点。我那时已经发育得很好,很丰满了,但我在屋里连换衣服还是像小时候那样,对他完全不回避。我又经常主动地跟他有太亲热的身体接触。真的,这么多年了,我从来不敢说,其实舅舅很可怜的。

他是成年人,你那时不是。这是关键,其他都是次要的。看清这点,对理清核心问题非常重要。我再次打断她。按你目前的说法,舅舅在你十四岁那年的春天,对你有实质性的性侵犯行为。莲露揩了揩眼睛,没有回答。她眼睛睁得很大,看着我,带着很深的悲伤。许久,她才勉强地轻轻点头,情绪稳定下来。过了一会儿,她又接着叙述。

莲露蒙在被子里哭着。在一九七八年的春天里,十四岁的莲露其实并不很清楚在自己身上发生了什么。她哭的是那从未体验的疼痛。令她更为震骇的是,那剧烈的疼痛竟是她一直依赖着的舅舅给带来的。她感到极深的惊恐,缩在被子里发抖,不知道下面会是什么。

屋里的灯接着就黑了。莲露听到很轻的开门声。舅舅出去了。她轻轻地掀开被子,在黑暗里瞪着眼睛。鼻子里浓重的烟酒气令她想吐。直到下半夜,她都没再听到门响。她不知道舅舅那天夜里去了哪里。这倒像她在桂林习惯了的生活。莲露在窗帘显出微微的灰光时,迷糊了过去。

第二天一早醒来,舅舅出现在床头。他的头发好像突然松散了,垂下来,胡子拉碴,脸色愈发黯了,衣裳上很多褶子,带一股酒酸气。莲露觉得已经不认识他。舅舅给她倒来洗脸水,做了早餐。舅舅将毛巾递到她手上时,她的手下意识地缩回,毛巾掉到被子上,洇湿一片。再一抬眼,看到舅舅好像又缩了一圈的身影,躬在墙角收拾她的行装,头顶绕着灰蓝的烟圈。

一路去往火车站,莲露和舅舅都没有说话。在站台上,舅舅将行李和车票递到莲露手里,掏出一支烟抽上,犹豫了一下,说,你路上要小心啊。再会了。莲露咬着嘴唇,不响。舅舅将手搭到她肩上。莲露扭了一下身子,想要甩开他。就听得舅舅沙哑地说,舅舅永远都是最喜欢你的。莲露还是不响,拎了行李,转身上车去了。列车缓缓驶离车站时,莲露看着车窗外成片成片灰乌乌的上海民居,想到病床上的外婆,觉得自己再也回不来了。

莲露当天中午在火车上上厕所时,感到下体刺痛。到了下午时,已发展为尿路感染,频频跑厕所。小便都是血,伴着强烈的烧灼感,脸色苍白。邻座的阿姨知道了,着急地帮她去找列车员,要来消炎药,又催她多喝水。莲露苦着脸到了桂林,开始发烧,一进卫生间就疼得哆嗦,脸色愈发惨白,又死活不肯随母亲去看医生。一点小事就会哭叫,完全变了个人似的。母亲警觉起来,来到她床边坐下,反复追问。

那是寒假结束前的一个午后,家里没有其他人。已是多日阴雨,非常寒湿,莲露蜷在被里,不停地打战。母亲的声音越来越响,最后揪住她的耳朵,不停地扯。到底是怎么回事?为什么不肯去医院?这样拖下去,肾都可能坏掉,你还想不想活了?母亲叫。莲露抖着身子,将事情说了出来。母亲先是抽了她一个大耳光,叫道:你这个死妖精!这么小,怎么就会瞎编这个!莲露偏过头去,母亲又揪着她,再扇了一个耳光。莲露哭起来。母亲起身离去,走到门边又停下,伏在门框边压抑地啜泣,最后轻声呜咽。莲露用被子蒙着头,满耳都是淅沥的雨声。母亲停下后,出去捏了把毛巾,过来给她擦脸。莲露缩成一团,母亲倾身过来抱着她,轻轻拍着,眼泪又流下来。

我在这里打断莲露:你母亲是唯一知道细节的人吗?莲露点头,又说,当然还有他——是三个人。

母亲说,人说红颜薄命,我们是全家都命薄啊。这事姆妈求你了,你千万不能出去说,千千万万啊。任何人都不能说。将来就是嫁人,也不能跟你男人说。要不你会是千刀万剐的命。姆妈别的话你可以不听,但这个一定要牢记,一辈子都不能忘记。母亲一句比一句用劲儿的叮咛,将莲露从上海带回的惊叹号放大成了蘑菇云。她不明白母亲话语里的逻辑,却被母亲的慌乱吓住了。如果你说出去,你舅舅会被枪毙的,怎么说他也是你舅舅,他养育过你啊。他不会是故意要害你的,他肯定是喝醉了。你不要他被枪毙,是不是?是吗?母亲摇着她的肩,唾沫星子飞到她的脸上。"枪毙"二字,将莲露吓住了,她抱住母亲的腰,抱得很紧很紧,轻声叫着:我不会说的,我死也不会说。母亲抚她的头,很轻柔,说,可怜的囡囡,姆妈对不起你。这是万万都没想到的事。但你不用担心。他从此会从你的生活里消失得无影无踪,再也影响不到你。你是个多好的孩子,漂亮聪明又懂事,你会有大好的前途。一切会很快就过去。你一定要相信姆妈的话。

莲露吃下母亲从医院开回的药,又按母亲的指点泡药浴,感染症状果然很快消退。她按母亲的意思,将往事关到小黑盒子里。又按母亲的叮嘱,在那黑盒子上死死敲上钉子。从那以后,她再也没有接到舅舅的信和他寄来的任何东西。上海从此一刀两断,好像她跟那里从来没有过联系。连外婆什么时候去世的,母亲都没有告诉她。

莲露并不知道舅舅是否还活在世上。你想过要打听吗?我问。她摇头说,为什么要打听呢?也许他结婚了,毕竟日子好过了,房子退还了。外婆已经去世,连我母亲也分到不算太少的财产,我想他中年后的日子不会太差。停了一下,她耸耸肩说,当然,有时也会想一下。是好奇?还是牵挂?我问。她表情带点凄凉地笑笑,说,毕竟他是我曾经最亲的长辈,你说呢?你能不能描述你此刻对他的想法?我又问。她看着我,咬紧嘴唇。没等我再张口,她又说,想法总在变,海里的波浪那样。但总的说来,我希望他过上正常生活吧,有自己的家庭和孩子。说着,轻叹一声,毕竟这么多年过去了。你恨他吗?我问。她不响。我看着她,又一次提醒:你想从滑板上站起来的话,你先得驾驭波浪而不是回避,这是我们要一起做的功课,需要你的配合,真的。她想了想,轻声说,等我自己有了孩子才知道,要带大一个孩子有多不容易。

莲露在舅舅从她的生活中退场后的那年初夏,由母亲领着到榕湖边上的市委招待所和生父见面。母亲在路上交代她,不要跟他讲家里的事情,见莲露不响,母亲捏紧她的手,又叮嘱,特别是你外婆他们的事——莲露一听到"外婆他们"四个字,像被蜇了一下,慌忙点头。

在市委招待所昏暗的前庭里,母亲将她领到生父面前,让她叫那个着一身藏青中山装的瘦削男子"爸爸"。莲露嗫嚅着。这个词,她已经对继父叫了那么些年,忽然又冒出一个同样称呼的陌生男人,莲露心里生出害怕。母亲凑到她耳边,小声说:他是你亲爸,你不要这样,叫啊。莲露才冲那个男人叫了一声。母亲松开手,笑着将她交给那个男人,说好下午下班后来接她。

生父很瘦,面善,说话带很重的壮语口音,让莲露不习惯。他领着莲露一路出来,轻柔地说着话,告诉莲露他如今在南宁工作,那里的家里莲露有两个弟弟,都很乖,让她将来有机会去南宁跟他们玩。生父没有问莲露任何关于她家里人的事情，也没有多问她在上海和桂林的生活，只是说，女孩子还是留给妈妈好，看你长得这么健康，我放心了。生父并没有像其他成人那样，初次见面总是夸她好看，让莲露有些意外。她很想问生父当年为什么和母亲分开，却不敢开口。生父领她一路出来，站在街头，一时不知要去往哪里。他提议带她去叠彩山走走，莲露不肯。生父自语般地说，你不知道从明月峰顶看桂林有多么美啊。莲露不响。她跟辉哥他们去过，老师也带她和同学们去过。确实很美，她想，但她不愿意跟这个男人去那里，哪怕他是自己的生父。为什么？我在这里打断她。莲露很深地看我一眼，苦笑说，那山间太僻静了，我不要跟他去。

莲露从那个上海寒假之后，发现自己只要跟男性独处就很紧张，哪怕是在家里。只要母亲不在家，她就总将自己的门反锁着，必须出来时，总是蹑手蹑脚，生怕弄出声响，引来继父他们的注意。她开始喜欢上学，也开始喜欢参加学校的活动，那里人多，让她觉得安全。生父只得带她到中山路逛街吃米粉，到冰室吃冰激凌喝汽水。她跟着生父穿行在闹市，被赤白的太阳照得流汗，忽然想起跟舅舅在上海的时日，也常是这样的情景。她下意识地挽住生父的手臂，又马上松开。生父温和地看着她笑。莲露看到他那张陌生而平静的笑脸，突然觉得自己多事。

莲露傍晚随生父回到招待所，远远就看到站在前庭台阶上的母亲。她随母亲离开，走到招待所大门时，忍不住回头望了望,看到生父正在上台阶,并没有回头。她的鼻子有点发酸,就听到母亲问她,他有没有问她家里的事情?有没有打听外婆他们的情况?有没有问她对继父的看法?完全没有。没有。没——她的回答全是否定的,又全是事实。母亲吐了口长气,表情有些失落,一路再没说话。

生父走后,就没了消息。莲露觉得生父是喜欢她的,起初还隐约期待着他或者会有信来,但她很快就失望了。莲露不知道是母亲让他不要跟自己联系,还是生父自己的决定。她再次见到生父,已经是从美国回去探亲的十多年后了。因为是到了南宁,顺便的——莲露说到这里,表情很冷。

4

朱老师的名字从莲露的叙述中跳出来时,莲露在诊所的疗程已经过半。

莲露持续回避面对当年在上海遭受舅舅性侵犯事件的细节和受创后心理状态的辨析,她的表现清楚地显示出治疗阻滞点就在这里。而在这时,我意识到自己在诊疗过程中倾注的同情开始愈发地个人化了,我明显地意识到我其实根本无法对另一个病人倾注同样的热情和耐心,这令我开始担忧。在莲露又一次带来多项空白的治疗问卷时,我向她提到她可能要面对转看其他心理治疗师的选择。

莲露的表情有些意外。她没有立刻回应,盯着我,嘴巴微张着,嘴角上翘的线条让她看起来像是在微笑。她那天穿着一身铁灰色衣裤,看上去像坐在谈判桌边的女强人。我给她盯得有些不自在,侧过脸去,看了一眼窗外,深秋里的枫叶已挂出一树金红。

莲露将问卷拿回去,低头看了看,又放回来。她的手势有些轻慢,卷子像是给甩回桌上。所有的问卷,我都认真读过,想过的,她的声音里有着她罕见的坚定。我控制着自己的情绪,耐心地说:那么是什么妨碍了你回答这些问题呢?要知道,认真回答这些问题是治疗的核心步骤。这些问题不是随手拈来的,是认知行为心理学临床实践经验的结晶。它们会帮助你梳理自我心理的认知和情感,比如自责,负疚,缺乏安全感,不稳定的情绪,深度的悲伤,处理两性关系、婚姻关系的困难,是不幸有过你童年遭遇的人在成年后会遇到的典型问题。设想你在海里冲浪,若想不被巨浪吞没,你得驾驭好滑板,从风口浪尖穿过。要冲进浪里,才能冲出来。如果你只是躺在小舢板上——我没有躺在小舢板上,莲露打断我,眼睛往我身后墙上那幅巨浪照片扫了一眼。

你请继续——我看着她,点头说。她斜一眼台面上的问卷,说,我虽然没有怎么回答这些问题,可我都认真看过,也想过。所有的问题,就算是我没有回答的,我都仔细读过。

莲露盯着我,说,你肯定觉得,我最后一次在上海遭遇的事情是问题的关键。可我想过了,其实那件事我已经放下了。我马上说,当然没有,你是一直强迫自己忘记,比如我们现在谈论它,你甚至都是用"那件事""上海那次"这样的话语,你甚至无法将舅舅的名字跟那件性侵事件连在一起说出来。你掩着耳朵,可那只铃仍随着你的移动不停地响。你得将那铃摘下来。刚说完,我就为我自己的武断和说教感到了后悔。我还意识到自己的嗓门提高了,情绪也显得急躁,仿佛在竭力说服莲露。

莲露愣在那里,皱着眉,微眯了眼睛,像是刚从暗房出来,一下还不适应室外的强光。我冷静下来,等她的反应。她摇摇头,说,不对。我的问题不在过去,而是在眼前。我要解决的是如何处理眼下的问题。说着,她看了我一眼,那眼神里有着难以描述的温和。

嗯,你说了解铃——她又说,那个铃是解下来过的。朱老师是解铃人。只是,突然有一天,解铃人也是系铃人。说到这里,她斜来一眼,苦笑。她的脸色在明亮的屋内显得有些苍白,跟平时丰润的气色很不同,在一身铁灰的映衬下,显出平日里少见的憔悴。

莲露在后来的叙述中,一直用"朱老师"称呼她的丈夫。在福建三明长大的朱老师,一九八三年春天从北师大毕业后,分到当时是电子工业部直属的桂林电子工学院教书。莲露高中毕业时,母亲说自己一生见多了,觉得还是学门技艺扎实,将来能够安稳过日子。莲露考大学报志愿时,心下知道上海是再不能提的,就报了一串广州的院校。母亲死活不允,老师来做工作也没用。莲露跟母亲争执起来,母亲夺了她的笔,说她不能让她再独自离家,弄不好不知再弄出点什么事来,还是在身边看着放心。莲露听母亲说到这里,不敢再吱声,顺了母亲的意思,轻松地考进桂电无线电技术专业。

莲露在大二第二学期修"概率论及数理统计"课时,成了朱老师的学生。朱老师黑瘦,个子不高,戴副厚厚的眼镜,当时已年近三十还是未婚。他平时话很少,也不怎么笑,但一上讲台就像换了个人,能将枯燥的内容讲得生动有趣。他的课堂上常爆出活跃的笑语声。朱老师比莲露整整大十岁,曾下乡插队十年。作为"老插",他不修边幅的经典故事是,他上讲台时总会换上很新的的确良衬衣,可一转身写黑板时,大型阶梯教室里近百名学生,常能清楚地看到他里面穿的背心后面一个个洞,有些竟有碗口那么大,引得女生们一阵骚动,不停窃笑。

　　莲露在校园里很安静,很少跟同宿舍女生一起行动。她早已说一口道地的桂林话,就是跟母亲在一起,她也不说上海话了。她随着桂林城里女孩的时尚和打扮,再也不觉得自己是这个小城的外人。偶有同学穿来家里人出差上海买回来的时装,莲露总会多看几眼。那些来自上海的花尼龙面料衣裙、中长纤维的春秋格子面料,上海传过来的燕子领、A字裙、蝙蝠袖、直筒裤、坡跟皮鞋,对她来说都是时髦玩意儿,她兴致勃勃地看着,才想起自己早已不再是同龄人中引领潮流的人了。她喜欢自己成了一粒融入她们池塘里的盐,而不是浮生在水面的莲花。

　　那时校园里正时兴跳交际舞,学生食堂一到周末就彩灯闪闪,开着一场接一场的舞会,却从来不会有莲露的身影。她在学生食堂碗架上的碗里,常会出现男生约会她的字条。她总是悄悄地将它们取出塞进衣袋,到没人处撕碎扔掉。他们写来的信,她也总是没拆就处理了。不是因为学校规定在校学生不可谈恋爱,她就老实听了,只是她看着那些一头墨黑头发、满脸青春痘的同龄男生,心里会不耐烦。她试过跟他们去打球、爬山和郊游,却没法集中精力听他们说话,她想自己其实比他们老了一辈,她的知音是比她更老的人。后来,晚自习出来,再在楼梯口遇到等她、堵她的男生,莲露连客气也不讲了,拉了脸甩开他们就走。

莲露第一次去朱老师的辅导课时,已近结束。见莲露进来,两个原已背好书包站着跟正在收拾东西的朱老师说话的外系女生便停下来了。朱老师顺着她们的目光望过来,看到莲露,表情有些意外。莲露轻声叫了声"朱老师",心跳竟加快了。朱老师看看表,微低下头,从眼镜上方看出来,说,你是莲露?——没等她回答,正要离去的两个女生"扑哧"笑出声,说,她是我们的校花。莲露第一次听到人说自己是校花,而且是在这么严肃的朱老师面前。她斜着眼轻声嗔道:说我是个笑话吧?那两个女生一听,吐吐舌头,赶忙离开。

莲露尴尬地站在那里。朱老师摆摆手,说,嗯,你有什么问题?莲露告诉他,自己对一些概念不是很理解,有几道作业题解得没把握。朱老师让她坐下来,自己却站着,让她将不会做的作业题用自己的语言讲述出来,在她讲述的过程中,不时点拨几句。莲露发现自己磕磕巴巴地讲着,在朱老师的提示下,很多概念变得清晰起来了。朱老师微笑着点头,说,就是这样的。当你能将习题用自己的语言说明白的时候,你就真懂了,解题的办法也就顺理成章地出来了。你就这么练。拿到题目不要急着去解,先吃透题目要你做的是什么,里面牵涉的概念不清楚的话,再回去看书,就这么简单。莲露仰头听着,觉到一种久违的安心。她和朱老师一起从教学楼的台阶上走下来时,校园里已到处是晚饭前锻炼的人们闹腾的欢声。

莲露开始经常出现在朱老师的辅导课时段。她通常在课时将要结束时出现,这时大多数学生已离去。她跟朱老师聊着,作业基本就当场做完了,教室里没人时,两人也聊些闲话。朱老师很少说笑,却很耐心,不管她说什么,他总是一副全神贯注的样子在听。朱老师给她讲些他十年的插队生活。从他们翻山越岭串访知青点寻读禁书、养鸡放牛、耙田种菜、偷鸡摸狗,到如何爬上牛车赶往公社所在地参加"文革"后的第一届高考,莲露都听得津津有味。那是她的同龄人,甚至家里的辉哥他们都不曾有过的经历。莲露的戒备慢慢松懈下来。听朱老师讲他福建家乡生活习俗的不同,她也会谈起自己童年时代在上海的生活。两人再对比桂林市井生活跟各自背景的不同时,竟有了知音的感觉。

朱老师的课程结束后,已是大三学生的莲露,在专业基础课里遇到与数理统计相关的难题时,还会想到去找朱老师请教。一来二去的,他们就有了些课外的交往。到了暑假,朱老师因为要备考研究生,没回老家三明。他们有时就约了一起去市里逛逛书店,到学校后门外小街上的大排档吃饭,还一起看过几场电影。若是约在朱老师住的单身宿舍楼下碰头,朱老师总是按时出来,从未邀她到楼上他的房间里去看看。这让莲露放松下来,发现自己已很久没能这样轻松地跟男性独处了,心下对朱老师更亲近起来,再遇到什么烦心事,第一时间想到的总是要找朱老师去说,虽然她并没有那样做。

朱老师告诉莲露,他生活的短期目标是争取继续深造。不是报考中科院的研究生,就是争取去美国留学。莲露听了有些吃惊,想朱老师都三十岁的人了,应该考虑成家的,又没好意思问。待莲露进入毕业实习和毕业设计阶段,朱老师也已报考教育部的公派留学生,业余时间都花在英语强化训练上,他们的联系就少了。

莲露毕业后,分到市郊三里店的无线电元件厂,开始了早出晚归的上班生活。夏天快要结束的时候,她突然收到一封本市来信。莲露一眼认出朱老师的字,赶忙将信拆开。朱老师在信里说,好久没见面了,挺挂念她的,希望她喜欢她的工作。他刚从南宁考试回来,可以松口气了,想请她周六晚上出来,一起去中山路上的"漓江人家"吃个晚饭。朱老师最后强调,请她务必要来,他有些重要的事想跟她谈。直觉告诉莲露,朱老师肯定考取公派留学了,隐隐地,又感到那"重要的事情"跟两人的关系有关,这让她心里有些不安。

请你具体一点。我在莲露转开话头之前,截住了她。她看着我,苦笑着说,还不够具体吗? 我真的很感激你在整个过程中对我的耐心。我笑了笑,说,关键处要不厌其烦。比如,在你预感到朱老师要跟你提及两人关系的时候,你为什么感到不安,而不是兴奋,或者盼望,哪怕是紧张? 是你不喜欢他,想拒绝他吗?还是其他的原因?

当然是因为上海的往事。她轻声说。舅舅性侵那件事,这时让你感觉不安——我说。她的眼睛快速地聚焦,盯着我。我说的对吧?我问。她有些不情愿地点点头,想了想,又说,应该比这更复杂些。我说:好,你请接下去。

莲露到了高中,成了重点中学尖子班的学生,课业繁重,自己又特别好强,满门心思都在准备高考上,舅舅已经很久不曾在她的脑子里出现过了。上了大学,外国电影《苔丝》来了;男女青年分分合合的故事成了报上的热门话题;青年杂志热烈讨论起非处女问题,从这个话题,又争论到贞操,保持纯洁或被玷污,连篇累牍,令人心惊。莲露觉得自己明白了为什么当年母亲会警告她说,如果她将自己在上海舅舅那里经历过的事情说出去,迎接她的会是千刀万剐的命。

有天夜里,熄灯铃响过后,莲露同寝室的女生又为刚从报上读来的曾遭强暴的女青年的来信争论起来。那女青年在信里说,当年她遇到了现在的爱人,便向他坦白了自己的过去。他对她说,你只不过是被疯狗咬了一口,我怎么会因此而离开你?女孩子们为那个女青年感到庆幸,又说,所以一个女人的纯洁是很珍贵的,因为它一旦失去,就再也无法找回。莲露躺在黑暗的蚊帐里竖着耳朵听到这里,忽然苦笑了。无法找回的东西太多了,外婆那个有外公的家;外公一生经营的公司和工厂;母亲迷恋过的越剧舞台,上海……都是说没就没了。青春,生命,哪样不是一去不复返?反而是那个所谓的纯洁,却未必。好比外婆,她就遇到了生命中的贵人——外公将她从欢场赎回,给了她一生最美好的时光。莲露在那个夜里,明白了她要等的,就是自己生命中的贵人。

莲露再看到年轻男生们争论"苔丝"时的激动,心理上对他们就更疏远了。看这些连女生的手都没有拉过的大男孩,在那儿为爱情的"纯洁"争得青筋暴跳,她就想,"疯狗"那样的词,倒真是他们能想出来的。她很清楚他们不是她在等的人。跟朱老师走近后,莲露一路是欢喜的。但直到收到朱老师的信时,莲露还不能肯定,朱老师会不会是她在等的那个人。

莲露来到"漓江人家"时,朱老师已经等在二楼靠窗的卡座上了。远远看到她进来,他站起来向她招手,表情有些紧张。朱老师那天穿一件崭新的蓝底红细格的的确良短袖衬衣,转过身时,莲露发现那里面的背心没有一点破绽。她微微笑了。莲露那天穿了一条粉红色镶白色荷叶边的尼龙连衣裙,白色高跟皮凉鞋,剪着那时流行的山口百惠式短发,看上去还带着十足的学生气。欢迎欢迎,我们年轻有为的女工程师!朱老师将她往卡座里引,笑着说。还差得远呢,一年试用期满后,才能转助工呢,莲露笑着答,落了座。

卡座紧靠的大窗几乎落地,窗外有圈小小的矮栏杆,摆着红白色的海棠。背景里邓丽君的低吟浅唱,听得人心发软。窗外中山路上涌动不息的车流人流,看上去如快进着的无声电影画面。莲露转过脸来,和对面朱老师的目光相遇。她甩甩脑袋,看清了朱老师显然是新剪的短发,腮帮上是新剃净的一片淡青,眼角的皱纹好像更深了。天暗下来,她低下头去喝茶,眼角晃着街市中返照上来的灯光,忽然想到了在上海的时光。这是很多年来,她第一次想到上海却没引发不快的情绪,再望向朱老师,心下生出暖意。

朱老师点了好些桂林家常菜,将香槟倒好递给莲露,笑着说,让我们为两个好消息干杯。一是祝贺莲露大学毕业,长大成人自食其力;二是要跟莲露分享好消息,他已经考取教育部公派留学资格,马上就要到广西大学外培中心去脱产培训英语,然后考托福和GRE,联系美国学校去攻读学位。两人干了杯。莲露放下酒杯,高兴地说,这真是大喜的事啊!朱老师点头,笑着将杯里剩下的香槟一口喝下,脸就有些红了。他放下酒杯,问莲露:你想不想去美国呢?莲露一愣,说,哎呀,没敢想过。朱老师弹了弹杯子,说,那你就去吧!莲露"扑哧"笑了,说,你以为是去南宁啊,说去拔腿就去了?朱老师正色道,你不要笑,我可以带一个人去的。莲露笑得更响了,说,朱老师你真是喝高了,美国还给你配额呢,来一带一——朱老师的手伸过来,朝她的额头点一下,说,真是个傻妞,我当然是可以带家属的。莲露的脸"腾"地就红了。朱老师伸手过来,掌心朝上搁到莲露面前,说,答应我,跟我去吧。莲露从来没有听到朱老师这样轻柔的话声。她将自己的手搭到朱老师手上,朱老师将手往后一抽,反过掌来,一把将她的手指扣紧,摇了摇。谢谢你!莲露鼻子一酸,有些犹豫地点点头。

莲露牵着朱老师的手走出"漓江人家"时,天才黑透。他们一路出来,拐上滨江大道,到一个露天茶座的长竹椅上坐下。那时漓江两岸夜里还没有太多灯火，清澈的漓江水漫到眼前，在茶座暗暗的灯影下，甚至能看到河床里的鹅卵石。远远地，还能看到黑色山影上的满天繁星。她的手一直在朱老师的手里，感觉心跳都慢了下来。江水也似乎流得特别安宁缓慢。他们喝着茶，聊起分别后的各种趣事。朱老师很轻地摩挲着她的背说，现在我们的关系不一样了，可以跟你讲贴心话了。你真的是很漂亮的女孩，穿身旗袍走出去，肯定很像上海滩上的大小姐。唉，要不是时代的原因，你就是上海大小姐啊。见莲露不响，朱老师又说，公费留学的人都有八百块的置装费，等我领了来，你拿去做两套漂亮的旗袍，到了美国，你穿上它，我们到街上一走，让美国人也看看我们中国美女。莲露笑笑，想起照片里看过的外婆穿着旗袍小鸟依人般和外公在一起，心里一热，将头靠到朱老师肩上，紧紧抓着朱老师手臂。朱老师环住她，在她脸上亲了一下。她侧身抱住朱老师，一眨眼，眼前就出现了十四岁那年在普陀工房里的情景，非常冷，舅舅抱住了她，她看到自己在回应舅舅的亲吻。莲露后来想，如果她那天夜里没被心里涌出的那股深深内疚击中，或者能忍住被击中的疼痛，今天的生活就不会如此狼狈了。

莲露再次回避了我让她对"内疚"情绪细解的要求。她只接着说，她在朱老师的怀抱里说出了那件上海往事。细节都被埋葬了，她蒙着脸，轻声说出了自己在少女时代就被夺去了纯洁——她自己也没想到，她竟用了"纯洁"两字。朱老师原来在她背上摩挲的手停了下来。她感到背上有股强力，压得她背痛。是谁？那家伙是谁？朱老师的声音出人意料地沉着。莲露缩紧双肩，偏开了身子，看到朱老师被远处微光裁出的剪影，带着难以形容的冷峻。朱老师侧过身来，捧起她的脸。莲露从来没见过朱老师那么严肃的表情。莲露说出了舅舅，身子有些哆嗦。朱老师松开了手，很轻地拍拍她的脸，取下自己的眼镜，用衣角擦着，轻声问，就是那个在上海带你长大的人？莲露在暗里用力捏了一下朱老师的手，没答他的话。那个夜里，朱老师直到将莲露送回市委大院门口，再没怎么说话。莲露第二天早晨醒来，恍惚间想起前一夜的事情，意识到自己竟已当着朱老师的面，将一块压在心头多年的大石头掀开了，感觉不可思议。

朱老师在周一的中午出现在无线电元件厂时，他们看到了彼此眼里的红丝。朱老师朝她淡淡一笑，点点头。莲露随他一路沿着厂生活区的小路出来，走进午间空旷的灯光篮球场，坐到树荫下高高的位子上。朱老师握起她的手，轻轻地揉着，表情带着庄重，说，我回想了我们交往的全过程，整个过程里，我一直觉得你是个很纯洁的姑娘。你就是个纯洁的姑娘，他又重复一句。莲露咬着嘴唇，感到了手心的汗。朱老师轻轻地拥抱了她一下，轻声说，我们就要到新大陆去开始全新的生活了，那里的晨昏跟这里是倒转的，全新的初始条件，全新的边界条件，以前那些旧的方程解，全部废弃了。

莲露送走朱老师，回到车间里一头躲进更衣室，眼泪就出来了。她坐在条凳上，轻轻地拭着泪，心境却是明亮的。那泪水是为自己终于找到了生命中的贵人而流出的欢喜。

她相信自己会比外婆幸运。

莲露第一次带朱老师回家跟母亲和继父见面时，朱老师就跟他们说了准备迎娶莲露，并要带她去美国。继父那时已退居二线，又刚因早期肺癌做了手术，正在康复中，话更少了，看上去真是个老人了。他听了朱老师的话，努力地笑着点点头，用沙哑的声音说：莲露就交给你了，请好好照顾她。母亲白皙的皮肤上有了些皱纹，看上去越来越像外婆，不同的是，母亲的眼睛带着她这个年纪的女人罕见的灵活，说起话来仍是眼风一飘一飘的，让人很容易忘了她的年纪。辉哥兄弟那时都已离职下海，办了贸易公司，做着往外省倒白糖的生意，母亲就提前从文化馆办了退休，到辉哥的公司里帮忙去了，日忙夜忙，精力过人。朱老师的到来，让母亲兴奋得楼上楼下地穿行，不停安排家里的小阿姨去买这买那，要自己亲自下厨做大菜。

朱老师走后的夜里，母亲来到莲露房间，在床边坐下，轻叹一口长气，表情轻松地说，这日子过得多快啊，你都要嫁人了。能找到朱老师这么稳重可靠的男人，唉，如果你外婆活到今天，不知会有多高兴呢。莲露已经很多年没有听到母亲提到外婆了，张了张嘴，刚想问话，母亲又说，外婆去世之前还念叨着你呢，最不放心的就是你了。唉，我们家三代女人，终于熬到你这代能过上好日子了。莲露看到母亲眼圈红了，赶忙拉起母亲的手，轻声说，姆妈，你也过得挺好的呀，不要太难过了。母亲叹口气，很深地看她一眼，想了想，轻声说，你如今也大了，有些话可以跟你讲讲了。我当年跟你生父来到桂林，连话都不会讲，样样都很不习惯，再不能上台唱越剧，就算你能唱也没人要听，就在电影院卖票。跟你生父在生活里有很多问题，上海却回不去了，在当年的时势下，就是能回去，我怕也是没勇气回去的。而且在那年头，没完没了的政治运动，动不动就要"清理阶级队伍"，我们这些外地人是首要目标，要被调查，上海家里的情况就是个定时炸弹，随时会把人炸个半死。就在那样的情况下碰到了你继父，他对我很关心，帮我调到文化馆，那时他爱人已经去世好几年了，我就和你生父离婚，嫁给了他。这辈子这么过下来，你也都看到的。我没有什么可抱怨的，特别是你能在这样安全的环境里长大，要不然，就不敢想象了。母亲说到这里，拿起莲露的手，轻轻拍了拍，说，把你交给朱老师，我就再没有什么不放心的了，过去姆妈有什么对不住你的地方，你也就都原谅了吧。莲露倾向前去，轻拥住母亲，松开手臂的时候，听到母亲又说，你记得我告诉过你的吗？你出生的前夜，我梦到过一朵洁白的莲花，上面滚动着很多闪亮的露珠，真像钻石那样漂亮。你看，那吉兆真的应验了啊，你肯定会有很美好的前程，真是让人太欢喜了。莲露和母亲在灯下开心地笑起来。

5

朱老师在莲露大学毕业那年的冬天，办妥了申请美国留学的各种手续。他们在桂林登记结婚。

去登记前的一个轮休日,莲露将屋里柜顶那只老旧的皮箱拿下来。多年不曾打理,皮子已经发脆开裂。莲露将存放在皮箱里的舅舅来信、当年收集下来的各色糖纸,连同舅舅当年为她系在行李袋上的那条粉红格子手绢一起,捧到院子点火烧了。那粉红间白的手绢被高高的火苗吞入,缩成一团,再一展开,变成了一堆小小的灰白。舅舅当年将那手绢系到箱子上时,反复交代她凭这个记号看好箱子。在这个时刻,彻底烧毁它,莲露心里有特别的仪式感。所有的火苗都消停后,她蹲下来,用树枝将那手绢的灰烬一扒,它就散成了碎片,微风一过,四散而去。莲露吐口长气,起身拎上那只开裂的旧皮箱,在阴湿的小路上走了一阵,扔到大院里的垃圾回收箱。第二天上班路上,莲露还专门拐了点路,经过那只墨绿的大垃圾箱时,她跳下自行车,亲眼确认它已被清空。再转出去,她觉得车轮子似乎都上了翅膀,心里有说不出的轻松。

　　莲露和朱老师在桂林登记结婚后,回朱老师老家福建三明举行婚礼。准备婚礼时,朱老师陪着莲露,找到桂林衬衣厂的上海老师傅,量身定做了一袭深红、一袭宝蓝花色的缎子旗袍。到衬衣厂门市部试衣时,莲露一掀开试衣室的帘子走出来,门市部里的客人都围了过来,七嘴八舌地赞叹。不仅因那时旗袍罕见,更因为莲露的相貌和身材,让旗袍衬托得特别出众。大白天也开着灰蓝日光灯的门市部一下染出了明艳的色彩。为莲露做旗袍的老师傅是当年随工厂支边迁来广西的,胖乎乎的他一脸富态,笑眯眯地看着莲露,叹说

"文革"多年没做旗袍,手都生了,没想到出来效果还真不错,到底还是姑娘的架子好啊,像足了上海小姐的样子呢。莲露听了,喜滋滋地去看朱老师,两人目光交会时,会心地笑了。朱老师微笑着告诉大家,这是为婚礼准备的,人们又啧啧恭喜他们。莲露带着这两套旗袍随朱老师回了家乡。朱老师的父母亲友看到莲露都非常高兴。说到这里时,莲露专门提到,她特别感激朱老师的一点,是朱老师说到做到,他们是在三明完成了婚礼的仪式,喝完喜酒之后才住到了一起。莲露说,朱老师这种特别形式主义的做法,对她自尊心的重建非常重要。他们相拥着倒在洁净的大红花色床单上,曾经的阴影被红火喜气的亮色冲得一干二净。她才知道,相爱的两个人彼此的拥有是那么美好。

婚后不久,新年一过,朱老师启程去波士顿大学留学。一个学期过去,莲露后脚就到了。她一边补习英文,一边接连生下两个孩子,买烧洗汰带孩子,收拾家居,每天总有做不完的事,完全陷在家庭里,成了真正的陪读太太。朱老师家里没有后顾之忧,又非常用功,在学科领域的顶尖学术刊物上发表了几篇很有价值的论文,攻下博士学位后,顺利拿到伯克利加大的教职,一家人的生活才安定下来。等孩子们也上学了,莲露开始到旧金山州立大学修读软件工程,毕业后到伯克利找到现在的工作,一直很稳定。前两年孩子们都离家了,人到中年的莲露才觉得松了一口气。到了这时,朱老师已成为世界一流名校伯克利加大的终身教授多年。随着中国经济起飞,朱老师跟国内学术界的交流频繁起来,成为最早入选中国引进海外高层人才"千人计划"的学者之一,同时兼任国内多所大学的客座教授,在太平洋上空频繁穿梭,寒暑假期间都长时间在国内工作。

日子过到这个光景,莲露觉得她的生活,美国人有个说法特别准确——她满足,但没有深度的幸福感。朱老师来美国后一路小跑,夫妻俩坐下来好好聊聊天的时间越来越少。两个孩子生下来后,她有好多年都没再和朱老师单独出去吃过饭、看场电影了。可看看周围同样背景的中国同事,大家在新大陆成家立业道路上的足迹都差不多,莲露也不觉得有什么缺憾。只是有时去参加美国朋友的聚会,看到人家中年夫妻也左一个"蜜糖",右一个"甜心",搂搂抱抱的热乎劲儿,才会有些浅淡的惆怅。偶尔清理衣橱,看到挂在衣橱深处那两件寂寞的艳丽旗袍,莲露总会将它们取出来比画一下,想到朱老师当年说,到美国后穿上它们到街上走走,让美国人看看中国美女的那些话,不禁苦笑。她倒是清楚地记得,暴风雪初停的波士顿郊外,周末里总是她陪着幼小的儿子在堆雪人;夏天的周末,也是自己和年幼的女儿穿上母女装,沿着伯克利长长的林荫道漫无目标地骑着车。她成为两个孩的母亲后,尽管身材保持得很好,可那旗袍还是穿不进了。她的手在水一般的缎面上滑过,会忍不住想,这触到的是自己的青春。旗袍的色泽并没有褪去,可镜中的自己却像一件用旧了的漆器。莲露并没有抱怨。在加州明艳的阳光下,她再不被阴影堵截。她愿意就这样跟朱老师在固定的轨道一路滑行下去,互为老伴,修成正果。

二〇一〇年底,朱老师从广州回来后,莲露开始频发尿道感染。她在刚生过老大之后,有段时间也不时会有这毛病,基本不用求医,多喝些山楂汁之类,就可以度过。这次是多年来第一次重发。她按过去的老方法处理,灼烧和疼痛的感觉却越来越强烈。她开始尿血,身上一阵冷一阵寒,令她惊恐地想起十四岁的那个早春,心下生出不祥的预感。医检的结果,是染上衣原体病菌。家庭医生将结果告诉她时,看着她的眼睛说,这是一种性病,会通过性生活传播。幸运的是,这是性病中比较容易治疗的一种,只要服用对症的抗生素,效果很不错的,你不用太担心,但你要了解它的传染渠道,需要特别注意性生活安全。莲露愣在小诊室里,只看到家庭医生的嘴在动着,耳里是嗡嗡的响声。近年来,她对入眠环境越来越敏感,朱老师却工作得越来越晚,有时就算躺下了,忽然想到一个什么问题,他又会爬起来,轻手轻脚地拿上手提电脑,进到卫生间掩上门工作很久,互相都觉得很不方便。到女儿离家后,他们已常分房而睡。朱老师这次从国内回来后,他们有过肌肤之亲的夜晚不出一二。她一下就寻到了自己的病因。

莲露在晚餐桌上告诉了朱老师自己看诊的结果。在这之前,莲露没有告诉朱老师自己身体有不适。朱老师听后一脸震惊。他微张开嘴,瞪着眼睛,直直地盯着莲露,少顷,抓来一张纸巾,低头擦鼻子。莲露看到他头顶已经花白的头发,开始松弛的皮肤上的一道道深纹,心下一酸。她正想开口告诉他,据她从网上查询的信息,男性若染上此病,症状可

166

能是隐性的，就听到朱老师带着鼻音的话：我明天就去联系医生做检查。莲露点头，没有说话。当天夜里，莲露刚熄灯躺下，就听到门响了一下。她听到朱老师的脚步在床前停住，似乎是犹豫了一下才坐到床头，没有拧灯。他显然知道莲露还没有睡着，低声说：我很对不起你，那个病是我传给你的。我真的非常非常抱歉，非常非常后悔。莲露没有应。朱老师的手搭到她的肩膀上，轻轻捏了一下。她躺在床上，看着暗光中的天花板，好一会儿才说，你竟然也做那种事。

朱老师低声说，我自己也是万万没想到。这些年来来去去，我从来不曾动那类念头。这你得相信我。不是说我人品多好，确实是没兴趣，何况如今年纪也大了。莲露一下翻过身来，拧亮了床头的灯，等他的话。朱老师接着告诉她，这次回来前，最后一站是北师大珠海分校。夜里在酒店的咖啡厅里跟人谈完事，一个女孩子走过来搭讪。朱老师不耐烦地摆摆手，示意她别打扰，一边收拾摊在台上的东西。老师——那个女孩子叫了一声，朱老师抬起头来，想要赶她走，一看，她长得特别像大学时代的——朱老师说到这里，停住了。莲露听到了自己急速的心跳声，她闭了一下眼睛，希望他不要说出来。朱老师转开话头，说，那姑娘看上去真是清纯，打扮得也很朴素，确实像个在校的女大学生。她说自己是四川乡下出来的，来珠海找工。可到了珠海，本来说能接应的老乡却下落不明。她父亲早年就病故了，母亲丢下她和两个弟妹改嫁他乡，如今年幼的弟妹和老奶奶都在乡下等她寄钱回去接济。朱老师打断她，让她好好找个地方学点手艺，如今有点专长的技工很抢手,收入很不错,那才是长远之计。那女孩低眉顺眼地谢着朱老师,说自己还是个处女,真是因为困难了才出来这样做,很幸运碰到朱老师这么好的人,真心愿意将自己的第一次给他。

因为她说自己是处女,你就做了? 莲露一下坐起来,叫着。朱老师一把取下眼镜,捂住脸,用力地摁住双眼,不响。莲露又叫了一声:就因为她说她是处女?! 朱老师停了很久,轻轻点头,轻声说,就是一念之差。莲露看到泪水从朱老师已经长了稀疏老人斑的手指间流出。可哪是什么处女! 这个世界哪里还有什么处女! 朱老师压抑地哭叹。莲露的心软下来,倾向前去抱住他。朱老师的情绪安定下来,说,请你原谅我。莲露拍着他说,你明天马上去看医生吧。

朱老师果然也给查出衣原体带菌。夫妻俩遵医嘱服用相应抗生素后,身体很快恢复了正常。莲露没有想到的是,朱老师的这个意外并没有像她以为的那样很快过去。直到莲露到我诊所时,她已跟朱老师正式分居,正在进行婚姻关系的调解。

这个过程比我想象的艰难多了,莲露说。她没有想到,朱老师从珠海带回来的冲击波有个滞后时段。当它最终席卷而来时,带着超出她想象的杀伤力,比当年舅舅带给她的痛苦更甚。这是莲露在谈到舅舅当年对她造成的伤害时,第一次使用了"痛苦"这个词。她其实很快就原谅了朱老师因"一念之差"而将风尘女子带到酒店床上。她没想到的却是,朱老师道出的那"一念",像一个魔咒缠上了她。一个当年给

168

你解开那个结的人，隔了二十年后，又亲自给你严实地系上，莲露强调说，表情里有藏不住的凄凉。她不时想起母亲当年的话——你若说出去，你就是千刀万剐的命了。即使到了新大陆——换了全新的初始条件和边界条件，最后还是旧的方程解。

莲露开始整夜失眠，就是入睡了，也全是梦。你能不能描述你的梦？我问。都很模糊，很多的人声，非常杂乱，基本都是黑白的。你知道是在哪里吗？我提醒她。莲露轻轻一笑，说，我知道你的意思，但我确实不知道在哪里。蛮像美国中西部那些老镇。太杂乱，大部分并不惊悚，也没有清晰内容，就是很多，过电影一样，让人无法进入深度睡眠。我的转椅一动，忍不住看了一眼墙面上的那幅海浪。莲露马上说，老人与海，是最清晰的一幅，彩色的。我老在那个梦境里惊醒。画面非常美，可醒来常会出虚汗，心跳非常快。

所以你要认真完成那些问卷。我说。莲露摇摇头，说，将我送到今天，送到你这张椅子上来的，不是你想象的他们——舅舅，或者朱老师。都不是，是我的孩子。大概看出我有些意外，莲露点点头，表情有些凄凉地苦笑。

莲露病愈后，在治疗过程中从主卧室里搬出去的朱老师看上去并没有再搬回来的打算。他总是趁莲露出门上班后，将自己的书籍、电脑之类的杂物一件件挪出去，卧室显得空阔起来。莲露也没问朱老师的打算，夫妻间就这样搭成了默契。他们还在一起吃晚饭，还是莲露主厨。跟过去不同的是，他们如果不谈家里必须处理的琐事、关于孩子的事情，饭厅里就只剩下电视的声音。等饭吃完了，又各自回到自己的屋里，像是一对搭伙过日子的房客，彼此再也不能同步跟上对方的日程和计划。莲露发现，她其实挺适应这样的生活方式。夜里醒来，看到卫生间的门开着，屋里一片沉寂的深黑，让她想起儿时在桂林的生活，竟有些高兴自己如今已能享受这样的孤独。

朱老师在接下来的那个学期，利用学术年假，回北师大着手建立学科博士点。离开前一夜，朱老师在晚餐桌上交代完莲露需要关照的家庭杂务，犹豫了一下，说，我这次去的时间会比较长，家里的事你就多费心了。莲露答说，你自己当心点就是了。朱老师盯了她一眼，起身安静地将水池里的碗洗了，转身离去。

朱老师一走，莲露一改过去下了班就回家、独自散步、上网、养花种草看电视的生活程式，到社区活动中心报名参加了跳舞班。她一脚踏进舞场，发现那里几乎都是她这样的中年人。双双出入的基本上是空巢的夫妻或恋爱中的情侣，其他大部分则是形只影单的独身人士，外加身份暧昧的零星男女。莲露出门跳舞的时候，总是将无名指上的婚戒取下来，让自己的身份也暧昧起来。不曾学过跳舞的莲露，或许真是因了曾是越剧花旦的母亲的基因，跟在老师身后两三个星期转下来，已能满场翻飞。莎莎、桑巴、巴恰塔，样样都跳得有模有样，不时被老师选出来给同学们做示范。舞蹈班上的东方女子本来就不多，莲露那样的身材相貌，又显年轻，穿上紧身衣裤，柔美的腰肢上套条镶着零星金属小挂片的装饰小围裙,轻快舒展地飞转在忽明忽暗的硬木地板上,成了舞场里最显眼的女士,前来邀她跳舞的男士没有停过。莲露忽然意识到,原来自己在年轻时代错过了那么多。

有个周末深夜,她跳完舞回到伯克利山间的家,推开大门的瞬间,看到客厅里一地的月光,竟轻快地哼起了舞曲。她摸黑走到厨房,倒来满满一杯红酒,边走边喝,走到后院的大露台上坐下。山下旧金山湾畔的灯火已稀疏下来,她在月光下独自喝着酒,忽然想,原来放纵自己是有快感的。她又好奇地想到,母亲当年每每深夜归家,走进大门的时候,是不是也是这样的心情?莲露说,后来发生的事情,让她意识到人心其实是带有很多小屉子的盒子。大部分的人活着,后天获得的教养、道德、规范,都是用来压紧那些可能跟现世安稳相抵触的屉盖,让盒子能够平稳地搁置在人世间的大柜子里。其实那些屉里的东西是人类基因的各种搭配,无所谓对错——她说到这里,停了一下,想了想,表情有些勉强地说,朱老师那次"意外",无意间让她揭开了自己盒子里那些令人难安的屉子。

以暧昧身份出现在社区舞蹈班里的莲露,不久就开始频繁接受单身白人男士的约会邀请。她除了跳舞,还跟他们吃饭、打球、看电影。她发现跟这些白人男性在一起有一种她不曾享受过的松弛感。完全不同的成长背景,让他们对她的历史有很深的隔离。她个人历史的多米诺骨牌在他们那里一下就躺平了——从中国南方来,母亲,生父,继父,本科,移民,数据系统管理软件师。他们不需要知道更多,不是不想,而是听了也跟不上。她意外地获得了全盘洗白的欣喜。这样的交往，开始只是停留在美国人的"盲约"上，一旦发现他们有确定实质关系的心愿，她就退缩回到原点。直到她遇到了老麦——那是她对美国联合航空公司前机长麦克的称呼，像她叫"朱老师"那样自然。

莲露说到老麦时，特别强调他比她大二十岁。老麦身材硬朗魁梧，经济条件优渥，太太前些年去世了，孩子们都已离家，一人独居。老麦一开始就非常投入，事事都以她的兴趣和选择为最优先考量。那种她成了他生活的中心、他的女王的感觉，给莲露带来久违的贴心和温暖，甚至还带来美好而浪漫的性情，有时让人有回到新婚时期的感觉——说到这里，莲露停了一下，看看我。我说，明白了，你是说刚结婚，而不是刚恋爱时的感觉。她点点头，又继续下去。莲露开始想到跟朱老师分开的可能性。她向老麦坦白了自己真实的婚姻状况——当然，她没有告诉老麦她婚姻出问题的真正的原因，倒不是想隐瞒，而是知道这种问题很难向一个普通美国人解释清楚。她只是告诉老麦，她的婚姻有麻烦，目前跟先生处于分居状态。老麦有些意外。他说他真是爱她的，希望能跟她共度余生，如果不能，他也理解，真正的爱，要以她的好为终极目标。莲露为老麦的这些话流下了眼泪，她说请他给自己一些时间。他们从此不再讨论未来，却往来更密切了。

到了那年早春，莲露在美东罗德岛上学的女儿嘉嘉回来度春假。莲露特地休假陪嘉嘉去西雅图游玩，看望了在亚马

172

逊工作的儿子，又顺便到女儿联系暑期实习的当地公司看了看，一路非常开心。嘉嘉已长得比莲露高出小半个头，有时一个恍惚，莲露会以为是撞到了大学时代的自己。只是嘉嘉和她哥哥一样，真不愧是在加州长大的孩子，身上都是阳光晒透的清爽气息。莲露看着他们，经常会对自己肯定，她这一生最大的成就，就是养育了这两个连笑容都是透明的健康孩子。

从西雅图回到湾区的当晚，嘉嘉便约了她那些也是回湾区度春假的高中同学，晚饭后到伯克利水边的酒吧聚会。担心嘉嘉有可能喝酒过量，莲露将她送去，又约好十点半过来接她。莲露从酒吧出来，就坐进了如约等在停车场里的老麦的车子，去往海湾边的万豪酒店咖啡厅。一周未见，两人竟有很多新鲜话题，一直说到近十点才离开。老麦将莲露送回酒吧停车场里，在莲露的车边停下。看到时间还早，老麦摇下车窗，两人坐在车里又聊起来。那是个满月的春夜，空气里有浓郁的花香，远远能望到海湾大桥上的灯火。他们在车里轻拥了一下，刚松开，两人又同时伸出手臂，紧紧拥住对方，接着是一个长吻。待莲露张开眼时，看到一张年轻女子的脸从车窗前快速闪开。莲露一惊，定睛一看，见嘉嘉闪进了边上她的车里，随即是"砰"的一记很重的关门声。

后来嘉嘉告诉莲露，那天夜里，她在酒吧里喝多了，感到有些头晕，出来吹风。正想给莲露打电话让早点过来接她，一眼看到莲露的车子已在停车场，便走过来。没想竟撞到那样的情景。

那天晚上,莲露一坐进车里,就试图给嘉嘉解释,嘉嘉蒙上了耳朵,她只得住口。母女一路安静地回到家里,道过晚安,莲露回到自己屋里,一直无法入睡。她半夜里起身下楼,想去厨房里找杯红酒。出到黑暗的走廊上,她看走廊那头嘉嘉门下一线昏暗的灯光。她站下来,想起很多很多年前在那遥远的桂林,自己在深夜的走廊上看到母亲跟辉哥分开的那个瞬间。这个联想是致命的一击。她转身回到屋里,倒在床上轻声哭了起来。在那之后,她很快中止了和老麦的交往。在我的笔记里,在莲露的这句话边上,我画下了一个星号——我对她在两性关系上可能将面临的困难,表示了担忧。

6

莲露的心理历程上的各路经纬,到此时变得清晰。它们听起来似乎是一团乱麻,实质却是像一只八爪鱼,所有的虚张声势的腿爪,都汇聚在它结实的身体上。在莲露的个案中,那个实体症结就是舅舅在她少年时期对她进行的性侵犯。在美国当下临床心理学实践中,对未成年性侵受害者的心理治疗已有成熟的治疗方法。棘手的是,莲露的经历却是非典型个案。她在少年时代遭受创痛之后,又在成长过程中遭遇东方文化里"处女情结"施予的重负。作为她生活中最重要的男性,朱老师在帮助她走出困境后,又在中年将她推回原点。加上莲露一直回避切开问题的实体症结,不愿对舅舅性侵事件的整个过程进行认知治疗,使得康复进程十分缓慢。

相当意外的是,我意识到自己在前后三个月的治疗过程中,对作为患者的莲露逐渐产生了一种非常个人化的情感联系。

莲露在深秋的一次会谈结束后,起身离开。走到门口时,她已经在拉门把,忽然侧过身来,向着我说,你太太很漂亮。见我一愣,她马上笑了说,不要问我在哪儿碰到你们的。但我很肯定那是你太太,说着歪了歪脑袋,笑着说,以后和太太去吃饭,最好不要自顾着看手机哦——她的表情带着亲昵和调皮。我一愣,心里想,说实在的,燕菁没有莲露漂亮。见我不响,莲露吐了吐舌头,说,真对不起,我怎么成了心理医生了,对不起对不起。

我和燕菁自小在昆明郊外的部队大院里长大,从幼儿园起就是同学。文静温婉的燕菁从小画得一手好画,高中毕业时顺利考到中央工艺美院学平面设计,毕业后到出版社当了多年美编。燕菁性格非常静,用她自己的话说,一旦决定了要做的事,总能做得很专心,哪怕当家庭主妇。我来美国改变专业方向修读心理学,一路非常辛苦。燕菁总是无声地陪在身边,一边带着孩子,一边还在家里开班,教小孩子们画画,贴补家用。我工作稳定后,她就将画画班停了。她告诉我,她上大学的时候,其实已经对画画失去了兴趣。来美国后,她就发觉自己最想做的,就是一个有文化的家庭妇女。带好两个儿子,管好这个家,对她来讲就够了。如今生活安定了，她觉得有条件实现自己的理想了。她相信的是，并非女人走上社会才是妇女解放，真正的解放，是女人有选择的权利和条件。我在这样的问题上，没太多可说的话。燕菁就按自己的意愿留在了家里。打理家务之余，她在社区学院里上烹饪班、园艺班，学日语、阿拉伯语，修戏剧课，念中世纪史，还参加女性读书会，做义工，养花种草练瑜伽，家里光是猫就养了三只，还带一只哈士奇大狗。车库里她过去用来画画、给孩子们上课用的台子早已蒙灰。有时我看着燕菁会想，她就是那种过了花季就停止生长的女子了。

我不由抬起头来看了看莲露。如果能走出自己的心魔，莲露将会长成一朵艳丽绽放的花朵。而且，在新大陆的阳光里，她会比她的外婆遇到外公后、她的母亲嫁给她继父后，开放得更加娇美多姿。

我在那个下午跨出了危险的一步。我向莲露讲了自己的感情经历，虽然很简短，但在这个过程里，我清晰地感到自己对莲露生出一股带着亲密的情愫。那次之后，我再没和莲露谈过我的家庭。她也没再问。但我对她的出现，有了一种超越职业感情的盼望，这令我忧虑。我知道自己大概没有太多的选择。我的职业身份使我和她的关系就像舅舅跟她的关系一样，中间横隔着禁忌。在考验有可能到来之前，我以职业的理性为放弃她的决定，又添了一个砝码。

在接下来的诊谈时间里，我跟莲露谈了打算让她转看其他专家的意见，并介绍了我认为对她非常合适的皮特逊博士。莲露的表情非常错愕。她瞪着眼睛说，这怎么可能，不是进展得很好吗？我现在感觉好多了。我告诉她，这只是她主观感觉，可从专业的评估看来，治疗效果并不显著。根本的问题不解决，那旧伤随时可能复发。你不愿意一辈子都在旧伤随时复发的阴影下生活，对吧？我问莲露。我看到她眼中两颗梅子慢慢地变成满圆。她轻轻点头，说，如果你都没有办法，我想别的人更无能为力了。

我摇摇头，说，只要有决心就有希望的。但这需要治疗师和患者双方的共同努力。我见过不少有你相似背景的病患都走出来了。走出来是什么意思？莲露打断我，问。就是能够正常地生活下去啊，人其实是可以带着创伤过正常日子的——如果让创口结痂的话。我说。莲露轻咬着嘴唇，等我说下去。我的声音低下来：人类在漫长的进化过程中，产生了法律、道德、伦理来保证自身繁衍和生存的最优化。在这个框架里，乱伦、性侵犯给受害人带来的伤害是不能低估的。弄不好，受害者一生都难以正常生活。他们或跟人交往有障碍，对异性缺乏信任，无法享受正常的性爱关系；或者走向另一极端——性混乱。总之，难以组成稳定的家庭。

莲露摇着头，接上来：所以我非常绝望，真的，就是到了美国，也没人能救我。她的眼圈开始发红。我说，心理治疗师就像冲浪教练，他可以教理论、技巧，甚至诀窍，但最终还得靠冲浪手自己在实践中把握它们，靠自己的力量在滑板上牢牢站稳，在大浪中保持自我平衡，最终在风口浪尖自由穿行。莲露苦笑了一声：医师，我愿意借船出海，可要冲浪，怕是没这个体力。

我想了想，说，莲露，让我暂时放开美国心理治疗师的身份，说点我们中国人之间的话。你说到了美国也没人能救你，你不知道，美国的心理治疗，其实跟中医是一个道理。也是通过治本来治标，同样疗效很慢，需要很长时间。都是引导你提高和加固自身体内的元气，才能压制并抵抗外界入侵的邪气。所以关键还是要自己下功夫，要靠内功。如果你心理上足够强大，对过去的事真的放下了，舅舅就再也击不倒你；而朱老师做什么，也不会让你滑倒。你明白我的意思吗？

莲露点头，想了想，问，我们还能一起再努力吗？我告诉她，疗程已错过了最佳时机。她的眼神黯下去，说，这几个月来，虽然她在会谈时情绪不稳定，但有我这双拐杖，她发现自己走得好多了。她甚至都不再需要去跳舞、社交，心理平静多了。我告诉她，这是好消息，希望她换了新的治疗师后，保持积极的心态。她叹了口气说，对跟只讲英文的心理医师合作没有信心。我就说，那我就给你介绍一位华人女心理医生？她一愣，说，男女有别吗？你是不是觉得我妨碍了你的工作？我马上说，当然没有这个意思，完全是从你的具体情况出发，觉得更有利沟通。莲露不响，接过我递过去的几张医师名片。轻声说，谢谢你。我听到了她话尾轻微的颤音。

莲露最后一次到诊所来，是前年感恩节前的傍晚。她临时改了时间，临近下班时才到。她告诉我她要利用感恩节假期回桂林为母亲提前庆祝七十大寿，回美国后再跟我推荐的医师联系。她又说，继父已去世多年，母亲如今身体还不错，奇怪的是,她从没有表示过想回上海生活。母亲曾来美国探亲,匆匆打个转就回桂林了。如今就靠已成为成功私营企业家的辉哥就近照顾。她真是个好看的老太太。莲露说着,笑了笑。

我们一起离开诊所,天已经黑下来。出到台阶上,莲露忽然说,她的车子坏了,这是为什么她今天要改时间。后来还是同事送过来的。她问我能不能将她捎到捷运站,她要从那里坐捷运回旧金山。我心里有些犹豫,可在这样的情境下,我没有拒绝的理由。车子开出诊所停车场时,她忽然说,天已经晚了,我请你吃顿饭?我谢谢她,又告诉她这可是有违职业规范的。莲露问,不能通融一次吗?就当我们只是朋友?我苦笑着摇摇头,说,不仅不能吃饭,按规定,将来如果我们在其他地方碰到,我是不能主动跟她打招呼的。那我主动跟你打招呼呢?莲露的声音高起来,尖尖的。我看了她一眼,心里觉到很深的伤感,但没答她的话。她安静地坐着,握了一下我的手。

到捷运站前,我下车送她。我们几乎同时拥住了对方,很短暂,却是一个非常有力量的拥抱。莲露一路走进捷运车站。我坐在车里,看到她穿黑色短风衣的身影一闪,消失在转角处,才慢慢将车子开出车站。回到家里,车子在车库停稳,我一眼看到莲露的座位上有个小小的物件,就着灯光拿起,看到那是一只做工精巧的镂空金属小挂件,两面分别是莲花和"十相自在"图案,用色艳丽喜气、长长的彩色穗带上

179

有只微型铃铛，一动就轻声作响，很是悦耳。我给莲露去电话，告诉她忘了东西在我车里，我会给她寄回去。电话那头很静，我轻唤了她一声，她才说，你就先放着吧，等我什么时候有空再去取。

莲露当然再没来过。我们从此也没再联系。今年早春的时候，我曾在伯克利的超市里远远见到她推着一个购物车，站在果蔬柜前挑选。她穿着一件桃红色短夹克，头发盘在头上，看上去很出众。她身边站着一位留着整齐胡子的中年白人男子，两人不时说笑，表情非常亲昵。莲露看来又有了男友，这让我隐隐有些不安，担心她会不会停止了心理治疗。我没有上前打招呼。我想，或许将来，另有机缘也未可知呢。

我拉开办公桌左边的抽屉。莲露留在我车子里的那个挂件安静地躺在屉子的一个格里。我将它拿出来。那上面的莲花被精心描绘在镂空的金属细纹上，随着我的手移动，闪着微亮的光，那当然不是钻石光芒，却也不像泪水。我将挂件放回屉里的瞬间，无法再否认自己心里的内疚——莲露是被我推出去的。在她和我相处的那三个月中，其实我是她唯一交往的男性。作为心理治疗师，我应该知道这种可信任异性关系对莲露的极端重要。她甚至说了，在那三个月里，我是唯一一副支撑她的拐杖。

我拿起电话，点拨杰妮的电话，没等拨完，我又将电话放下来。我有机会详细报告的，不用急。

我站起身来,背离着身后那排从太平洋击来的巨浪而去。晚霞中金红的水域耀眼得让人无法直视,我停在门边,等着眼睛调适过来。

天真的黑下来了。

2013 年 3 月 21 日定稿

虎妹孟加拉

1

老树驾着银色老丰田，从伯克利北边山腰林间的家里一路飞驰而来，刚下高速就连遇两个红灯。情急中，平时绝少冒脏话的老树忍不住连骂了几声娘。他盯着高挂在前方路中间的那团鲜红，双眼发花。暗夜里，路口交通灯的控制程序将优先权给了横向交叉的大道，弄得红灯一亮，通往奥克兰山上的车子简直要等到永远。老树张嘴透着大气，浓重的鼻喉音"噗噗"地携着不知哪来的风，听上去竟像发自一只夜行老虎的鼻孔。"老虎"，这个念头让他心口一紧，抹了把额头——很凉，没有汗。他下意识地摸向皮夹克的内袋。嗯，救心丸在。Stay calm（镇静），stay calm，老树轻声咕哝着。都熬成老树墩子了，遇事还这么沉不住气。这让他相当意外，对自己还有点失望。

既来之，则安之。——老树喃喃，又用最近在"正念禅修"讲座上听来的方法，提醒自己以全盘接收的不抵抗态度面对眼前的危机——玉叶失踪了。噢,不是失踪,是逃逸!——警察刚才给他这位玉叶在美国的头号紧急状况联系人打来电话,是这样纠正他的。警察口气平静,语调坚定。今天傍晚,十九岁的玉叶竟从坐落在加州与内华达州交界处的"绿洲珍稀动物收容所"里将一只一岁半的孟加拉虎盗走,眼下去向不明。"盗窃"也是警方用语。玉叶已经成年,盗窃罪会被追究不说,更要命的是,她弄走的是一只会严重危害公共安全的猛兽。要是被定了罪,只怕要被遣返回国。

到目前为止,老树的手机已鸣响两次,跳出加州警方通告。他刚才在高速公路上也看到了巨幅电子告示牌上警方发出的紧急告示。那串快速闪过的橘色光点,火苗般在他眼里乱蹿——"2015年黑色路虎LR4SUV,车牌YUYEWEI,携持孟加拉母虎逃逸中,如有信息拨打911"。车里的音乐台也在插播这条新闻,相信网络和电视台此刻更不会闲着。人咬狗才是新闻,这下蹦出个"少女盗虎逃逸",相信很快就会发酵成耸动的全国新闻。

老树眼下最担心的是玉叶的安全。事发地点周围,眼下正是暴风雪季。旧金山湾区那些在加州连续数年大旱里憋得抓狂的滑雪爱好者们,近来都为内华达山脉的连场大雪激动不已,周末一到就一拨拨奔往那边的滑雪胜地。此刻本地电视新闻里的画面,竟是加州和内华达交界处及太浩湖附近的高速公路上在暴雪中龟行数十千米的车阵。玉叶在这样恶劣的天气里带着一只凶猛的老虎要去哪里,又能去哪里?

老树去年夏天曾去看过在"绿洲"当暑期义工的玉叶,见到了可爱的孟加拉。孟加拉当时就有八九十磅，现在肯定超过了玉叶的体重。"孟加拉"是玉叶给她收养的孟加拉小母虎起的小名儿，有时她干脆叫它"虎妹"。这倒是她壮乡老家的习惯，在那里，人们对村里未出阁的女性无论长幼都以妹相称。玉叶接养孟加拉后，整个人变得开朗起来，让老树感到欣慰。没想到去年入冬后，孟加拉的状况忽然变糟。先是撞坏铁笼，最近更两次袭击了饲养员——第一次是咬住饲养员的长筒水靴，任饲养员厉声喝令都不松口，还甩动身体，蓄力发飙。好在饲养员灵光，迅速脱鞋扔远，才令孟加拉掉头离开。第二次更过分，孟加拉已咬住饲养员手腕，待闻声赶来的其他饲养员抄起电棒击打，它才松口。这表明孟加拉的暴力倾向越来越严重。"绿洲"一边与被袭饲养员沟通，希望双方达成和解，尽量降低赔偿费；一边则按之前双方签下的认养合同里的相关条款通知了玉叶，说"绿洲"在走法律程序，正请兽医和动物心理医生给孟加拉做检查，一旦确认有问题，按规定就要给它安排安乐死。

路口的灯终于变绿，老树却没反应过来。后面的车子不耐烦地摁下喇叭，他才猛地一踩油门，老丰田"噌——"地一蹿，突突地抖了两下，加起速来，往上山的岔道冲去。老树摇摇头，脑子里仍甩不掉玉叶那张愁苦的小脸。

接到"绿洲"的通知后，玉叶已经哭过好几次。作为加州大学伯克利分校生物系二年级学生，玉叶的职业志向是将来当兽医。她打算读完本科后，到加大戴维斯分校攻读该校排名世界第一的兽医专业博士学位。出于爱好，也为了积累申请读博时学校所看重的工作经验，玉叶平日里哪怕要熬夜赶作业，周末也一定抽出时间去伯克利城里的宠物店、宠物收容所打工。大学的第一个寒假里，她就获得了去"绿洲"做义工的机会，接下来的暑假又去那儿工作了近三个月。玉叶正是在那里遇到了被人遗弃后由"绿洲"接收的孟加拉，随后办理了接养手续——为孟加拉提供专项饲养赞助费。

刚认识玉叶不久，老树就知道了她最想养的宠物是老虎。他起初根本没上心。在老树的印象里，将老虎当宠物来养的，不是迪拜的那些土豪就是欧美影视娱乐界巨星或者NBA球星。跟苍白瘦高、说话蚊子叫一般躲躲闪闪的玉叶完全不搭界，他便只当是个内向女孩的白日梦，说说罢了。后来发现她到处收集资料，还真做起研究，不时分类打印出一沓文章带来给老树看。作为劳伦斯国家实验室的资深高能物理学家，老树对玉叶这股认真的劲儿有种本能的欣赏。

他和玉叶探讨起动物。玉叶告诉他，在美国想养只老虎并不难，通常一两千美元就可以从非洲买到小虎。入关的费用不贵，手续也不很复杂，还不时能有机会在美国找到免费的老虎呢。见老树一副不可思议的表情，她又说，人们多是一时头脑发热，待真的将老虎接到手里，才知道养只老虎可不容易，很多的事情要打理，更别说还得花不少钱，光是吃那么多的肉就让人的荷包吃力，若老虎再生个病什么的，那更不得了，要花钱请人用专用的车子运去兽医院不说，看病用药都超贵，七七八八一加，比养个孩子还厉害，一下就会觉得扛不住了，到头来宁肯免费出让呢。玉叶平时话很少，可一说到老虎就刹不住车，一对细细的小眼睛发出光来。老树难得见她那么开心，再听到她说将来要养老虎，就由她去了。

到了孟加拉出现，她真的来说要接养手续时，老树还是吓了一跳，赶紧也去做功课。这下感觉就像个本来低头走在昏暗走廊上的家伙，以为只是随手推开边上一扇门，没想到一头撞进个崭新的世界。老树这才发现，在美国要养老虎虽不像他原来想象的那么复杂，可也没玉叶说的那么简单。比如加州跟美国其他很多州一样，州法是禁止私人养猛兽的。就算在允许养猛兽的州里，政府监管的条例也非常严格，从居家环境到猛兽的住所、怎样带猛兽出门去看兽医等，各种细节都有细致而严苛的规范和要求。待将那些条款仔细读了，老树意识到，在美国要养只老虎之类的猛兽，门槛其实很高。连专家也提醒说，在所有允许民众养猛兽的州里，各级政府部门在实际执法过程中的监管比规定的更严，说不好听就是变着法子让有此念的民众趁早放弃。老树把自己收集到的信息告诉玉叶，她总是安静地听着，也不反驳，最后总是说，她将来会去允许养猛兽的州生活，比如邻近的内华达，这样她就能和孟加拉朝夕相处。

玉叶从来没担心过养育孟加拉的花费。对她而言，所有的费用都由她在广西南丹拥有两座大锡矿的父亲博林买单，那不过是银行卡内存款数的小小变更而已。玉叶觉得只要等到将来自己做了兽医，孟加拉的所有问题就可由她自己解决。老树听了摇头，说，你讲的是自己一辈子的规划，可老虎的寿命长不过三十年啊。玉叶淡淡看他一眼，不紧不慢答道,三十年啊? 我六岁就离家了! 老树就说不出话来。玉叶从懂事起,就在一个接一个的寄宿学校间流转,一路从南宁的贵族幼儿园到贵族小学,又到广州的国际学校上初中,再到美国得州达拉斯读高中,现在又到伯克利读大学,一直远离家人,且越走越远。而老树从自己儿子泉泉出生起,多年来父子俩也是聚少离多。他只能同意玉叶,若能三十年在一起,真是很长了。

车子冲过交通灯后,上坡的道口是个急转弯,老树车速太快,车子有些打不过去。他放开油门,回了把方向盘,将速度减下来,提醒自己不要急,不能急,却仍然感到手心有点湿。

老树在去年夏天将要结束时,专程开车去看了趟在"绿洲"打工的玉叶。虽然之前看过好些玉叶传来的"绿洲"照片,到了那里,老树对四周环境的荒凉还是相当意外。"绿洲"其实就是铁丝网圈起来的一片沙地。办公室和仓库等都在低矮的平房里,四周沙漠寸草不生。动物们给圈养在一块块由铁丝网拦出的地盘上。"绿洲"作为非营利性机构,资金有限,设施只能讲功用,跟城市里那些修得漂漂亮亮的动物园完全不同,看上去简直可以说是简陋。

玉叶出现的时候,穿着一套淡橄榄色工作服,看上去像个女兵。又因为太瘦了,工作服垮着,整个人看上去小了一号,很有点滑稽。脑后的马尾松松地盘起来了,让她看上去成熟了几分。老树由她领着在所里转,看了狮子、斑马、羚羊等。玉叶像变了个人,主动跟每个碰到的人打招呼,偶尔还逗个乐，让老树看得心下轻松起来。

孟加拉在"绿洲"最靠边的一个大笼里。笼外两棵松树被沙漠的大风吹得歪斜地半倒着；笼里一角有个低矮的棚屋，想必是孟加拉睡觉的地方。笼里沙泥地上有些彩色小球、水枪、动物玩具，看上去像是小孩子的住所。一位三十多岁的白人女饲养员正给孟加拉弄吃的。远远看去，笼边小小的水泥坪上的孟加拉像只猫，但比猫大不少，是只中小德国狼犬的尺寸。杏黄的毛色带着光泽，好像刚洗完澡，又用电吹风吹干了，蓬松洁净，长短交错的纵横黑纹将深杏黄的毛色衬得特别明晰。玉叶跟女饲养员打招呼时，孟加拉的耳朵一下竖起来，头一扬，"哗"地一下，绕过装食物的铁桶，一个跳跃，短小结实的身姿在空中画出一道漂亮的弧线。老树脑里闪出"虎跃"两字，嘴还未合上，就看到孟加拉落到了玉叶的臂弯。玉叶低下腰，孟加拉立起来，两只前爪在玉叶面前比画，玉叶双手递过去，和孟加拉手拉手摇着。

玉叶很快就搂住孟加拉，"宝宝""好虎妹"地叫着。孟加拉好像能听懂，欢快地往她怀里蹭，摇着短短的漂亮尾巴。老树站在铁笼门口，能听到孟加拉"呼呼呼"的急促喘气声。玉叶将头贴上去，跟孟加拉额对着额轻轻磕碰，像一对亲密的姐妹，看得老树的鼻子有些发酸。后来玉叶来说"绿洲"要处理孟加拉时，老树就想起这场景，还有玉叶将孟加拉的前爪抓起放到他手里时的那暖暖的感觉。

孟加拉双眼很圆，黑黑的瞳仁其实很小，眼核是透明的带点棕的墨绿色，让老树想起前妻玛佳总是戴在无名指上的那颗碧玺。孟加拉的耳朵特别圆,一圈短粗的白胡须,脸上额头的黑纹如同毛笔画般的好看。只是她张嘴时,口里那团鲜嫩的粉红让老树一惊。他转眼看到铁笼深处,女饲养员弄好一盆血红的杂肉块,刚一放好,孟加拉就甩下玉叶,又"唰"地一跃,向那盆血肉扑去。老树有些失望地朝玉叶看去。她仍是盯着孟加拉,专注的神态让老树想起前妻初为人母时抱着儿子的表情。他别过脸去。

从孟加拉的笼子出来,老树惊异地说,我感觉到孟加拉明显对你更亲,按说那白人女饲养员跟孟加拉认识的时间更长,相处的时间更多,经验也更足啊。玉叶淡淡一笑,说,我跟孟加拉有缘呗。它被遗弃在野外,被人发现抓到后,转了好几处临时收容所,最后才到"绿洲"的。我正好也是刚来。那时它看上去总是很惊恐,时刻处在自卫状态。可它从一开始,对我的接受度就很高。据他们讲,因为孟加拉是个娃娃,又从野外来,对人很有戒心。美国人个个人高马大的,它更怕。我个子小,走路和动作都轻,它能感到的,对我没那么戒备。所里就同意我去管它的那个组,我一上手就很顺利,它从一开始就跟我很要好。

老树想了想,说,我觉得还是要注意安全,它毕竟是老虎啊。玉叶抬抬眉,一拍右腿,"啪"地从裤子侧袋里变戏法似的掏出一个小手电似的粉色瓶子,在老树眼前一晃。老树知道那是超市里几美元就能买到的防身用的辣椒喷雾剂。这是防色狼的,老树笑笑说。效果一样的啊!刺激性那么强,虎狼一下会顶不住,就能争取到机会逃生。玉叶轻声说。老树摇头:你还是得小心,保安和饲养员里应该有人佩枪的吧?记得前两年在加州中部的猫科动物避难所,出了件女实习生被一只四岁狮子咬死的新闻,当时笼里还有另一位工作人员呢,得等到警察赶来用枪打死狮子才能进去。我觉得工作人员应佩枪,可惜你还不到年龄,那也该配把麻醉枪。玉叶一歪脑袋,有些得意地说,你忘了我爸弄了把来复枪给我?说是用来看家护院的。不用那么紧张啦,虎妹还只是个娃娃,而且特别善。老树记起博林是给她买了把双筒猎枪,还带她去靶场练过,就点点头,认真地说:你看到它扑食的样子了?很猛啊,到底是野兽,千万不能大意。玉叶应着,说:那是,每天要吃好多肉。其实比蟒蛇好些,蟒蛇是只愿吃活物呢。"绿洲"只是个收养中心,人手不够,资金也有限,还有,是理念的问题吧,不会训练动物扑食活物什么的,还是蛮安全的。

此时想到这些,老树一个激灵——但愿玉叶这回能想起带上她的来复枪。那枪虽然笨重,打两枪就要再上子弹,但跟猛兽在一起,有支枪防身总是要好得多。

自去过"绿洲"后,老树对玉叶接养孟加拉的事放下心来。没想到了去年深秋,孟加拉就出了事,弄得老树也跟着坐立不安。

接到"绿洲"就孟加拉的命运发来的通知后,在短短两个月里,玉叶专程飞了几趟过去,看她心爱的孟加拉。她在"绿洲"干活的那个暑假认识了几对在"绿洲"附近湖边拥有度假屋的老美夫妇。那些个处于退休或半退休状态的硅谷老鳄,不时开着私人小飞机在硅谷和太浩湖间通勤,周末或节假日就躲到太浩湖的湖汊里休假,甚至平时也会在那边办公,有重要会议时才飞回湾区。他们的太太或女友多是"绿洲"的热心赞助者,不时也来做点义工,在那儿认识了玉叶后,邀她去度假屋参加烧烤派对。他们有时从那儿开车出游几天,到什么地方打打高尔夫,就让玉叶住过去帮忙照看家里的狗猫或后院的马。玉叶内向寡言,做事小心翼翼,让他们疼爱又放心。他们后来干脆将家里的钥匙交给她。他们的私人飞机就停在"绿洲"所在小镇的小机场里。玉叶由此得以蹭坐他们的私人飞机,周末在旧金山湾区和"绿洲"间空中穿梭。

玉叶每回从"绿洲"回来,都说孟加拉见到她很乖,非常温顺,还会往她怀里钻,不停撒娇,好像有什么话要跟她讲。玉叶说着就皱起眉头,说她怀疑是不是虎妹平时被虐待了。她还告诉老树,每次她要走时,孟加拉都会追到门口,冲她嗷嗷地叫,就像个小孩子。让她想起自己小时候刚上幼儿园时,父母来看完她走时的情景。只是她不如父母狠,总挪不动脚。

玉叶坚持说"绿洲"的处理方式有问题。动物聪明得很的,你跟它敌对,你的紧张气场,它们能感受到,也会当你是敌人,玉叶强调着。我总是用朋友、姐妹的态度对孟加拉,它就完全没问题,要不我也不会接养它。我不会像他们那样,什么不能做这动作、不能过那个线之类,我就跟它随便玩。它的手搭上我的肩头,我就让它搭啊,跟它拍着玩,引它移开就是。不用像他们那样,立刻拨开,还大声凶它,接着体罚。

他们只按所谓"规则"做事，根本不把动物当朋友。老树说，那些规则是经验的总结，肯定是有道理的。玉叶就顶回来，说，咬个鞋子算什么事？孟加拉也咬过我的鞋子，我就让它咬啊，那是在跟我玩。老树一听，马上说，如果按规定是反常行为，你应该向"绿洲"报告，才能尽早防止孟加拉更出格啊。玉叶重重地叹了一口气，反复说，真是特别希望自己有条件将孟加拉带在身边，那样就什么都好办了。她觉得孟加拉只不过是在长身体，可能活动的地盘太小，有些焦躁。她甚至担心孟加拉得了抑郁症，正请求"绿洲"给孟加拉换个大点的地方，并愿意将赞助费从目前的每月两百五十美元增加到三百五十美元——这些钱当然都是从父母给她的卡里划出的。

老树从资料里了解到，小虎到了十六七个月，正是要跟母虎分离、独自外出觅食的时候。孟加拉眼下的表现，应该是基因在起作用。他心里有些着急，觉得该去"绿洲"亲自看一下。但因早些年做过心脏搭桥手术，一到冬天总是有点不适，感恩节到新年那段时间，又因重感冒引发心肌炎，还给送急诊，住了几天院。玉叶来看了他两次之后，就不再怎么提孟加拉了。老树打不起精神，见玉叶看上去情绪好多了，也没多问。没想到她竟不声不响地一下子闯出这么个大祸，惊得老树都觉到了心脏缺血。

想到这儿，老树摁了摁胸口，重重地吐出一口长气。是的，黑色路虎、车牌 YUYEWEI，就是她了。个性化车牌是玉叶花了比普通车牌贵双倍以上的价格，是父母送给她的高中毕业礼物——森黑色巨型路虎 SUV——专门订制的。那"巨型"是让玉叶瘦弱的身材对比出来的。按说她这个年纪的美国女孩，喜爱的大多是色彩明艳、造型小巧如玩具般的车子，玉叶却从一开始就心仪大个头的路虎。博林后来跟老树说，他也觉得这车和玉叶的身架骨不搭，可老韦家祖祖辈辈泥腿子，玉叶很了不起，不仅是家里第一代留学生，还能考上世界一流名校，别说买台路虎，如果能摘得到天上的星星，他也一定要给她去摘呀。老树平日里看到瘦弱的玉叶面对着巨大的路虎爬上爬下，忍不住叹气。却听得玉叶说，这是她的坦克，坐在里面特别有安全感。老树就又想，这倒也是，小孩子开车总是让人担心，弄台质量够大的家伙，遇个事故，撞起来什么的，安全系数就高得多。这不，眼下想到玉叶的车况，老树倒有些庆幸。

手机这时"咚咚"跳响。老树抓起一看，是博林的微信语音留言。点开一听，说是已订票，最早后天中午可到旧金山。傍晚跟警方通话后，老树立刻拨通博林的手机，报告了玉叶的情况。

一九七〇年春天，刚满十六岁的老树从南宁来到位于桂西山区的南丹县插队，落户到村子里的韦姓壮族农家。第一眼看到的博林，还是个被丢在破烂的矮木床上、不时嗷嗷哭叫的小娃仔。老树在大山里插队近八年，种地打柴、捣鼓修小水电站之余，看书、带博林，是他最重要的生活内容。青葱少年的他，哪里想得到自己手把手带着在泥地上画鸡描狗学拼音识字算数的博林，未来会成为坐拥两座锡矿的大矿主。当然，他更没想到自己有一天会成了留美博士、美国国家实验室的高能物理学家。

博林接到老树的电话，反复说了几遍：你看你看，我这几天心里很不踏实，果然就出了大事。我总跟她讲，我反对养老虎。钱不是问题，你哪怕再养条蟒蛇都好啊。我们中国人讲养虎为患。养虎为患，这念头想到就可怕！她就是死犟，这下闯大祸了吧！没等老树说话，博林在那头又说，自己眼下正在南丹大山深处，陪同自治区安全生产监管局的检查组在做矿区安全巡检，若有差错，矿区就会列入"去产能"名单。再讲就算马上出发，折腾到广州或香港，再转飞旧金山，路上头头尾尾一加，最快也要两天才能赶到。博林越说越急，高一声低一声"老哥""老哥"地叫着老树：你就把她当你自己的女吧，我们拜托你全权做主！我和她阿娘绝对放心。我这边尽快弄好就飞去。

老树听得发呆。这几年来，他把玉叶当女儿一样看顾。他能感到自己成了玉叶最信任的人。他想，在这交往中得益的并不只是玉叶。玉叶从喜欢老虎，到想养老虎，再到接养孟加拉，并打算将来当兽医，一步步走来，都有他作陪。他一直觉得自己是在帮玉叶堵她心里那个透风的空洞，而孟加拉正巧是一块有效的填料。而且他确实见证了那个空洞在缩小，玉叶并由此强壮起来。可惜他也糊涂得忘了孟加拉不过是只猛兽，想要靠它来拯救人心，弄不好就可能摔下深渊。想到这儿，老树心口阵阵发紧。

2

前方小道口又一个红灯。好在老树车子靠近时,灯一下就变绿了。老树心下一喜,用力踩了脚油门,老丰田一个短暂而明显的延迟后,"轰"地往前冲去,竟有点刹不住,哐当哐当沿着斜向山边的小路冲去,三转两转拐上了玉叶门前那道长坡。右侧车窗上渐次映出远处海湾里的灯海。早春里夜风很急,将湾里的雾气吹散了,星星点点的灯火亮得有点失真。车子一路"哐哐哐"地上去,终于在坡顶碉堡似的钢筋混凝楼前停稳。车库门上的感应灯"啪"地亮起,在灰白的水泥坪上打出一片幽暗冷光。老树熄了火,靠到椅背上刚呼出一口长气,就看到正前方"唰"地亮起一道光柱,随着引擎的启动声,光柱掉转过来,直打到老树的前窗。

光柱是从一辆警车的顶灯打出的。老树微低下头,后视镜里看到山墙一侧停着的另一辆警车顶上的红蓝灯也一齐亮起,呼应着向老树逼近的警车。与此同时,坡底侧街窜出一辆深色箱形车,沿坡而上,紧紧堵住老树的退路。老树拧开车里的灯,安静地坐着,等警察过来敲他的车窗。

手电光打来,将老树暴露在一圈清亮中。他瞄到反光镜中的自己,花白的平头收拾得整整齐齐,眼角的皱纹密集而妥帖,清癯的面容虽看着有些疲倦,镜片后的目光却很淡定。嗯,像个好人,老树在心里给了自己一个赞,淡淡一笑。

一个年轻白人女警察走近了,弯着腰将脸贴上来,老树按她的示意,在晃眼的手电光里摇下车窗,清楚地向女警察打了招呼，同时瞥到女警察搁在腰间的左手，知道她在为随时拔枪做准备。凉风呼呼灌入车里，老树哆嗦了一下。

警官史密斯，女警察说着，晃了一下手里的警员证。请出示身份证和汽车注册文件——脑后拖着条法式辫子的年轻女警官又不动声色地说，同时将手电转向车里，很快地了画了一圈。老树掏出钱夹，抽出驾照，又翻出车子注册单和保险单一并递上。女警官收了老树的驾照和车证，回到自己车里上联网查实去了。身后警车里走出了一位高大的男警察，双手在胸前交叉着立定，隔着距离监盯着。

你已经知道发生了什么，对吧？女警官走回来，问着，同时将驾照和文件递还给老树，又在手里的平板电脑上划拉着什么，问他和玉叶最后一次联系是何时。应该是上周三吧，她完全没有没有说要去那边。老树答着，声音越来越低。女警官停下手来，盯着老树问：她出事后没联系？老树的声音高起来，肯定地答说，接到警方通知后，我一直都在给她打电话，都没打通，这你们一定也知道。

这是我们守候在这里的原因。女警官的口气明显温和多了，又向老树点头，示意他可以出来了。老树从车里一出来，身后那高大的男警察也过来了。他们互相点头致意。这时，停在更远的箱形车"砰"地一响，一位穿着浅色制服的中年男子从车上跳出，老树想那应是动物管制机构的工作人员，想到他在等玉叶和孟加拉的出现，不禁苦笑。他走过来跟老树握手，说叫泰德。老树问：有最新的消息吗？

女警官摇头，说，没有更新的消息。现在内华达警方也加入了搜寻。情况非常危急,马上将有新一轮风暴,那一带所有的滑雪场都关闭了,这女孩才十九岁,现在独自与一只猛兽在一起——男警察咕哝着说,是啊,这姑娘的胆子也太大了!泰德便说:她带走的就是去年初新闻里报道过的那只被人扔在马林县山边、后来被一个晨跑的姑娘发现的小孟加拉虎,现在有一百多磅了,厉害着呢,可不是开玩笑的。

噢,记得记得!后来弄清小老虎是怎么来的吗?两位警察好奇地看向泰德,女警官问。

泰德摇头,说,当然不知道。加州法律不允许养猛兽,谁敢出来认呢。最可气的就是很多人其实并不知道养个老虎需要付出多少,也不想了解,脑袋一热就来。负责的,养不了就捐到动物收容所去;这样乱扔到野外的,就太过分了。我们真为这姑娘的安全担心,何况这老虎在犯病,收容所正考虑让它安乐死,你知道的?泰德说到这里,望向老树。

晓得的。那小老虎我也见过,很漂亮,好可爱,说它出问题,我们都很震惊。听玉叶说,小老虎跟她在一起的时候特别乖——老树说着,小心地看向泰德。泰德挥挥手,说,永远不能忘记野兽就是野兽。野兽可以训练,但无法驯化。而且虎是独行兽,有强烈的领地意识,兽性发作时,血亲都要拼得个你死我活。现在的人,迪士尼的片子看多了,会出问题的。你们很难相信,现在美国民间大概有五千到一万只私养老虎,而全美其实只有五个州允许私人养猛兽,所以很多都是非法饲养的,问题很多。这女孩带走的那类来历不明的动物,更要特别小心,一旦有苗头,就要尽快处理。"绿洲"不知怎么回事,拖得太久了。泰德的口气愈发凝重,两位警察也安静地听着。

老树小心地接上去,说:玉叶自幼的生活经历确实让她对这只孟加拉小母虎产生了非常特殊的感情。她有点拨不出来。我正要建议她去看心理医生。哦——三人一致看向老树。老树确定他们都听明白了,放心下来。他知道,玉叶将来若要出庭,这些细节会对她有利。

老树又小心地说,如果放下公共安全这一项,这小老虎算作她的私人财产,她确实是签了接养合同,为小虎提供着生活费。她打算等大学毕业,安定下来就办手续接走小虎,这点收容所可以作证。

泰德摇着脑袋,说,不行啊,现在老虎还是所里的财产,要办理了正式的法律手续才可过户。听他们说,最后一组的专家鉴定也已经完成,所里已在着手安排具体的执行日期,也就在一周内了吧。这女孩因为跟所里人头熟,又是那儿的在册义工,值班的人以为她是去干活的,就没留神,没想到她是去偷老虎的,装了笼子就从侧门运走了。现在最要紧的是找到她。她能将老虎带去哪儿呢?就算可以将它运进允许私人养猛兽的内华达州,也得严格审批后才可取得收养资格。何况这是只有严重问题的老虎,这可跟劫持死刑犯差不多啊。

老树心里"咯噔"一下,哦,内华达,这就对了!玉叶会不会正去往内华达呢?那些个给她搭顺风小飞机的硅谷老鳄的度假屋,就在太浩湖边,她至少有两家的钥匙。去年夏天老树去看她时,玉叶还带他到那里看过。想到这里,老树叫起来:等等! 玉叶不会将老虎带回加州,也不可能带到山下的大赌城雷诺,我觉得最有可能是往内华达境内的太浩湖边去了。玉叶认识那边几个硅谷去的家庭,还有他们度假屋的钥匙。可惜我没有他们的联系电话。我记得有个叫托尼·安德森的,说是硅谷很有名的 VC(风险投资者),太太玛丽也在"绿洲"当义工,他们是硅谷帕罗拉图的居民。"绿洲"方面肯定有玛丽的联系方法。

太好了! 女警官应着,从腰间拔出电话,急速拨打起来。老树无法猜测对方的回应,只听得她在"嗯""嗯"地应着,面无表情。终于等她收了线,见老树他们齐齐看向她,女警官耸耸肩,说,总台会马上联系"绿洲"和内华达警方。我们从这边去找帕罗拉图的托尼·安德森。有任何新线索,随时给我电话。说着,她掏出名片递上。泰德他们的表情看上去也轻松了些。

好的。如果没有什么事,我要进去了——老树一边接过女警官和泰德递来的名片,一边说。他们三人快速交换了眼色,几乎同时抬头看向前方那座堡垒般的高楼。老树知道,如果警察没有拿到法官签发的搜索证,他们不能进入玉叶的住宅。

老树退避到路边,看着他们的车子沿坡鱼贯而下,在坡底闪出几束飘忽的光,渐次灭了,还给长坡一派清冷的幽暗。

老树坐回老丰田里,摁下后视镜底的遥控器,前方左侧车库的门"哗"地应声卷起,车库顶灯顿时大亮。三个车位全空着,在暗夜里显得特别空阔。玉叶真的不在。老树得到再次的确认,胸口隐隐发疼。他将车子开进车库停稳,走出来抬眼望去,三个墙面的白色木架上整整齐齐地码着大小不一的透明塑胶盒子。盒子的右上角都贴着标签,列着盒里物什的清单。玉叶有这么多东西,倒是他以前不曾意识到的。另一边是博林和他朋友们的高尔夫球袋,黑白相间地倚墙一溜排开;门边二三十顶各色高尔夫球帽、棒球帽、太阳帽,齐刷刷地挂成方队。想到那帮人只来过两三次,就能弄出这么些东西,老树不禁摇头。

玉叶平日里偶尔到老树家转一圈,离开后,老树就会发现桌面上原本散乱的铅笔已按长短排成一排,书本纸张也按大小依次叠齐,厨房里各种杯子和碗碟刀叉筷子,变魔术般的各就各位。老树本来已算是很整洁的人了,可还是到不了玉叶这般规整。他有次说到这事,玉叶忽然手心朝上地递过来,轻声说,小时这手心给打过多少次啊,都以为贵族学校是什么呀,哼!没等老树说话,她又问,那你小时候在干什么?老树掩饰着心中的惊诧,说,在你家乡种地、养猪呗。玉叶皱起眉,表情很疑惑。自她记事起,家里开始发迹,到处都有房子,她对到底哪儿算家都说不太清楚,更别说家乡了。她爷爷当年在南宁病重,一定要死在家乡,闹着让博林一路送回乡里,玉叶才跟着去过老家一趟。她记得住进了一幢空空的白色碉堡——那是博林阔了之后回乡建的四层钢筋混凝土大楼。玉叶每回说到这些话题,表情都带点轻慢,让老树伤感,可这是玉叶的来路,他没法改变。

老树回过神来，摁下墙边的开关，车库门在身后缓缓落下。他走上台阶，在门边的电子锁上摁下密码"96yuye96"——玉叶生于一九九六年。

电子锁闪过一串冷冷的蓝光，"啪"地一下开了。老树推门而入，下意识地叫起来——玉叶！没有回响。他又叫了一声，听到自己的声音在空旷的大厅里走远，在朝向海湾的那排落地玻璃窗上清脆地弹响。他"啪、啪、啪"地拍着门边的一排开关，厅里霎时灯火通明。一眼望去，宽大的起居间里那条博林海运来的酸枝木长桌上，所有的物品都摆得整整齐齐。

老树快步走向长桌和吧台，又一路拍着厨房台面和冰箱门这些他能想到的玉叶可能留下文字的地方，却什么也没发现，更不要说有联系人的电话号码了。老树退出来，安静地站在大厅中央，远远望出去，旧金山湾上空的云雾又被风吹起，山下的灯海看上去时明时暗，让他有站在一艘大船上的错觉。他走到落地窗前站了一会儿，忽然想到什么，急步去往在大厅侧道深处的玉叶的房间。

玉叶的房门半开着，老树一推，摁下门边开关，灯光大亮。他扫了一眼屋子，书桌上连半张废纸也没有。对！来复枪。她带来复枪去了吗？老树脑子"嗡嗡"响着。他记得博林带他看过那支为玉叶买的双筒猎枪，是锁在玉叶衣帽间的一个小铁柜里。加州随联邦法律规定，年满十八岁就可合法拥有来复枪类枪支。博林觉得这种一次只装两发子弹的玩意儿，没什么太大危险性，但实用，就买了一把给玉叶做防卫。说也就能轰只把野鸡,没关系的,那口气随意得就像帮她买路虎。博林带玉叶去靶场练过几次,玉叶回来说除了枪笨重了点,打起来并不难。后来就没再听她讲了,好像是会用后就锁了起来,老树也就忘了这事儿。他也从没在她的车里看到过。按加州的规定,她若携带来复枪出门,是不能藏起来的。

老树走进玉叶的衣帽间,一眼望过去,宽大的原木色衣橱门都开着,不多的衣裤按白灰米黑的色调,松松地排挂着,没一件带有花色。木格架上叠放的衣裳整齐得恨不得能看出棱角。老树直接走到左边,"哗"地将木门一拨,看到衣橱深处那只墨绿色长铁柜的门半开着。看来枪给带走了,他想着,走过去将柜门打开,果然是空的。太好了! 老树握着拳,又轻叫了一声——Good girl(好女孩)! 这可比粉色辣椒水管用多了。看来玉叶是跟那些美国人学来的带枪习惯。美国人家里有几把枪太平常了,开车出个远门什么的,带支枪防身再自然不过。想到玉叶眼下带着一支枪,老树吐出一口长气。他退出来,走到后院去。

天庭四周的地灯已按设定的时间亮起,打出一圈冷暗的光带。泳道用厚厚的墨绿色帆布盖上了。藤制的庭院家具也罩得很牢实。

玉叶前年秋天如愿进入加大伯克利后,博林就决定在这儿买房子。经人介绍找了个房产经纪,博林来时,就拉着老树陪着看房子。玉叶却很少说话,直到看到这栋在伯克利与奥克兰交界处的山间大宅,她脱口就说,这简直就是爷爷的碉堡。这一说不打紧,博林当即附和,决定拿下。

前房主是建筑工程承建商,买下人家抛售的地基,本想建屋自住,不想房子建好后没住几年,湾区房价暴涨,建筑商便决定抛售套现。在老树眼里,这房子像在坡顶垫起的一个大方盒子,毫无美感可言,博林却能看出道道,说料下得很足,工也做得特别扎实,沿着坡面浇打出的钢筋水泥地基,那么大一块是整个儿浇的。房里各处用的也都是实打实的好材质,比那些花里胡哨、样样摊在脸面上的所谓豪宅更合他心意。博林的意思,自己到了这个身家,买栋这种价位的房子,涨跌无所谓,只是将财产做些分散投资。经纪人马上说,在旧金山湾区这种长线只见涨不会跌的地区买房,加上玉叶又在这里读大学,他们来看她也方便,一举两得,很值得买。博林又听理财专家也鼓动,很快就从国内调来两百七十五万美元,用现款将这房子买下。交房时,博林夫妇都没来,交由老树全权代理办接收手续。整个过程都那么干脆,乐得那一口京腔的女经纪人在旧金城的米其林餐馆请老树吃了一顿。

玉叶入读伯克利后,按规定先住了一年的学生宿舍,去年夏天才搬进这里。博林本来打算让双胞胎儿子也到美国读高中,姐弟仁可住一起。玉叶的母亲阿凤想来想去又不舍得,还是将双胞胎儿子送了广州的国际学校。阿凤也随着儿子们搬到广州,好让双胞胎在周末能喝到她煲的汤,吃她炒的菜。

老树在玉叶带着她心爱的孟加拉去向不明的时刻想到这些,心往下沉。博林每每说起,总是唠唠叨叨地感谢他对玉叶的照顾。老树此刻回想着,其实玉叶这些年的陪伴,带给他的安慰,比自己意识到的要多得多。他从皮夹克的内袋里掏出 iPhone 拨打起来。玉叶的手机仍处于关机状态。

老树折回前楼大厅里,跌坐到窗边的沙发上,这才感到了疲累,肚子还有点饿,他起身从冰箱里取来一盒蓝莓酸奶吃着,忍不住又去看 iPhone 上的天气预报。"绿洲"一带刚迎来新一轮风雪,让人心焦。如果按他猜测的,玉叶是开往湖边去的话,她现在会到了哪里?老树在 iPhone 搜着"绿洲"的地图。从"绿洲"的那个红点上划开,再划开。土色之外,绿色渐次加深,那就是进山的林地,再出去,太浩湖由点至面扩展,蓝绿交界是大小的湖汊,进出这一带的道路不多,穿插的小路倒也不少。

去年夏天去那里看玉叶时,玉叶领他游览了安德森他们度假屋所在的湖畔。记得从"绿洲"出来,离开沙漠地带之后,就进入了太浩湖区的大山,手机信号时强时弱,有时还会断掉。玉叶摇下车窗,混着植物清香的凉风涌进车里,路变得弯曲起来,越来越窄,车子直接驶进了森林中。风声很大,玉叶的声音越来越高,说着她在"绿洲"的生活。老树记起来,有个瞬间,她的手臂伸出去,朝树林的方向比画着,说,将来就到内华达来生活,你看多么自然,多么美。老树点头,说,你是说可以离孟加拉更近吧。玉叶笑笑,没说话。老树看到一路弯曲的山道边上不时有岔出去的小路,通往露营地和家庭旅宿车的停车场。玉叶告诉他,这些地方夏天都很热闹,冬天则大部分会关闭,要到山下近湖边一带,才会有特意来看雪的人们住进那些出入方便的小木屋。

　　老树记得那次玉叶的车停过一个叫"红马"的县辖露营地,就在进山不久的路边。车子进去时,林子里架着好些帐篷。玉叶熟门熟路地将路虎开到营地边缘卫生间旁的停车场。老树看到离卫生间不远,是些供人租住的简易小木屋。玉叶告诉老树,这里一般只有本地人来玩,她就是"绿洲"组织义工烧烤露营时来过。卫生间里还有供热水的淋浴间,营地一年只从五月初开放到十月底。

　　老树的脑袋在这儿顿了一下。他记得玉叶来回带他走的都是穿过山脊的这条路,还停过其他几处。玉叶现在会不会就是选这条路?从"绿洲"到湖汊边的直线距离不长,但车道基本是弯曲的山路,晴天里最快也得开近四十分钟。眼下说不定都暴雪封路了。

　　老树拨打史密斯警官的电话,对方没接。老树正等着给她留言,忽然感到手机在振动,拿开一看,竟是玉叶的号码。他马上转过去,就听到玉叶断断续续的声音,听不清在说什么。老树焦急地说:玉叶!你现在哪里?哇!——玉叶的哭声一下清晰起来。老树还听到了呼呼的风声。玉叶哭叫着说,我们想翻过山去湖边躲一下,可才进山,雪就越来越大了,已上了雪链,现在根本跑不动了,可没雪链就更不行啊。现在全黑了,孟加拉该饿了,快没吃的了,我以为很快就能到的——怎么办啊?喔——她又哭出一声。老树叫道:玉叶,不要哭。你说才从"绿洲"进山不久?那么离我们去过的"红马"露营地应该很近?不要哭,你想想?噢,应该不远——玉叶的声音平静些了，背景里的风声显得更大了。好，你现在就先将车子开去"红马"，那里有木屋，还有卫生间，总比在野外安全得多，可以躲一躲。你和孟加拉要分离，把它放到男卫生间。你现在就开去，路上当心，开慢点，刚下雪，应该还行的。到了"红马"马上给我电话，我这就去跟警察联系，他们会尽快赶到。

千万不要找警察啊！求求你！他们会打死孟加拉的。孟加拉乖得很，可怜死了，它眼泪汪汪地正看着我——玉叶那头又带上了哭腔。好的！不多说了，你马上去"红马"，有雪链还是很管用的，要镇定，你行的！玉叶在那头只说了一声"好!"，线就断了。老树马上转线去找史密斯警官。史密斯警官在那端安静地听完老树的报告，镇定地说，太好了！我们正试图跟在南美度假的安德森夫妇联系。我们会马上跟内华达警方取得联系，随时联络。老树挂了电话，陷在沙发里，这才感到累得有点发虚，他靠到沙发上，闭上了眼睛，慢慢吐着长气，努力让自己放松下来。

3

老树第一次见到玉叶，是在前年初秋。他那阵子在赶一个能源部的年度报告，每天总是很晚才回家。听到在壮乡插队时老房东的儿子博林的电话留言，已是周五的深夜。博林说，他过来看在伯克利上学的小女玉叶，马上就要回国，今天跟在纽约的老树当年插友老猫联系上，才知道老树也在伯克利。这么多年没见，非常想念。他留了手机号码，希望老树给个地址，他好带小女登门拜访，或请老树周末到旧金山城里酒店碰个头。

接到博林短信，老树很是惊喜。他九十年代初从普林斯顿拿到博士学位后，从新墨西哥州的拉斯阿莫斯国家实验室，瑞士、法国国家实验室一圈转下来，做完博士后，成了伯克利后山上劳伦斯国家实验室的高能物理学家。

当年从插队的桂西大山区南丹乡下直接考上中科大读研究生后，老树经人介绍，认识了在广西人民医院高干病房当保健医生的玛佳。玛佳的父亲时任广西军区副政委。父母都是胶东半岛人的玛佳生得高挑白净，是广州第一军医大学的工农兵学员。老树喜欢她那带点不食人间烟火的清高劲儿，从不会在婆婆妈妈的细节上纠缠。没想到，玛佳到了九十年代初带着年幼的儿子泉泉来美国陪读时，那仙气还在口里含着咽不下。人家陪读的太太不是打工就在学英文准备上学，玛佳却三天两头说自己在美国住不惯。她对自己在国内拥有的一切相当满意，要将它一划清空，来美国从 ABC 捡起，再奋斗，一没信心二没体力不说，还觉得不划算。唠唠叨叨过了大半年，就闹着回国继续当她的高干保健大夫去了。那时老树正为博士论文赶做实验，忙得半夜也得去实验室打个转看结果、调设置，玛佳就将泉泉也带走了，之后无论老树怎么动员也不肯再来。

两人的事这么一搁，只得以离婚告终。玛佳带着泉泉在军区大院的小楼里陪着父母老去，却也跟老树一样，没有再婚。泉泉小时候每年暑假都来美上夏令营，前后跟老树生活几周，总是还没热乎起来就又回去了。泉泉在中国读完医科大本科，申请到霍普金斯大学读博，现在在马里兰的国家健康研究院工作。父子间总是客气多过亲密。老树虽不愿接受，也同意玛佳说的，自己确实没做过真正意义上的父亲。

老树如今住在伯克利半山上一座百年老屋里。四周是树龄比房龄更长的老红杉，让他有出世之感。他通常望着海湾的晚霞，在堆满书报的长台上吃着由冷冻半成品做出的晚饭，看看书报，上网浏览一圈，然后睡去，业余几乎从不社交。他喜欢这种跟青年时代山乡生活接近的日常状态。他在前些年做过心脏搭桥手术后，身体明显差多了，自我感觉是走在街上时跟中国城里的广东乡下老阿伯已没啥大区别，就更不愿出远门。父母去世后，他没再回过广西。之前只听偶有联系的当年插友老猫讲，老房东的独子博林，如今在南丹开矿发得一塌糊涂，乡里乡亲都用"富可敌国"来形容博林和韦家了。又说博林在矿上安置了四乡八里好多家乡人，乡里都很夸他仗义有担当。这回忽然听闻博林到了旧金山，老树手指一扳，算来已有三十多年未见，马上回复，与博林约好周末到城里一见。

老树在周末里坐捷运进城，寻到博林入住的市中心皇宫酒店。按短信的指点，刚转进旧金山地标之一、拥有阔大阳光穿顶的花园阁餐厅时，就听得博林"老哥！老哥！"地叫着迎上来。老树握着博林厚厚暖暖的手，不敢相信当年那个光着脚丫、裤管一高一底的壮家小娃仔，如今出落得圆头圆脑，欢喜佛似的。两道小时疏淡的眉毛变得浓而短,脸色红润,连老树这样的书呆子,都能看出他一身上下挺括括的衣衫高档精良。博林拉着老树的手摇着说,老哥你真是青春永驻,一点都没变!这明显的恭维让老树尴尬地笑了笑,一下看到博林眼里亮亮的光,有几分小时趴在自己膝上学字的样子,心下生出感动,侧身拥抱了博林。

老树随博林走向中央水晶大吊灯下的圆台,没想到那儿已团团坐了一圈人。博林介绍说是他的生意伙伴,从广东、云南等地组团过来打高尔夫,在旧金山撞上,明天就要走了,只好一起聚聚。老树正跟着寒暄,忽然看到人群后有个细瘦的女孩,表情畏缩地偷偷打量他。博林冲那女孩招手:玉叶,快点过来,过来。女孩动作有点慢,博林就去拉她,说,这就是我总跟你讲的老树伯,你的偶像啊,留美博士,大科学家!老树没想到博林如今好话开口就来,只轻轻咧了咧嘴。

小女玉叶——博林揽过女孩,转身向老树说。老树记得早年玛佳给她看过博林长女金枝的照片,跟这玉叶不太像。圆头圆脑的金枝那时犯有严重哮喘,由博林夫妇带到南宁,找玛佳请专家看过病。

玉叶简直只有博林三分之一的身宽,非常瘦。窄小的脸有些苍白,带点雀斑。她的眼睛不大,这点像母亲。大热天里,玉叶穿一件月白的麻布背心,细细的胳膊黝黑而修长,一条洗得发白的牛仔面料的短裤,黄麻色的马尾高高翘着,身上没有一件饰品,跟富丽堂皇的四周完全不搭调。老树高兴地向玉叶打招呼,恭喜她考上伯克利,说那可是很不容易啊。

博林听了开心地大笑,拍了拍她的肩膀。玉叶耸耸肩,脸上的表情有点怪,说不上是发窘还是害羞,目光躲闪。博林推了她一下,她才轻声道谢。老树又问打算学什么专业,玉叶轻声说,报的是生物。老树点头,说,学生物很好啊。

一圈人在博林的招呼下落座。老树左边是博林,右边是玉叶。博林张罗着点了酒菜,一桌人就开始聊高尔夫,只有老树和玉叶插不上话。玉叶看上去恹恹的,也不玩手机。老树忽然转头,就会发现她在偷偷打量自己。两人的目光一交集,她又立刻缩回去,像只蜗牛。她只扒点沙拉,吃得很少。老树问起来,博林忽然转头大声说:人家爱动物,吃素。我们都讲她上辈子是尼姑,这辈子降临我们家当福星啦。说着大笑起来,表情自得。玉叶的脸冷下来,盯了博林一眼。老树赶忙岔开话题,问她是否习惯大学新生活,玉叶慢声说,从小就这样过来的,习惯了。老树一愣,又问之前在哪里读的高中,玉叶回说在达拉斯。没等老树回话,她将左手伸过来。老树定睛一看,只见她食指上戴的银戒指是条盘着的蟒蛇造型。

伤心达拉斯,唉!这是我的蟒蛇贝贝,就是在达拉斯给他们搞死的。玉叶没头没脑地说。老树一惊,问:你住校怎么能养蟒蛇?玉叶撇撇嘴,说,之前是有住家的。老树没反应过来,就听玉叶问:你好像也很怕蟒蛇?老树在走神,玉叶轻轻一笑,有些羞涩地说,你们都搞错了,蟒蛇其实比人好多了。我带贝贝去学校给同学和老师看,大家都很喜欢它的。说到这儿,她将手里的银戒指转着,轻轻叹口气,闭了一下眼睛，表情有些痛苦。博林的一个生意伙伴这时说到刚在加州著名的卵石滩球场打出了一杆进洞，大家"哗"地哄笑起来，又咋呼着下一程到夏威夷的毛伊岛 PK。玉叶皱起眉，瞟了那些人一眼，忽然冒出一句：贝贝是住家给搞死的。所以人才是最坏的。老树心下吃惊，没答她的话。

一顿午饭吃到下午两点多才完，轰隆隆一行人出来。博林对老树说，真不好意思，都没跟老哥说上几句话，能不能一起喝杯咖啡？老树点头。两人随着那些说说笑笑的人，走到大堂道别。博林跟那些人约好第二天飞夏威夷，转头打发玉叶回房歇息。玉叶有点不情愿，博林便推她，说自己跟老伯那么多年没见了，要好好说点话。玉叶脸色一黯，只得向老树道别。老树笑着说，我们伯克利见！就看她随在博林的生意伙伴们后面离开，像一只被轰隆隆的马队拖上的没吃饱的白鹭。

博林和老树换到酒店的咖啡座里。下午时分，咖啡座里非常安静。两人喝着咖啡，说起这些年来各自生活的种种，最后说到了玉叶。博林重重地叹口气，说，她学习倒一直蛮好的，这点没让我们费过心，比她两个弟强多了。那对活宝，从小学一年级起就要请家教补习，还总是跟不上。她姐金枝身体不好，读了个财会中专，现在矿上帮忙，倒很顶用。四个子女中，玉叶是最会读书的。但她特别怪，很夹生，不晓得怎么搞的。一个小妹仔，弄得像那种嫁不出去的老姑婆，怪头八脑的，成了我和阿凤的心病。特别是前两年，在达拉斯住家里弄条小蟒蛇。哦，她刚才讲到了——老树有点迟疑地说。博林摇头，说：唉，那家美国人也是怪，不仅同意她养，还帮她养，家里反正六个小孩，巴不得找多点事给他们忙。我去看过，那蛇就在她屋里爬来爬去，想起就吓人，我和她娘都很担心这是什么毛病啊。要讲她从小就爱看《动物世界》，说是爱动物嘛，你让她养个猫、狗的，她就没兴趣。好在那蟒蛇没长多大就死了，真是死得好！要不停地买活物喂的，你说恶心不？她跟住家闹，说是人家弄死的。好在她没成年，家长可以做主，赶紧让中介帮她转学到寄宿学校，看她还养什么！她这才没了脾气，最后总算还考上了伯克利。博林说到这儿，挠着脑袋重重地呼气。老树给他添咖啡，劝他别生气。博林点头，接着又数落起来。

博林高中毕业回乡务农不久，前面几个姐姐相继出嫁，家里托人做媒，迎娶了后山嵩里的壮家妹子阿凤。阿凤是干活的好手，田里做完，养猪喂鸡挑水做饭，完全闲不住，转年就怀孕生产了。让博林家老人失望的是，第一胎生下的是女儿金枝。金枝才断奶不久，阿凤又怀上了第二胎，没想到在田埂上摔了一跤，肚里的娃仔就流掉了。这一流产不打紧，阿凤的肚皮一歇好几年没动静，直到金枝快五岁时，才又生下二女儿玉叶。

博林和阿凤决计接着生。他们将多病的金枝和幼小的玉叶丢在乡里跟老人，夫妻俩躲到十八嵩外的一个小镇上，一边开个米粉店，一边准备怀孕生儿子。米粉店惨淡经营了两年，阿凤的肚子也没动静。这时，博林的母亲身体开始不行，他们只得回乡将玉叶接来带在身边。就在那时，南丹大山里发现了好些锡矿资源，人们从四面八方涌入，粉店生意火爆起来不说，在邻县国营大矿上当技术员的表哥也辞了职，拉博林一起去开矿。表哥有门路办到开采证，需要博林在资金上支援。博林跟着表哥折腾，几年下来，锡矿的规模就出来了。博林做梦也没想到，自己成了实业家。真是想不到啊，玉叶一来，我们就转运了——说到这里，博林强调着。老树一笑，说，你那是赶上了中国入 WTO 后经济起飞的好时机，原材料需求高涨啊。博林一愣，表情有些茫然，随即摆摆手，说，就是因为玉叶，这点我很肯定。

阿凤将粉店盘出，也到矿上帮忙。矿区在大山区，孩子上学成了问题。表哥决定将孩子送到南宁那所全区闻名的"精天才"贵族学校，说那里连学前班的英语老师都是科班出身，很高级。表哥让博林也送孩子去。表哥有文化又有远见，说的话博林很要听。可惜金枝身体差不能离开人照看，博林夫妇便决定让玉叶去。

博林和阿凤亲自将六岁的玉叶送去南宁上学前班。这来回一趟，多年不孕的阿凤竟又怀上了，一查还是双胞胎儿子。真是太神奇了！博林摇头，一副不可思议的样子。见老树不响，他又说，我们真觉得玉叶就是个小菩萨啊，怎么供着都不过分。老树好奇地问双胞胎儿子叫什么名字，博林掏出钱夹，抽出一张虎头虎脑双胞胎儿子的照片递给老树，说，这就是元宝和大吉。

玉叶在"精天才"从学前班念到小学毕业时，博林的锡矿开到了两家，样样都顺风顺水。博林像表哥一样，又将玉叶送去广州读国际学校。老树听着摇头，说，一个小女仔，你们也真舍得。博林脸色一黯，说，还不是为了她好？开始送南宁时，老实讲，我们的钱还是有点紧的，咬牙送的啊，觉得那是我们可以给她的最好教育了。唉，现在不就更远了？这妹仔不管是念书还是自己生活，都还可以，就是跟爹娘不亲，跟她姐和两个弟弟也没话讲。老树想起自己的儿子，跟着叹：娃仔是要自己带的才会亲啊。

这我和阿凤也认了，只要她过得好就行。但她太怪。这话跟老哥你讲没关系。她什么都拧着来。在达拉斯，为她养蟒蛇的事，我和她吵，你猜她讲什么？她讲养蟒蛇是没办法，将来她还想养老虎！不管养什么，都比你们好！我听得汗毛都竖起来了。这是小孩子的话呀？我都不敢告诉她娘。现在每回想起，还是很不安，总怕会出什么事。平时我们的应酬她是不肯参加的，今天跟她一讲是来见你，她就要来，还催问了几次，从来没这样的。老树笑笑。博林就接着说，跟我过去一有机会就跟她讲你的故事也有关。她读书很用功，很爱读书的。我总讲你小小年纪就从南宁到我们穷山沟里劳动，没吃没喝，白天干完农活，夜里还看书学习，所以后来才能当美国博士啊。我讲别的她听不进，讲你的故事，她就听得很认真。今天看她和你聊得蛮好，我就放心多了。凡事都讲缘分，她来伯克利是来对了。以后就拜托老哥你多多照顾了！

老树点头，说，看上去是很好的孩子，读的生物，也很不错，慢慢会成熟的。博林赶忙摇头，说，讲到专业，我也很不爽。留学顾问说学生物在美国很有前途,将来可以学医,还可搞研究,或到药厂做事。女孩子将来学医当然最好啊。老树说,就由着孩子的兴趣吧,大学生了,大人要放手才好。博林声音一下高起来,说,老哥啊,不是这样啊。你猜她跟我讲什么?老树摇摇头,就听得博林叫起来:她讲将来要去当兽医!当然中国现在也有宠物医院这种新花头了,但你想想,我们乡下兽医不都是在配种站干活吗?你一个女娃仔干什么不好,当兽医?听得我活生生要给气背过去。博林的脸都涨红了,老树赶忙示意他低声些,轻声说,这事你要想得开,如果真是孩子的志向,那还是要尊重的。再说兽医在美国的专业前途非常好,是很受人尊重的职业,想读兽医还真不容易,竞争很激烈。博林虽没再争执,看上去仍不开心,停了片刻,才对老树说:老话说女大不由娘,就这个意思了。老哥,我就听你的,这个女,一直跟我不亲,现在来到你跟前,也是天意吧,拜托了。说着,抱了抱拳。老树心中诧异,转眼看博林眼睛红了,赶忙安慰说,不要急,玉叶是个好孩子,慢慢来,这年纪的孩子可塑性还很强。

4

见过博林之后,老树就到东部出差去了。回来的第一个周末,便约了去看玉叶,顺便带她去吃素菜。

近午时分,老树一路从伯克利后山上走下来,按约定去往伯克利加大著名的萨瑟大门。那一带街区永远熙熙攘攘。

远远地,老树就看到玉叶从大门边的栏杆后跳出来,姿势轻盈得像只羚羊。一落地,她就高举起细长的手臂,马尾在脑后甩着,向老树摇着走过来。她穿一件黑背心、白色牛仔短裤,背个很大的双肩包,脚上一双人字拖。

你看上去非常伯克利啊——老树走上去跟她握手,笑着说。玉叶听了笑起来,带点羞涩,却没上回那么紧张了。老树领着她一路向几个街区外的素菜馆走去,同时问她的生活和功课。玉叶回答得很简单,她轻轻的声音几乎要让四周的杂音淹没,老树最后听到这句:反正比在中国上过的所有寄宿学校的条件都好得多,只用对付一个室友。

说起室友,玉叶话多起来,说,她很爱干净,这点我们特别合得来。她父母在分居,所以她很不开心。我在达拉斯的同学有一半以上来自离婚家庭,但他们看上去都挺高兴的啊。玉叶叹气。这话题让老树支吾起来,玉叶又问,她家里是天主教徒,不是不允许离婚的吗?老树叹口气,说,道理上是的,唉,生活太复杂。玉叶摇头,说,所以你觉得小孩不懂?噢,阿爸讲你也离婚了,还讲伯母以前帮我阿姐看病,好善的。那是为什么呢?老树皱起眉来,勉强答说,性格不合,没办法。玉叶甩了甩马尾,说,唉,如果我阿妈不是给阿爸生了那对活宝儿子,肯定早就给休了。她那口气很轻慢,让老树一愣。他有点不快地说,你怎么可以这样讲自己爸妈呢?玉叶吐了吐舌头,没回话,表情仍是不屑。

老树很久没在周末到伯克利市中心来了,一眼望去,家家饭馆咖啡厅人满为患,年轻人一边吃喝一边在看电脑玩手机,互相也不大搭理。他好奇地问玉叶周末一般怎么安排。玉叶说自己是新鲜人,还在熟悉环境,周末里做完作业、洗好衣裳,就会去动物园。

老树这下想起博林说她小时最爱看的就是《动物世界》,问:去哪个动物园? 奥克兰动物园最近,一般都是去那里——玉叶明显兴奋起来。那你去动物园看什么呢? 老树又问。他记得儿子泉泉上初中后就对去动物园没了兴趣。

什么都好看啊——玉叶表情愈发生动起来,讲起她在美国看过的动物园,见过的珍禽异兽,简直刹不住。她说奥克兰动物园的小猴子特别多,非常活泼淘气,好玩得很。又说这边的动物园虽没大熊猫,但黑猩猩养得很好,精神足,特别愿意跟人互动,她可以在那儿一待半天,跟它们逗乐子,就像跟一个聪明的小孩子玩耍。老树笑,说那当然,黑猩猩通常有五岁孩子的智力呢,聪明些的可以到八九岁的智力,是很可爱。玉叶马上说,我要养只黑猩猩就好了。老树马上摆手,说,这不行。黑猩猩是跟我们人类最相像的动物,怎么能将"亲戚"当宠物呢? 美国还专门弄了个岛,安置那些为人类试过药的黑猩猩,让它们退休后去那里安度晚年,回归自然。黑猩猩有喜怒哀乐,还有自我意识,又能制造工具。嗨,现在人跟动物的分界越来越模糊了,就像连续光谱,很难说两种颜色之间的分界在哪里。

玉叶瞪着那双小眼睛,说,你刚才说黑猩猩有自我意识,这是怎么知道的? 老树说,一般的动物,你让它们看镜中的自己,它们认不出来的,比如狗会冲镜中的自己吠,只当那是

220

另一只狗。猩猩、海豚等智商高的动物就不一样。科学家在猩猩额头上点个红点，它照镜子时看到，会去摸自己额上的红点呢。玉叶叫起来，哇，你都是从网上看来的吗？老树笑笑，摇头说：我通常是从学术杂志获得这类资讯的。玉叶吐吐舌头：哦，你是大科学家，我怎么忘了呢？杂志里有没有说什么人才能到那个岛上工作？老树笑了，那岛上平时只有猩猩没有人。玉叶一口气就泄了，叹着说，说是"亲戚"，要亲近也不容易啊。

老树笑笑，问：你去动物园主要是看黑猩猩？玉叶赶紧摇头，说，当然不是，我还喜欢看他们的狮子，我很喜欢旧金山动物园的北极熊、大河马，可惜奥克兰这边没有。老树说，嗬，你喜欢的都是大家伙。哦，想起来了，你还喜欢蟒蛇呢。我不看蟒蛇了，看了伤心。噢，你不觉得蟒蛇和狮子其实很像吗？玉叶问。老树不知她指什么，一愣，就见她得意地笑着说，它们不动时，看上去很温顺，有时甚至蔫蔫的，眼神还很温柔，但当它们拿定主意要出手时，那可不得了，"唰——"，玉叶双手举起，闪电般在空中一抓，哼，就是我们语文书上说的迅雷不及掩耳之势，猎物就进肚子了。我特别佩服这种气质，以柔克刚，是不是？

老树惊得张了张嘴，说，没想到你口味那么重。玉叶"咯咯"笑了几声，才说，其实我最喜欢的是老虎——美国是可以养老虎的，将来我要能有一只老虎就好了。老树问：刚才还说了想养黑猩猩，还养过蟒蛇，还要养老虎？你小时候看过很多《动物世界》吧？玉叶支吾起来，说，那时多无聊啊，想起

221

来还做噩梦。不看《动物世界》看什么？一看到那些动物就很开心，肚子饿了都不觉得。

电视里好多节目的啊，少儿节目也不会少，为什么只爱看《动物世界》呢？老树好奇地问。玉叶摇头，说，我不爱看那些，少儿节目主持人一叫"小朋友"，我就紧张，会想起学校里那些总是讲大道理的老师。动画片再好看，动作是动物的，思想还是人类的。你看，熊猫那么孤独的动物，阿宝却在《功夫熊猫》里整天找爹娘。哪有《动物世界》真实？老树不解地问，就算你喜欢大家伙，可为什么不是狮子，大象？玉叶撇撇嘴，说，我不喜欢一团团的家伙，狮子总是一群一群的，大象也是，跟人一样，爱扎堆，又互相打来打去，很蠢。老虎最像我了，独来独往。老树想到她刚才那"迅雷不及掩耳"的手势，倒抽一口冷气，掩饰着说，你其实更像羚羊。玉叶声音尖起来，说，我不喜欢羚羊，可怜得很。老虎多神气。老虎一出来，只要吼一声，整个森林的鸟兽就散了，真不愧是百兽之王，多威啊，真威！说着双手扯了扯双肩包带，挺直了腰。老树这才注意到，玉叶左手食指上的那个蟒蛇造型的戒指不在了。

老树之前接触过的亲友送来美国上学或旅游的女孩子，印象里她们最大的兴趣是淘买各种名牌，打扮起来不是韩风、东洋风就是浑身芭比味儿。只听她们要娇要美要哆要萌，从没听过要威的。那些小姑娘要养宠物也不过兔子狗狗猫咪。老树这下拧了眉，说，你刚才说到黑猩猩可爱，像小孩子。孩子到处是啊，你可以留心多交朋友——老树找着词。

222

玉叶的表情冷下来，说，人怎么比？看我弟弟他们，还有我姐，只要一出现，我跟阿爸阿妈都难讲上一句话，烦死了。我在达拉斯的美国住家有六个小孩，分分钟都在吵。我对付不了他们，也习惯了不去对付他们。在学校里也是，你对同学太热情也不行，在美国也是，好心请大家吃一顿，肯定是觉得你傻，再邀就不来了，人真的太麻烦了，怎么都不对，真头痛，从小没学会，算了。老树说，那应该是中美文化不同，年轻人不挣钱，一起吃饭，他们流行 AA 制。玉叶皱起眉头，说，反正跟人在一起就头痛。老树有些意外，问，你从小就上寄宿学校，周围不总是很多人吗？

　　唉，那些同学都有家的，星期五下午早早就给接回去过周末了，楼道静得吓人。跟他们在一起也不好玩，都是讲吃讲穿，天天看那种没脑的时尚杂志，学老女人穿名牌，流着口水看韩国小男人，土死了，我不要跟他们玩。我看猩猩、老虎、狮子、蟒蛇，它们多可爱啊，只要喂饱它们，它们就跟你玩。老树说，不好这么比的。你讲的是动物的本能，可我们人是有思想，有心灵的，我们可以爱动物，但——玉叶打断他，说，那太不一样了。如果我阿爸没钱，还有那么些阿猫阿狗围着他？那些讨厌的人如果没权，阿爸哪会哈巴狗似的去巴结？动物就不会这样。

　　老树想起刚才她说到父母婚姻时的冷淡，不知从何劝起，就说，不过你要特别小心，旧金山动物园前些年发生过老虎咬死人的事情，一死两伤，都是高中男生呢。玉叶点头，说，我听说了，也问过动物园的人。说是一只四岁的西伯利

223

亚虎。是那几个男生激怒了老虎。现在加强了安全措施。老树摇头,说,我本来就对那个动物园没好感,感觉管理混乱,孔雀呀小动物呀就在路上乱走,让人不舒服。玉叶争辩道,他们的理念跟圣地亚哥动物园那种弄得漂漂亮亮的动物园不一样,讲的是尽可能地自然放养。老树插话说,圣地亚哥还有个野生动物园,像肯尼亚那种的,你去过吗?玉叶哈哈笑了两声,说,我留着胃口将来去非洲看。哦,旧金山动物园现在严多了,动物给关得很紧,弄得老虎经常在睡觉,不睡的时候也没精打采。奥克兰这儿的是孟加拉虎,毛水金黄的,很漂亮。老树点头。

　　老树带玉叶去的素菜馆,人多得满出来。他们坐到了临街的露天台座上,穿得乱七八糟的行人就在座位的栏杆下来来往往。玉叶很兴奋地说,她就是喜欢伯克利这种无处不在的嬉皮气息,穿了一辈子那么蠢的校服,真是大解放啰,她晃着脑袋笑。老树看她这么活泼,也高兴起来。玉叶点的是甜菜头花园沙拉,很少的一份,就着两勺糙米饭,却吃得津津有味。后来老树知道她每天起床第一件事就是上磅秤,对体重有着近于严苛的要求。老树有次跟玉叶说起要注意补充蛋白质,不能走极端。又感叹说,青少年在长身体,一般胃口都很好,能对美食这样刻意拒绝,是很要意志力的。玉叶就苦着脸说,嗨,人家以为我从小上什么贵族学校,其实连老师心里也觉得我们是砸钱来混的,讲的话不知有几难听。你要让老师真的看重你,得比最努力的人更努力,这点克制根本算不了什么。老树问,这些你跟家里讲过吗?玉叶摇摇头,当然没有，讲了他们也不懂。

老树转了话题，问她课业难点。玉叶说微积分和普通物理有点吃力。没等老树回话，她又说，都说美国大学宽进严出，是真的。伯克利的新生在头两年有百分之三十的人会因为成绩达不到要求，被踢出学校。她进校两个月，身边同学都很优秀，蛮有心理压力的。老树做出很随便的样子，问了她几个数学问题，又聊了聊她的物理课内容，心里就有了数，知道她有些基本概念没有完全打通。他告诉玉叶，自己可以帮她做些辅导。玉叶听了叫起来：哇，有大科学家给我当家教啊，太牛了！老树看她天真的样子，忍不住笑起来，说，你真是个孩子。

从那之后的大半年里，除了老树偶尔出差、外出开会，每个周六的早晨十点，他们都准时出现在伯克利僻静一角的"飞豹"咖啡屋。老树发现玉叶的理解力比少年时代的博林强不少，只要将概念讲明白了，她举一反三的能力很强，这让老树很是欢喜，就不时给她加料。玉叶得到老树的赞赏，高兴地说，美国就是给力，你穿个破 T 恤出门也会有人夸，我也相信表扬使人进步了。她果然更用功了，总是将书上的习题全做了，还按老树说的，看到有趣的题还试用不同方法来解。每次上完课，他们总会一起喝咖啡，聊会儿天。除了功课，玉叶最爱讲的还是动物。想起博林跟他说的那些话，老树隐约有些担心，觉得她似乎有那种他听闻过的"移情"症状。平时阅读期刊文献时，他就留心帮玉叶收集动物研究的前沿性文章，将链接或扫描件传给她。老树不愿玉叶陷在对猛兽的偏爱里,有意广选动物种类,飞禽走兽、海洋生物什么的,都会关照到。他总跟玉叶讲,要从研究的角度进入,学到更多的关于动物的深度知识。玉叶果然会将那些文章认真看过,补习后喝咖啡时就会来讨论。老树为了能跟她对话,逼着去查相关资料,动物知识跟着大增。到了玉叶后来再跟他讲,她确定将来要学兽医,老树就觉得那是成熟的决定了。

5

玉叶从不主动提起自己的父母,也很少谈到姐姐金枝和她的双胞胎弟弟。这跟媒体上那些关于新一代中国留学生的说法——他们有"直升机"父母,难以心理断奶,很多人天天要跟远在国内的父母微信、视频——完全不搭界。老树偶尔问她想不想家,有没有经常联系父母,玉叶就耸耸肩,说太忙,没事有什么好联系呢?老树就说,你这样他们会担心的,还是要经常报个平安才好。玉叶苦笑,摇头说,最需要的时候已经过了。我那么小就离家,周末都没家可回,讲不好听,有很长一段时间,对爹妈的概念都很模糊。隔很久突然来一对陌生男女,说是你爹妈,领你出去吃吃汉堡、坐坐木马、逛圈游乐场,又不见了,下次又不晓得几时来。你敢在学校宿舍里哭?哭了就关小黑屋,等到你哭不动了睡着,醒过来再哭,再睡,整过几次,就什么都行了。现在成年了,反倒要跟他们天天视频、微信?人比动物差远了,动物可是一断奶就要独立的,你不走爹妈都不答应,要赶你出去。说着笑出声

226

来,耸耸肩说,再说我又不是儿子,别自作多情了吧。你晓得吗,他们来这里买房子,就是为了以后我那两个弟来用的。如果他们来,你看吧,不仅我妈会来陪,还会带上保姆和司机的。玉叶——老树打断她,说,你父母当年很苦,很不容易,你要——玉叶手一摆,说,老说当年有什么意思呀!老树想了想,叹气说,唉,等你长大了,有了自己的孩子就懂了。玉叶翻了翻眼皮,说,我可不见得要有孩子啊。就算将来真有孩子,那我得自己带,尽最基本的责任,是吧?老树给噎住了,心下一酸,不再说话。

他们总在午后道别,各自离开。有时老树走出去,忽然回头,看着玉叶背着双肩包穿过马路的瘦削身影,心里就有些难过。他知道,玉叶多半就直接去动物园或宠物收养中心了。她还是没办法,也不想去跟人交朋友。老树也看得出,她在人群中确实有一种说不出的尴尬,与校园里随处可见的时尚光鲜的 90 后中国留学生相比,她浑身上下几乎没有任何装饰品,更没见她穿过一件色彩鲜艳的衣裳,乍眼一看甚至有点寒碜。直到有一次讲完作业,玉叶忽然说起没牛仔裤穿了,掏出手机一搜,两百美元左右一条的牛仔裤一下就订了半打。老树惊问,什么牛仔裤会要两百多美元一条,让她确认是不是看错了小数点。玉叶"咯咯"笑着,说她自从试过这牌子的牛仔裤就不再换了,弹性那个好,贴得就像你的皮肤一样呢,不像别的牌子,那么硌人。知青出身的老树就算买得起,也想不通让布料硌一下能便宜百分之九十,何乐而不为。再看到玉叶在街角看到一只两百多美元的陶罐,会忽然起兴要买个泡菜坛子，就大票子一放，随手拎起，拿了就走。平时看个演出什么的，想都不想，总是直接就订最贵的座位。出门哪怕坐短途飞机，只是为了安检和登机的优先权，也总要买头等舱机票。这也让她很难跟大部分的中国同学打成一片。

认识玉叶后的第一个感恩节，老树决定带她去住在伯克利山上的美国同事家参加感恩节晚餐。老树没有家庭，工作之余基本无社交，跟这位同事虽然住得很近，平时无事并不走动打扰，只会按美国人的习惯，在这开放门庭、给人送温暖的感恩节期间接受邀请，去这位同事家过节。玉叶早早就到了。老树领着她沿坡走去同事家。看着一家家庭院门口的感恩节南瓜灯，金黄火红的种种装饰，玉叶很兴奋。她说自己并不吃火鸡，但还是很喜欢这个节日的气氛。

玉叶一路又说，我在达拉斯的时候，感恩节一到，住家都会邀请很多人来，甚至是陌生人呢。从早上就开始烤火鸡了，特别开心。哦，我今天早晨给达拉斯的那家人打了电话，他们好高兴。老树开心地点头，说，电话打得好！这就是感恩节的本意啊，大家一起取暖，一起感恩。玉叶点头，说，特别要招待远离家乡的孤单人。老树一愣，看看她。玉叶有些调皮地点头，说，我们在今天，要算"同是天涯沦落人"哦。

他们到达时，老树的同事家里已坐满了人。等火鸡端上来，大家都围到了长条餐桌边。玉叶要了沙拉和南瓜饼，微笑着挤在中间，很少话。女主人说完开场白后，大家按顺时针方向，随意说起感谢的话来。老树没想到，轮到玉叶时，她

228

并没有一点迟疑，先感谢了男女主人，然后侧过头来看着老树，说，我还要特别感谢老树伯伯对我的关照，让我作为一个伯克利的新鲜人，没有孤单和害怕。一屋子的人照例拍起手来。老树微笑着看向玉叶，点点头，玉叶笑起来，向他抱了抱拳。

看来我不会被踢出去了——第一学期结束时，玉叶得意地告诉老树。他们不再每个周末约见补习。老树偶尔会在周末到玉叶干活的宠物店里看看她，再一起喝杯咖啡聊聊天。玉叶动员他上 Skype，说这样方便请教。老树装上 Skype 后，玉叶两三天就会上来跟他聊几句，却基本没问过功课，东拉西扯说些学校里的事，谈得最多的还是老树传去的那些关于各种动物的文章，有时还会为一个细节讨论很久。只要说起在宠物医院、宠物收养中心当义工的见闻，玉叶的兴致就很高。她自从干活后，动物园就去得少了。

玉叶在去年春假里申请到了去"绿洲"做义工的机会，在那儿遇到并收养了孟加拉。之后，老树见到她的时候就更少了，每回在 Skype 上碰到，她都是显得匆匆忙忙，说得最多的是孟加拉。她传过孟加拉扑球的视频让老树看，那动作真是太漂亮了，简直是向球飞去一般，扑到后还将球摁在地上，一只脚踏上去，再甩甩头。有一次，玉叶忽然说，她做了实验，孟加拉也有自我意识。说她买了个折叠的穿衣镜带去"绿洲"，孟加拉单独照时，似乎很警惕，很紧张；但她抱着孟加拉一起照时，孟加拉不停地拱她，还朝镜中的玉叶笑。老树说，科学家下结论很谨慎的，要有很多验证步骤。玉叶也没争辩,只叹气,说,唉,连你也不信。老树就说,科学家是个共同体啊,共同体有共同的行事准则。玉叶就不响了。

她还不时送几张孟加拉的照片。听到老树夸两句,玉叶总是满足得像个新生儿的小母亲,得意地笑出声来,让人感到她整个人开朗多了,生活得很充实。老树放下心来。没想好景不长,老树去年夏天去"绿洲"看过玉叶和孟加拉后,一入秋,孟加拉就开始出现问题,"绿洲"方面来的消息都是负面的,玉叶的情绪也跟着大幅波动。在 Skype 碰到,都能感到她老在走神。

到"绿洲"考虑让孟加拉安乐死时,老树一边开导玉叶,一边着手做研究,给她出主意。当他也得出结论,开始提醒玉叶考虑放弃孟加拉时,老树自己却在感恩节后由重感冒发作成心肌炎急诊住院,气喘不上来,病情一度很危急。儿子泉泉又在欧洲开会一时赶不回来,老树让医院通知了玉叶。

玉叶出现的时候,老树的心悸和呼吸困难已得到控制,给送进了观察室。玉叶脸上的表情是惊恐的,紧咬着发白的嘴唇,这让老树意识到她还是个孩子,后悔叫她来。她看上去更瘦了,眼圈发黑。这在 Skype 上没看出来,老树想。他躺在床上,努力笑笑。玉叶搓着手坐在他边上,连声问:感觉好受点了吗? 换班的护士进来见到,见到玉叶,高兴地说,女儿终于来了! 老树凄凉一笑。玉叶轻声说,她刚一接到电话就让人家搭她飞回来了。老树闭了一下眼睛,感觉没有力气过问孟加拉的事,只抬眼等她的话。玉叶轻声说,孟加拉可能难逃一劫了,要看能否再想办法,或者转个地方。老树心一紧,赶忙张大口用力吸气,玉叶紧张地握住他的手,眼睛里带着惊恐,说,你可不能死啊!老树想笑,没笑出来,拍拍她的手,说,我刚躺倒时,想到如果死了,葬礼恐怕都没几个人赶得来,那种感觉真的挺糟的。玉叶铁青了脸,很轻却很清楚地说:不要乱讲!将来不管我在哪里,我都会赶来参加你的葬礼。老树闭上眼睛,好久没再说话。

在这个玉叶下落不明的夜里,老树想起这些,在沙发上坐直起来,抹了抹眼睛。iPhone忽然振响,老树按下接听,就听得史密斯警官在那头说:这是史密斯警官。帕罗阿图警方已经联系上安德森夫妇,他们非常配合,确认了认识韦小姐,也都见过那只小母虎。他们还提供了其他线索。说到这儿,她一个停顿。什么线索?老树焦急地问。他们说,感恩节前,玉叶跟安德森的一个朋友签了一年的约,租下了他的度假屋,离安德森家不很远,你知道这事吗?史密斯警官又问。老树一愣,说,这我可不知道,她从来没谈起过。看来她是想将小母虎带去那个地方藏起来,史密斯警官又说。还有,她有一支来复枪,这你知道?老树答:是的,我想起来了。他犹豫了一下,又说,我在她家里没找到那支枪。史密斯警官答:知道了。内华达警方已经派人分头行动了。

最要紧的是先去"红马"露营地,玉叶确认正去往那里了。只是风雪那么大——老树说着,史密斯警官打断他,说,警方会有他们的安排和办法的,等雪小点,直升机就能过去。随时联系!谢谢!就将电话挂了。

老树从沙发上站起来,想起自己刚才忙乱中竟没有向玉叶确认枪的事,更没有提醒她要记得带着防身,现在她毕竟是单独跟孟加拉在一起。他又走进玉叶的房间,转进衣帽间,再次确认了铁柜是空的,衣帽间里也没有来复枪,才退出来。

从衣帽间进卧室的这个角度看出去,老树注意到里侧床边矮柜上倒放着的一个黑色东西,边角有微弱的光在闪,这是他早先不曾注意到的。老树赶紧过去,看到一个反扣着的电子相框。他将它翻过来,拿到手中,画面上立刻跳出孟加拉明艳的大头像。一幅,又一幅,再一幅,全是孟加拉,像在眼前跳跃而行。真是女大十八变啊,虎妹出落得这么漂亮了! 老树嘘出一口气,有点回不过神来。去年夏天看到孟加拉蜷在玉叶臂弯里时,还是小狗似的,毛很短,色也比这淡不少,眼睛虽有神,但还带着生怯。此时相框中的孟加拉真不一样了,金褐色的毛发看上去发亮,可见营养很不错。宽窄不一的细长黑色斑纹变得十分清晰,额前到脑后的那些纵横交错的纹道对称妥帖,特别是腮边那一圈,将它圆圆的脸盘勾出。绕着两只大眼的黑色的眼线,令它警醒的眼神被衬托得生猛又清灵。鼻下那些从嘴边向两侧对称发射的黑色短斑线,让它看上去带着凛然的威风。唇边原来那些稀短的白色须毛变长了,坚硬地翘起,钢刷似的,很神气。原来两只圆短的耳朵长长了,直挺地立起,像是两只神气的角,耳郭里生出密密的白毛。两条前腿一水干净的丰美黄毛,没有一条纹线。而后面两条腿上,则是一圈圈间距不一的横纹线,像穿着长筒袜。早前圆短的尾巴变长了,黄黑相间,弯弯地翘起。

照片应该是玉叶用长焦镜头拍的,背景被虚化了,一片朦胧的土黄和淡青。玉叶给老树在 Skype 看过的那些孟加拉照片,画面都比较小,老树眼神不好,总是匆匆扫过,随口赞几句,真没意识到孟加拉已出落成了小美人儿,老树看得都有点入迷。

他叹着气,再一划,就看到了玉叶搂着孟加拉的照片。他转身去拧亮床头柜的灯,将照片拿到灯下仔细看着。这应该就是去年秋天拍的。玉叶穿着一套深姜色绒卫衣、高帮登山鞋,一头黑发。可以看出是傍晚拍的,光柔和地打到她们身上。玉叶蹲着,靠在趴在地上的孟加拉边上,手搭在孟加拉颈后,她那瘦削苍白的脸上有一种罕见的放松,嘴角轻抿,表情可说是甜美。一直以来,用她父亲博林的话说,她"总像只惊弓之鸟",身体绷得很紧。孟加拉的姿态也很温顺。老树盯着照片的双眼有点发热,不要说玉叶不能接受,他自己面对这样的照片,都很难赞成将孟加拉处死。

老树将电子相框扣回玉叶的床头柜上。他要让玉叶回来时看到一切都是她离开时的样子。只是老树想象不出玉叶将相框放倒时的心情。他摇着头走了出去。

从大厅里看出去,远方海湾里的灯火好像灭了一些,夜色看上去更浓了。老树站到窗边,眼里跳出玉叶搂着孟加拉的样子。这时,老树听到 iPhone 的震动声,是玉叶的号码。老树点开,未及说话,就听到玉叶急切而嘶哑的哭声。老树对着电话叫:玉叶,Stay calm(镇定)!你在哪里?到了哪里?玉叶的哭声更大了,老树大声问:你在哪里?到"红马"了吗?

玉叶的哭声小下来,呜咽着:我们爬到"红马"了,太恐怖了,我从来没在这么大的雪天开过车。老树急问,现在状态怎么样?玉叶抽着鼻子说,我没事,刚进女厕所休息。

这时,老树听到了一声悠长的虎啸,先是轻的,忽然一个大爆发,他感到耳膜都在震动,一下愣住了。老树从来没想过孟加拉的啸声会这么阴森凶猛,他冲着 iPhone 叫:你安全吗?玉叶断断续续抽泣着说,我好不容易把孟加拉关进了旁边的卫生间,它是在笼里的,可能是饿了,给它带的食物都没了,本来以为可以赶到下个小镇上去买的,它怎么吃这么多啊!啊!它在撞笼子,如果撞开了怎么办啊?!它从来没这么凶过的啊!老树又听到了一声长啸,伴着"哐哐哐"的撞击声。老树急叫:你听我说,你不能再对孟加拉抱幻想。马上跑出去,越快越好,到车里打起火取暖,我已经报告警察,等雪小点了,直升机就可以过去,你现在最要紧——

啊!——一声尖利刺耳的叫声响起,玉叶哭喊起来,它,它好像冲出笼子了!啊?!玉叶,你安静一下,听我讲。你不是带着枪吗?拿好你的枪。出去从外面将孟加拉那边的门顶上!

我有枪的。好,哎呀,雪都封门了,玉叶又在那边叫。你是人,想办法!出去,从外面顶住孟加拉那边卫生间的门,然后往车里跑。好,好!我出来了。啊,它在那边拱,它那边门的雪更多,怎么这么凶!啊!——玉叶凄厉的尖叫又响起来。

往你的车子跑,快啊!——老树叫着。"乓乓乓"的撞击

234

声和着惊人的虎啸声响起,伴随着玉叶的尖叫声,那叫声落到了空旷的背景里。信号有点不稳定起来,跑! 死劲跑! 别回头! 老树冲 iPhone 叫。

这时,他又听到了一声清晰的虎啸。啊——虎妹也出来了,它追过来了——玉叶哭出声来,大叫。玉叶,镇定,它在饥饿状态,你必须开枪,趁它还没靠近,快开枪! 你手里不是有枪吗? 老树叫,一个停顿,老树就听到了一声沉闷而刺耳的枪声——"砰!"

一个短暂的静场,那边传来更大的爆发声:天啊,出血了! 它在看我! ——玉叶哭着叫。信号更不稳定了。啊,它倒在地上了,哇——! 玉叶的哭声大得让老树不得不将iPhone 拿开了一些,啊,你看! 孟加拉站起来了,它在地上打转,甩着身上的血,可怜的虎妹,我都——老树冲着 iPhone 吼起来:玉叶,你现在要做的——啊,它跑了,它带着我给它的枪伤,往那边,往、往树林里跑走了!

老树这时才觉到有些气短。这时电话又震起来,是史密斯警官在另一端,老树没接。他怕放下玉叶,就再连不上了。他的耳朵里充满玉叶号啕的哭声:它最后看我的眼神,那眼神! 它是要过来跟我一起取暖的啊,你们太坏了,人真的都太坏了。你和他们一样,都是骗我的。你也是骗子。你给我看的那些文章都是骗人的,说什么动物跟人没界限,其实你心里就是觉得动物比人贱的,呜呜呜,我——玉叶的哭声那么凄惨,听得老树鼻子一酸,说,你的安全最重要,现在马上回到卫生间去,锁紧门,警察很快会赶到的。

我不能让虎妹进森林,她是孟加拉虎,受不了冻的,还带着伤,我去找它了。你不要叫警察来,他们会打死它的——玉叶哭叫着。玉叶,你千万不能跟警察发生冲突!老树也叫了起来。你们这些骗子!——玉叶又哭出一声,信号一下就没了。

老树的手抖着,头在发晕,想摁911,手指却像点在云朵上一般,使不上劲。他将手机松开,去抓皮夹克内袋里的药。眼前的灯光全暗了,没有一点的光亮。

2016 年 9 月 1 日定稿

木棉花开

辛迪隔着电脑屏幕,微笑着向远在纽约的戴安说:"只要你愿意,噢,亲爱的戴安,你很快就能见到你在中国的生母了。在你还是个小姑娘的时候,你就告诉我,那是你梦寐以求的事情啊。"

静场。

辛迪喝口咖啡,屏住气,等着遥远的戴安在屏幕里的反应。

作为戴安曾经的心理治疗师,辛迪近年只在圣诞新年之际,才会从戴安的妈咪珍妮的贺年信中了解到一些戴安的近况。辛迪喜欢俗谚说的:没消息就是好消息。她遥祝戴安平安,心下却有从未与人说过的隐忧——她知道自己当年只做到了一个越野生存向导该做的,领着戴安安全地绕过了一片危机四伏的险地,却没有完成一个生存技巧教练该做的——教会戴安如何直接穿越沼泽,到达彼岸。辛迪对自己的开解是,戴安当年的心智还未成熟到能掌握那些技巧,这便是权宜之计。果然,当眼下远在广东佛山的黄桂香女士忽然从戴安前行的小道旁跳出来,一把挡死戴安可抄的近路,戴安立刻陷入再次掉入泥淖的险境。

全美著名慈善接养机构泓德集团的广州团队,在接到佛山黄桂香女士寻找当年遗弃的女儿的要求后,很快完成了对黄女士与泓德当年经办的弃婴领养案里"小木棉"戴安的关系确认,并与戴安取得了联系。出乎大家意料的是,这个消息引发了戴安剧烈的情绪波动。泓德北加州总部和戴安的母亲珍妮女士,已经跟辛迪反复沟通了近一个星期,才安排妥今晨辛迪与戴安的视频会议。

作为被接养青少年心理问题领域的专家,辛迪多年来与泓德合作密切。泓德方面的意见是以孩子的意愿为重,可以放缓相认进程。珍妮的态度则是非常焦虑。她急切地告诉辛迪,自己开始只是试探性地对戴安提起,你在中国的生母找来了,没想到戴安反应如此激烈,数度在电话里失声痛哭,对话只能中断。戴安随即失眠,屡屡拒接电话。珍妮担心这会引发戴安的心理旧疾,重现自残危况。"我感觉只是一线之隔了,我都觉得闻到了血腥味儿,那真是噩梦啊,我都不敢再往下想。"珍妮一边赶着去纽约的航班,一边在电话里跟辛迪强调。作为硅谷高科技公司的市场运营官,女强人珍妮的口气听上去脆弱而绝望,好像戴安随时都可能重蹈覆辙,实施自残。这是辛迪在五年前将确认已安全着陆的戴安从自己的湾景心理诊所送走后,第一次与戴安发生关联。

戴安盘腿坐在地板上,将脸向屏幕凑近了,像是想让辛迪能看清她的脸。她穿着宽大的白卫衣,胸前印着银闪闪的NYU(纽约大学)字样,黑色紧身裤,长发在脑后松松地挽起,闲适的状态好像能让人闻到烘干机里纺织品软化的暖香气息。这让人放心,至少看上去并不像她妈咪珍妮说的那样,已滑到崩溃边缘。珍妮一直认为,小学毕业那年的中国寻根之旅,是当年引发戴安精神危机的根源。从此珍妮都在努力淡化戴安的身份认知意识。除了每年的春节会带戴安去参加华人社区的一两场庆祝活动,所有寒暑假的家庭旅行都绕开亚洲大陆,连戴安周末的中文课也全部叫停。现在却突然冒出个戴安的中国生母要来相认的戏码——这是珍妮的原话,只能说,该来的,总是会来的,珍妮又说。

见那头的戴安还不吱声,辛迪说:"你如果从梦中笑醒过来,我觉得才对呢。我是真为你高兴——"她停在这儿,眼角有些湿了,掩饰着摘下阅读眼镜,转椅旋过一圈,停在侧身的位置上。戴安在那头应该看不到她揾在胸前的双手。

透过戴安身后那扇细窄的落地高窗,辛迪隐约看到此时哈德逊河沿岸雪后灰蓝的天际线。已近三月中旬,纽约忽然飘起雪来,雪片哗哗哗从天而落,寻到一条条街区新绿的枝头驻足,一夜之间飘成了全国新闻。

戴安越来越像硅谷成功创业家的孩子了,低调地住在曼哈顿租金昂贵的公寓塔楼里,在NYU学电影。那也许是戴安父母在纽约投资的房产。戴安以前总是说长大了要拍电影,因为镜头可以为羞涩寡言的自己探寻世界,并代她对世事发表意见。没有人是不爱表达的，只是表达的方式不同，关键是找到它。加油！——这是辛迪当年给戴安的鼓励，多少带着点职业本能的套话。戴安如今果然心想事成，成了NYU电影专业一年级学生。辛迪多少是有点意外的。"她是受到祝福的孩子。"当然啊，当然！——辛迪没有理由不由衷地同意珍妮的感叹。

"你说的都对。可我怎么就笑不出来呢?"戴安拿起地板上的杯子喝了一口，冲镜头笑笑，看着有点勉强。她拉下脑后的发圈，长发耷拉下来，遮住半边脸。辛迪记得那时大家都特别惊奇戴安长着一双中国人里罕见的大而圆且有些凹陷的眼睛，还特别羡慕她那天生的小麦色皮肤和厚实的双唇，如果不是那副典型的亚细亚低鼻梁，简直让人不好猜她的来处——只要听到这个说法，泓德协会负责办理戴安接养案的华人副总张梅就会说:"那是马来人种的典型特征好不好!"见人们更困惑了，张总只得耐心解释——戴安来自中国广西。那是中国南部的省份。为了让人们保持注意力，张总又加一句:"就在中国与越南交界的地方，戴安的长相和肤色在那个地区很普通。"一说到越南，美国人都有概念了，赶忙点头。战后美国来了那么多越南难民，确实蛮像。真好看啊。他们又由衷地说。可这一下问题又来了:中国又不是战乱国，怎么这么可爱的女娃会被遗弃? 张总就要清清喉咙:这是个很长的故事，三言两语讲不清。然后她的话题一下就跑出很远——关于东亚文化;中国性别文化;一九八〇年代的国策，以及它带来的错综复杂的因果关系……也不知人们听懂了多少。辛迪知道，如果有选择，这是来自中国广东的张梅最不想触及的话题。

戴安现在走在纽约街头，还会有人好奇她的来处吗？辛迪走了一下神。今天的美国已进入"人种"成为敏感词、人种肤色被笼统成"民族"的时代。辛迪很清楚，如果不是为了肩上扛着的那份行业代言人的责任而必须强调自己韩战遗孤的身份，如今已很少人会想起问她的来处。辛迪甚至能感到，如果不是出于礼貌，自己交往了近两年的未婚夫马克，也不会对她的个人史表现出有特别兴趣。"I don't care who you are, where you're from, what you did as long as you love me."（我不在乎你是谁，你从哪里来，又干过啥事，只要你爱我。）——有时听到辛迪感叹起身世，一头银发的前风险投资人马克会笑眯眯地哼出"后街男孩"（Backstreet Boys）那首著名的歌曲，算作回答，也算是婉拒。辛迪没有理由执意将对话进行下去。和马克交往后，辛迪不时反省自己第一段破裂的婚姻和后来几段无疾而终的关系，意识到马克对自己其实很包容。这让她越来越愿意与马克讨论婚礼的细节和未来的生活计划。

"我当然也没哭。"戴安在那头又跟上一句。"成年人了，晓得怎样做决定的。妈咪真是过虑了，还去麻烦你。"辛迪知道戴安一直抗拒母亲珍妮坚持安排的这个视频电话，只是现在听她这么说出来，好像连自己也被直接拒绝在外，只得冲镜头一笑："我一直挂念你的。"戴安马上说："你的声音总能让我感到安慰。"辛迪轻声接上："你看，我们能这样聊天多好,我也怀念那样的时光。"

"我真的常想找你聊聊天,也没什么了不起的事情,就是想到你会很安心。有时情绪不太好,就会拿出你以前给的提纲来看,自己做练习,很有帮助的。"哦,她还将那些提纲和练习都带在身边,辛迪心下一暖。"太好了!"辛迪答着,下意识地看屏幕中戴安的手腕。左边,她经常划的是左边,辛迪想。她看过戴安那细细的手臂上血淋淋的伤口和疤痕。辛迪教过她的,只要有自残的冲动,就先停一下,赶快去找画笔,想象自己是急救室的医生,在自己打算下刀的地方画出医生缝合手术创口的线,一条一条,平行地画出,再在每条缝线的两头都画上×号,这就在脑子里将伤口缝牢扎实了。戴安对这样的练习兴致很高,有时还要穿上万圣节的医生戏装,一次次地反复练,到了后来,随着那些线画得又快又直,戴安的自残次数大幅减少。这是心理治疗中经典的自残伤者救治方法,能帮助患者稳定激烈情绪,让冲动波消失,度过最危险的瞬间。

辛迪其实还想问戴安,是否还记得要不时检查自我信念,记录个人感受,怎样剔除负面因子。但是她忍住了。今天戴安能安坐在那儿,已经给出了答案。

戴安又说:"那时如果没遇到你,都不敢想象,走出那种境地太难了,更别说今天还能上大学。"戴安坐直了身子:"这些都是我长大了才明白的,唉——"她的叹息在高阔的空间里被放大,带着嗡嗡的回响,一股很深的孤独扑面而来。

辛迪擦着阅读眼镜,一边看向屏幕上的戴安:"我说过的,欢迎你随时来找我,就像对好朋友那样。""那怎么好意思,你总是那么忙——"

辛迪沉吟着,她确实太忙了。不仅还没能退休,最近更是老出差。这不,才刚从新墨西哥州回来,马上又要去得州,下面还要跑加州跟墨西哥的边境去,下月初又得赶去华盛顿出席国会听证会。"边境那么多被强制与父母分隔的孩子们,总得要做点什么,唉。"

"噢,我也想去做义工。也许今年暑假就可以去。上回看到那个洪都拉斯小女孩站在边境线望着她母亲被拉开的镜头,我的身子都在发抖,好多天,眼睛里都是小姑娘那桃红色的身影,已经很多年没有那种绝望的感觉了,我都不敢告诉妈咪。"戴安的神色严肃起来。辛迪不想告诉戴安,她这半年来,都在给一个辗转在各地收容所的被隔离的洪都拉斯女孩做心理治疗,那女孩跟当年的戴安一样频繁自残。

辛迪轻声说:"骨肉分离是这人间大悲剧啊,不是万不得已,这样的事情绝不该发生。你很幸运,现在有生母远隔重洋找来,这可是万分之一的概率啊。我真的很羡慕你,这在我已是永远不可能的事了。"

戴安坐直了,通过视频传来的一声轻叹,带着"呲呲"的噪音,好像是哭泣的鼻音。"我只晓得你在韩战时期成了弃婴,却没关心过你是否找过你的亲人,对不起——""我早年一直都很想找自己的生母的啊。"辛迪知道,那时候就是跟她讲了,戴安也理解不了。

"你是什么时候有这种想法的呢?"

辛迪想了想,说:"大约七八岁吧。""那我也是。我讲过的,好像也不是强烈地想找什么人,就是很困惑。""是的。"辛迪轻声答。经过那么多治疗过程的戴安肯定知道,与父母种族不同的孩子会有更强的身份意识。"我从哪里来?"那样的问句,在别人是哲学,对她们是自然。

辛迪的父母在她来到之前,已育有一双亲生儿女。接养辛迪之后,他们又从韩国接来了一个男孩,也就是辛迪有天生腿疾的弟弟汤姆。"我父母从不避讳跟孩子们讨论各自的来路,还有意识地带我们一起学习和了解韩国文化,你爹地妈咪也一样啊。"辛迪强调。"不过,在我们那种家庭里,想隐瞒这个事实也没可能啊。"戴安不紧不慢地说。

辛迪没接她的话。她不想再讲一遍,她那一辈子生活在内华达沙漠小镇上的父母,只要有机会去旧金山洛杉矶这样的大都会,都会专门去韩国城寻购韩国物给辛迪和弟弟汤姆买来韩国玩具和服装。在他们那个鸟不生蛋的小镇上,人们正是因为每年看她们姐弟穿着韩国服装过生日和新年,对那遥远的远东国家有了了解。大概见辛迪不说话,戴安在那头又讲:"韩国裙子好漂亮的,那宽宽的裙蓬好像早年欧洲人家的闺秀穿的衣裳。"辛迪点头。她知道珍妮给戴安买过小旗袍、花扇子和灯笼。在戴安发病之前,珍妮年年都带她去旧金山看元宵节的大游行,中秋节还带去中国社区看灯会。

"你想找生母的想法很强烈吗?"戴安追上来。"是随着年龄增长越来越强烈吧。但这种事在过去是很不容易的,没网络,电话费用昂贵,等我终于有机会,万里寻亲到韩国,研究生都毕业了。""啊,你没找到母亲?"戴安的声音变得急切。

"我寻到的是一个坟堆。在釜山远郊一个背海山坳的乱坟岗里。"辛迪停下来。她不愿意告诉戴安,自己怎么也无法相信,或说难以接受,自己来自荒草丛下埋着的那堆白骨,她由两个只会说韩语的同母异父的弟弟陪着寻来,问号能堆成一座小山。她看明白了一点,她的生母有过艰难的人生——在战乱中生下她这令人蒙羞的混血女儿,改嫁时又不得不抛弃这个女儿,以生下两个男孩换得后来一份相对安定的生活,现在躺在这乱草丛里。

这些,她都咬住了。

"我不是想惹你伤心——"戴安在那头敏感地说。"哪里的话? 你有任何问题都欢迎提出的。"辛迪轻声答。

"你肯定觉得我应该去见那个黄女士?"

一个停顿。

"那个广东的黄女士——声称是我生母的那位。我看到她的照片了。我有过很多的想象,脑子里出现过无穷的可能性,可就从来没有想到会是这样的——"

辛迪还是沉默着。她想起照片上的黄女士——一个皮肤黝黑、身材壮实的中年妇女,脸相看上去比辛迪想象中的年轻得多,这让人意外。黄女士剪个短发,脸盘圆润得将五官都抹平了,唯有嘴唇很厚,微微地噘着,这是能让人明显感到与戴安相像的地方。如果如张总所言,华南地区,特别是戴安出生的那个叫广西的地区有很多马来人种的话,这大概也说明不了什么。黄女士给辛迪留下的另一个深刻印象，是她身上那条水绿底色泼墨荷花图案的直身连衣裙，让她人看起来很像美国各地唐人街餐馆里的老板娘。张总强调说，黄女士年近四十，确实年轻。这么说来，如果她果然是戴安的生母，她生下戴安时还未成年。这就好解释了，在东方国度里，一个未成年女性怀孕生子，对任何背景的人家都会是难以接受的事情，这点辛迪能理解，如果戴安冷静下来，也应该会理解。

珍妮告诉辛迪，戴安一收到泓德广州团队转来的黄女士的信件，马上就转给了珍妮。在关键问题上，女儿对自己如此信任，让珍妮深感安慰。

信是用中文写的，由张总的广州团队译成英文。黄女士在信中讲，自己从中国微信朋友圈里疯转的爆款文"中国弃婴的美国成长之路"里，看到了戴安的故事。张总解释说，那是一个网红公号推的文章，转来时已标有"10万＋"的阅读量，并还继续在中文网络上被广泛转发。文章一看就是由网上各种相关内容的文章拼接整合而成，里面包括了戴安和其他五位在美国的中国弃婴的故事。跟那些成了美国少年游泳冠军、花样滑冰冠军、代表美国出征国际跆拳道比赛获金奖、获联合国少年美术比赛头奖的女孩相比，关于戴安的文字显得有些平淡。那是来自泓德月报的一份报道，讲的是戴安高中时代获美西高中生短纪录片比赛大奖的故事。最抓眼球的是文章配发的那张印有一朵木棉花的广口搪瓷碗和一只竹勺的照片。张总说，黄女士出现在广州泓德分部时，一边掏手机一边大叫："这就是我的女，你们看啊，那就是我亲手放在她身边的碗瓢啊！那是我专门去菜场买来的碗勺，求的就是那可怜的妹仔能被好人家捡走，将来搵得到食。唉，我一只小蚂蚁，就是看不到她跟我在一起的活路才把她丢的啊。"话音未落，黄女士失声大哭，任人如何安慰都难以消停，直哭到喘不上气，被扶到会议室坐下休息，马上又双手合十喃喃而语："真是老天有眼，菩萨保佑啊！"随即又含泪而笑。

"如果你们不相信，我们可以做 DNA 对比啊！DNA 会说实话的。"看着张总在越洋视频里，学黄女士摇着手机大哭的样子，辛迪的眼睛涌上了泪水。"是她了。谁会说这种谎呢。"她对远在广州的张总轻声说，也就是在这个时刻，她应承再度跟戴安接触。

张总点头，接着告诉辛迪，年近不惑的黄女士现在是佛山一家有千余员工的私营电缆厂的老板娘，生意做得很成功，看上去有同龄人里罕见的沉稳。她准确地说出了自己当年扔下女儿的地点——广西北海著名的银滩海滨。她甚至能讲出将女儿放在哪个海滨浴场的哪只灯柱下，与北海民政部门交给泓德的原始记录完全吻合。黄女士说，自己早早就辍学，跟着老乡从桂西中越边境的贫困山乡来到北海打黑工时，才刚满十五岁。她先在菜场里的米粉摊卖米粉炸油条，不久就给工头半哄半逼地带到银滩海边当了陪泳女郎。"唉，作孽啊。如果是个男孩，戴安倒还是可以留下的——"

黄女士在泓德的接待室里含泪说——她也随着微信公号的文章，一口一个"戴安"地叫着当年被自己遗弃的女婴。"都还没满月，没起名字，也不想起。唉，莫讲了——"

　　黄女士还说，戴安的生父是一个广东过来的小镇工厂主，是她陪泳的客人，出手很大方。陪泳是什么意思？辛迪刚想问，转念就明白过来了。张总接下去：小厂男人不久就将黄桂香带出海滨，到他那儿帮着做饭洗衣，桂香很快就发现自己怀孕了，向小厂主哭诉，说有小姐妹可带她去打胎，她需要手术费。小厂主将桂香的身形打量一番，说看上去是要生儿子的，掏出三千块钱让她拿去补身子，说生下儿子就可带她去广东落户。辛迪打断张总："他的意思是，桂香若生了儿子他就和家乡的妻子离婚？"张总迟疑了一下："也未必离婚——"辛迪只哦了一声，张总又说："桂香躲在小厂主给找的地方住下，怀胎十月，生下个女娃。小厂主到了门口看也没看娃娃，叹气说恐怕自己就真是外父佬的命了，扔了些钱就走了。结果就这样了，你懂的——"张总欲言又止，辛迪当然懂的。这就是戴安来到这个世界的缘由。

　　黄桂香在泓德的办公室里哭哭停停，讲了近两个小时，说的都是这些年里丢弃女儿后揪心的疼。她一直对报刊上那些有关孤儿的文字特别关注。人到中年生活稳定后，更是长年烧香拜佛做善事，"你看，果然佛祖显灵，女儿真的出现了！还漂洋过海去了美国，有了大出息。"桂香抹着泪叫，自己有十年多次往返的美国签证，可随时飞去纽约。她等不及要去美国看女儿。"我只要去看戴安一眼，还要去给接养了她的那家美国人磕个头!"张总学着桂香的口气说。

　　"那桂香的家人支持她这个决定吗?"辛迪小心地问。张总马上说,桂香如今是两个男孩的母亲。她当年攒下路费,坐了一天一夜的长途大巴去往粤北寻那广东小业主——那阵子,那男人在北海的生意关张后刚回粤北老家去了,她却发现自己又怀孕了。桂香在粤北山区没有找到那个男人,只得辗转去佛山投奔在那儿打工的小姐妹,寻地方做了人流,就留在广东打工。在佛山的一家快餐店给近邻的工厂送外卖时,桂香认识了电缆厂那比她大二十多岁的刘老板。刘老板那会儿刚死了老婆,一来二去的,见桂香手脚麻利又勤快,吃得苦,就让她到家里帮工,给刘老板和他那两个比桂香小不了几岁的女儿洗衣做饭,闲时也帮刘老板收发些货,看看账,跟刘老板厂里的人处得很融洽。几年下来,刘老板正式迎娶了她。按桂香说的,刘老板逢人就夸她是刘家的福星,一娶进门,家里样样都顺起来,还一连生下两个儿子。刘老板的老家在乡间,无非回村里交些罚款。桂香文化水准不高,但乖巧,又容得人,很得大家接受。厂里有一阵劳资关系紧张,桂香一边出面调停,提高工人福利待遇,一边抽空回了趟家乡,给乡里贫困户发扶贫款,组织愿意到广东打工的家乡人到佛山厂里来,消息一传十传百的,不少到了广东的乡亲也投奔而来,厂里的人力资源一下就稳定下来。刘老板年纪也慢慢上去了,就让她越来越多地介入工厂的管理事体,电缆厂的生意由此很红火,订单多到忙不过来,要不断扩建。只是到了五六年前,刘老板突发心梗,人是抢救过来了,身体却变得很差,走不了几步就喘个不停,更不愿动,身体一发胖,问题就更多了。到了这时,刘家的两个女儿大学毕业后也进厂做事了,刘老板是乡村出来的老派人,想到桂香到底是自己两个儿子的妈,就拍板将厂子全权转到桂香手里。桂香成了千来号人电缆厂这条风顺水顺大轮船的总舵主,刘老板庆幸还来不及,对桂香可不是就言听计从。按桂香说,那夜她将自己的往事向刘老板哭诉,刘老板都流下了泪,让她快想办法去认女儿。造孽啊,造孽,他讲,人老了,哪受得了这个?

辛迪由着张总在那头复述着桂香的话。"一样的。"辛迪脱口说。"对不起,我没听清。"张总问。辛迪苦笑一下:"我的意思是跟韩国一样的。儿子才重要,桂香如果没生下俩儿子——"就像她那可怜的母亲,拖着她那样一个受人歧视的混血儿,如果不是为自己投靠的餐馆老板一连生下俩儿子,她们母女的命运可能更惨,"是,又不是。"张总打断她,"重男轻女在传统上是一样。但我们做这行的最清楚了,接养人数的起落,跟计划生育政策的严厉程度呈负相关的。中国农民确实有养老问题,没有儿子的家庭,女儿一出嫁——唉,儿子对中国农民的重要还有这层意思,像今天社会福利保障制度在建立,又鼓励生育了,咱们在中国不是已经改为接养残障和有特殊需要的孩子了嘛,现在像戴安这样的女娃,已经很少了。"

辛迪点头。她没告诉过张总,戴安当年对自己想象中的生母的描述——为了爱情冲破禁忌爱上卫士而被赶出皇宫的公主;落难的世家小姐;万众瞩目下拥有另一面生活的女明星……戴安最喜欢做的功课是用彩笔将想象中的母亲形象一幅幅画出来,她画得最漂亮的是从童话世界里出逃的母亲,看上去就像从迪斯尼动画片里直接走出来的公主。后来那些公主又穿上了旗袍,长长的脖子,细细的手臂,还总搭一条飘逸的绣花丝巾,想来都是她由母亲珍妮领着去华人社区参加春节活动上见过的演员。她有点好奇戴安见到黄女士的照片时是什么反应。

"不停地哭——"珍妮只说了这么一句。"是看到黄女士的照片时哭?"辛迪问。"她首先看到的是视频。"辛迪眼前闪出瘦弱的戴安第一次被送到治疗中心的样子,那次她割的是手掌。瘦小的戴安将缠着纱布的双手高高地举在空中,在辛迪的湾景心理诊所所在的楼群天井里咬着嘴唇哭。戴安在那年夏天刚满十二岁,第一次参加包括泓德在内的美国多家慈善接养机构组织的"海外遗孤中华寻根之旅"回来,刚升入初中不久便突发精神崩溃——这是戴安学校推荐的心理医师的说法,接着出现了自残行为,先是用蜡烛点烧自己,到用剪刀戳向大腿,这次到用刀割手掌,被送往医院急诊室救治后,按医生的要求,很快就给送到了辛迪的湾景心理治疗中心。

辛迪迎上去的时候,被珍妮搂在怀中的戴安忽然大放悲声,引得楼群里出入的人们停下来观望,渐渐围成一个圈子。

辛迪一边示意大家散去,一边蹲下来,握起戴安绑着纱带的手,平视戴安的眼睛,轻声说:"好女孩,你现在安全了!"

也许是听到"安全"这个词,戴安的哭声一下就轻了。辛迪慢慢站起身,将低声抽泣的戴安轻轻从母亲珍妮的臂膀中揽过,拥入怀里,待她安静下来,才小心牵着她的手,引领她进到自己的办公室。皮肤黝黑的小姑娘戴安,从那天起,开始了在湾景心理治疗中心三年多的治疗。那是作为韩战遗孤的辛迪,在职业生涯中第一次遇到的这样的女孩——在知道自己被生身父母遗弃的身世后反复自残的戴安。

"我真的不该让她去参加那个寻根旅游团。"珍妮在接下来跟辛迪单独会面时,流着眼泪说。"我见别的女孩子去了一趟中国回来,都很欢喜。想到我母亲是第三代的爱尔兰人,还常会念叨要回爱尔兰寻根呢,弄得我和兄弟们,如今讲到爱尔兰都会有很特别的感情。我就想,像戴安这样从一有意识就知道自己背景的孩子,更不用说了,所以她想参加寻根之旅,我和她爹地想也没想就答应了。"辛迪点头:"每个孩子都是不一样的。"——她当然明白戴安遭遇了自我认知障碍。"她一直都把自己母亲想象得太完美,放在至高的位置上,就像弄来个玩偶,随性给它穿衣打扮,后来就爱的是自己给玩偶穿的衣裳。我们那时可不都由着她,想反正是孩子,只要能开心,怎么都好。有时被她的想象力吸引,跟着她打扮那玩偶。现在才知道,这里面有潜在的大问题。"辛迪点点头:"你觉得改变她的是什么?""我也一直在想这个问题。嗯,我们从来没跟她提过去接她时看过的福利院细节,不是故意不告诉她。我们那时是有思想准备的,目标就是安全将孩子接出来,没有特别的期待,更没有幻想,所以看到什么都不会往心里去。"

辛迪打断她："这是关键。通常需要给她们打预防针。她们对中国,特别是与她们背景一样的中国孩子的生存环境完全不了解,看了都会受震撼的。当然,很多孩子回来会更积极,更珍惜现在的生活,跟家里人的关系更亲密了,我们通常是鼓励孩子们去参加这类活动的。""可我们戴安就是少数中的'那一个'。她回来后情绪很低落,对自己被遗弃的命运表示难以接受,我们开始并没有在意,以为只是小女孩短暂的感伤。没想一下就收不住了,反复追问自己到底是哪儿不好,有什么问题会导致父母抛弃她,将她扔到'那种地方'。她开始无缘由地哭,做噩梦,不停自责,后来发展到用蜡烛、削笔刀、剪刀自伤,反反复复,越来越严重,我真的很后悔让她回中国。"辛迪让珍妮放松："戴安将来会明白你们为她所做的一切努力,都是帮助她走得更远。相信我,早晚她必须过这一关的。"

珍妮轻揩着泪："戴安现在恨死了她想象中将还是婴儿的她摔到沙土里的那个公主,或明星。我们跟她说,那女士一定是有不得已的难处,你看,她还留了碗和勺子给你——噢,你没见过那上面的图案,是南亚热带地区才有的一种厚大的鲜艳红花,像神话里才会出现的那么美,我们都没亲眼见过。而且现在我们全家都那么爱你。这些她全听不进去。有一天她竟说,总有一天,她要让那个恶毒的女人知道,她的残酷导致了一个无辜女孩终身的痛苦。太可怕了!"

"她这么说的吗?"辛迪掩饰着惊异,自语一般地问。

"我不停地反省,自己到底做错了什么,怎么会让孩子这么痛苦。"珍妮重重地叹出一口气。辛迪摇摇头:"研究表明,戴安这种有着边缘性格障碍倾向的孩子,首先是大脑神经元系统有天生缺陷,在外界条件突变的刺激时,就可能导致心理或精神问题。"珍妮吁一口长气:"听专家亲口这样讲,是让人好受很多。我们就把她交给你了,谢谢!"辛迪和珍妮一道起身,一边说:"这样的孩子需要我们更多的耐心,让我试着帮帮她吧。"

辛迪接下了在懵懂的青春期刚开始,就一脚掉进泥淖中的戴安。从那个秋天起,辛迪每周都会有两次与戴安一对一的诊疗时段。辛迪很快发现,复杂的理论并不能直接帮上忙,就凭着自己的经验,牵牢戴安的手,和戴安一家密切配合,跌跌撞撞地走了三年,一路还借助适量的药物控制,终于在戴安初中毕业时看到了曙光——戴安停止自残,顺利升入高中,同时离开了辛迪的治疗中心。

"如果换了你,你会马上答应与那个自称是你生母的人见面——你是这个意思,对吗?"——戴安完全已经是成人的口气了,果然长大了。

"如果是我,我会很愿意跟我生母相见。可是,戴安啊,人生最令人遗憾的就是没有如果。能有你这样运气的孩子是很少的。当然,我总是支持你的,无论你的决定是什么。"辛迪一眼看到戴安在那头笑,捕捉到她嘴角那一丝讥讽。她意识到自己的表达带着明显职业化的生分,脸一热,赶忙说:

"我说的是心里话。"

"这些年我经常都想跟你联系的，就这样聊聊，真好——""谢谢你告诉我这些。我早就说过的，随时欢迎。我们可以一起爬爬山，一起烤点心，喝杯咖啡吃顿饭什么的，就像来找个大朋友玩。"辛迪没有强调戴安其实可以是她的孙女辈——戴安比辛迪远在佛罗里达的外孙女米雪儿还小几岁。

"这正是奇怪的地方，我曾经那么渴望命运的答案，现在生母寻来，我只要点头，就可以见到她，却一点兴趣也没有了，甚至感到恐惧——"戴安的声线很平，一句接一句的，台词一般的自省和追问。想到她在漫长的诊疗之旅中形成了这样的说话模式，辛迪微皱起眉，在电脑里记下。

"你的反应很正常。"辛迪本能地答。其实她想告诉戴安，当她万里寻到釜山郊外，在离母亲的坟堆不到十米的小路上，她紧张得几乎虚脱。

"那可是曾经我梦寐以求的事情啊，就像你说的。"戴安的声音变得清脆。辛迪放下心来，顺着她的话："可不是嘛。"

"这之间到底发生了什么？"没等辛迪回应，戴安在那头又追上来："你看过她的信吗？"辛迪一愣，说："还没有——"这不是真话，不过她也就是这个早晨才收到的英译件。张总说，那是她从黄桂香女士的亲笔信翻译过来的。张总在电话里还解释说，桂香，就是桂花的香气。

"听说她生下我时，还没成年。她一定经历过难以想象的困难……美国学校里为帮助少女母亲做了那么多努力，可她们在各方面还有很多困难,不少人从此就被甩出正常的人生轨道。别说东方文化对女性还有很深的偏见,唉——"

辛迪赶忙说:"听说桂香,也就是你生母黄女士,现在是个成功的企业家呢,感谢上帝。""企业家?好像没听说啊,什么企业?""说是生产电缆的。据说桂香所在的佛山,是中国广东很发达的地区,桂香的工厂只是那里很多的成功企业之一。""我曾经想象她是一个离经叛道的公主、女明星什么的,她却是企业家?企业家怎么会抛弃自己的孩子?是精神问题?——"戴安的声音越来越小,像是自语。"我们只知道她现在是成功企业家,是啊,太多的为什么。你会有机会慢慢问她,如果你愿意的话。"戴安沉默着。"中国有漫长又复杂的历史,革命,改革,经济急速发展,就像一条大风浪中行驶的船,会有多少悲欢离合。你现在长大了,面对更广阔的世界和生活里无穷的可能性,你能明白了。"

"每次跟你说话,都很有收获。我三月中要回湾区过春假,很想去见见你,如果你不出差的话。"

"这段时间边境很吃紧,那些被与父母家人分隔的孩子有好多,我不时需要过去,不过三月中我应该在。欢迎到家里坐坐,很想见见你呢。""我正打算暑假也去边境做义工呢,顺便也找些拍片的素材。如果你知道哪里需要人,请告诉我。""细节我们见面聊。亲爱的戴安,有一点我得说清楚,你不再是我的病人。我也跟你妈咪说过,就当我们是朋友的一个约会?我打算年底就退休了。"

戴安冲镜头一笑:"好的,我确定日程就告诉你。好期待。"

"等你!"辛迪将阅读镜取下,放进眼镜盒里,还想嘱一句"要坚强",就像早年每次送戴安离开诊所时那样。她还想再强调一下,让戴安不要再犹豫,最好尽快答应张总那边的安排,但还是都忍住了。

戴安在那头退了出去。辛迪坐在这边,脑袋有点空,起身倒来咖啡,站到窗前。

湾区这个春天雨太多,一场接一场,几乎没间隙。跟球友跑去凤凰城打高尔夫的马克,最近一直在给辛迪吹风,说凤凰城真是养老的好地方,应该把家安在那儿。昨晚更是讲到自己已经开始在那里看房子。"到年纪了啊,我现在特别喜欢干热,血都流得顺多了。"马克说。辛迪笑笑:"你忘了我是哪儿来的了?""哦,韩国那就实在太冷了!""你都讲的什么?我来自内华达沙漠啊!"两人同时笑出声来。这么一来,辛迪觉得自己是该跑凤凰城一趟了。

从窗口看出去,海湾的水面上像浮着一层厚厚的水雾。辛迪呷着咖啡,想到很快就能见到戴安了,有点兴奋,突然听得手机响起,现在是周六早上不到八点,可想珍妮心里有多焦急。

"我跟戴安通了视频。她还在震惊中,这是正常的,我们给她点时间吧。我的直觉是,她会同意跟黄女士见面的。"

"戴安刚跟我通完话,情绪安定多了。""哦,她有室友吗?""没有的,她还是比较孤独。公寓的门卫会帮忙注意她的情况。"

"她马上要回湾区过春假，我们约了见个面。孩子大了，确实不一样了，我们应该有信心。"

"谢谢你！我一连好多个夜里都没睡踏实。"

"我们一切以孩子的意愿和最大利益为考量吧，不过我相信她能做出正确的决定。"

"你总是带来福音。噢，张梅还告诉我，黄女士想尽快到美国来。我想请她推迟一下，总觉得戴安需要多一点的时间来消化。"

"我也会跟张总交流我的想法。还有一点很重要，暂时不要将戴安的病史告诉黄女士。这是孩子的隐私，另一方面也避免黄女士产生不必要的担心，""谢谢提醒。我都没顾得上仔细想了，还总把戴安当小孩子。"

辛迪松了口气："她确实是大姑娘了，好漂亮。"珍妮的口气轻快起来："我们还很想知道戴安的生父如今怎么样，他是什么态度。你瞧，这些细节我现在才想起来问。"

"张总她们了解到的情况是，戴安的生父下落不明。黄女士的童年很艰辛，出生在一个偏远贫穷的山区里，很小就辍学，跟人离乡去打工。"

"她也是个孤儿吗？"珍妮的口气有些吃惊。

"在某种意义上，可以这么讲，虽然她有父母。"辛迪应着。"那她现在能这么成功，很了不起。唉，反正中国总是让人眼花缭乱，这么想，也就都可以理解了。""中国这几十年变化太大了，张总都跟不上了。现在像戴安这样的中国女孩已经接养不到了。生活改善，生育政策宽松之后，弃婴人数大幅减少；二来中国国民也有了接养能力自我消化掉了数量急剧减少的那部分弃婴。目前只有对残障儿童，或者年龄比较大的弃儿，中国还开放接养。""这在十年前是不可想象的，我们能接到戴安是很幸运的。那时到孤儿院里看到的女娃娃多得无法想象，就恨自己没有三头六臂。""永远不晚呢，别的国家还有很多需要帮助的孩子。"辛迪笑着安慰她。珍妮在那头也轻声笑了："年龄不饶人啊。"

　　收了线，台上的咖啡已凉了。辛迪吁出一口气，顺势跌到沙发里，感到轻微的头疼。她一眼瞥见咖啡台上那支烛台。上面坐着的半支蜡烛流下一条条热泪，一滴，一滴落到戴安那条小麦色的细弱手臂上，伴着"滋滋"的响声，烧出红红的斑点，烛光的背后，是戴安盈满泪水的双眼。戴安告诉辛迪，就在她从中国回来的那个初秋，她心里一直都很难过，却不敢跟父母讲，觉得自己辜负了他们，很自责。就在这个节骨眼上，她跟姐姐一起给妈咪做了庆生的胡萝卜奶油蛋糕。姐姐安排她去摆蜡烛，自己去布置餐桌。戴安躲在厨房里试着用蜡烛从炉头上取火，感觉比划火柴容易得多。不小心烧融的蜡滴到了手腕上，她突然从那疼痛中感觉到一种难以言状的快感，所有的焦虑好像都随着热蜡在她手臂上融化了。戴安哭了出来，姐弟们都冲进来搂着她安慰，让她获得很深的满足。当她将蛋糕端出来摆上，被妈咪含泪拥抱。孩子们和爹地高唱着"生日快乐"，看母亲吹灭蜡烛，全家一起尖叫，让戴安觉得从未有过的安全感。从那个夜晚开始，她只要感到不安、焦虑，就在自己的浴室里偷偷点上蜡烛。烛光的泪滴一点点落到自己身上、腿上、手臂上，直到有一天创口红肿发炎被老师发现，她才被送到医院。后来滚烫的蜡滴带来的刺激不再强烈，戴安开始用刀、剪。直到被送到辛迪的诊所。

辛迪晃着脑袋，像要甩掉脑子里的记忆，她起身踱进书房，站在窗边的那面大墙前。马克搬进来同居时，为了给他多年的艺术藏品腾位置，辛迪将这些只与自己相关的记忆从客厅撤到自己的书房里。

辛迪拎起阅读眼镜，看向顶上那张木框里的黑白照片。照片中央是年仅两岁半的辛迪。那时，她的韩文名字还是"金顺来"——刚被在内华达沙漠小镇高速公路旁经营小旅馆的韦伯夫妇收养。这是当年年近三十的韦伯夫妇第一次出国，他们自己也没想到，这一飞就飞到了远东，来到战争重创后的韩国，接养了年近两岁半的小顺来。他们总是说，这只能以他们的信仰才能讲得通——那是上帝的召唤。

照片是由美联社驻釜山记者在他们一家登机前，让韦伯夫妇抱着小顺来站在飞机悬梯上拍的黑白照片。小顺来穿着朝鲜传统服装，头上是一个高高翘起的冲天小辫，细细的双臂紧紧搂着一头淡色卷发的韦伯太太。小顺来身上那套裙子，如今整齐地叠放在韦伯夫妇送给她上大学时用的牛皮衣箱里，放在地下室深处。虽然有近二十年没看过了，辛迪闭上眼睛都能知道那上面鲜艳的桃红和洁白的缎子拼接的顺序。那深桃红的裙子摸上去柔滑如水。母亲韦伯太太总是说,那是他们去韩国接她前路过洛杉矶,专门寻到那儿的韩国城里买的。辛迪没有自己穿这条裙子的印象,却在好些早年的照片里见到它。它确认着她的血统的一脉。她是生母顺子与英国水兵私生下的混血儿,她是顺来人生背景里难以磨灭的红字。

生母除了给她留下的韩国名字,别无他物。辛迪从记事起,就再没人叫过她顺来,直到她年过四十,看到自己的出生证后,终于决定将这个韩文名字正式加到自己的法定名字中。

辛迪低下头,向左踱了三步半,一抬头,正对的果然就是那组自己当年回韩国寻根的新闻剪报。她退出一步。她在汉城①——那天韩国最重要的报纸《朝鲜日报》头版头条出现的占了大半版的美国来客辛迪·韦伯小姐的寻人启事。在辛迪当年离开韩国时的护照照片旁,是一行黑体韩文:"金顺来,一九五六年离开韩国。如果您有任何信息,请电——"那是当年经手小顺来收养案的美国收养机构的电话。旁边则是一张记录了被称为"历史性的时刻"的照片——这时刻感动过很多美国人,连基辛格博士后来见到她时都提到它。那年的她已经三十五岁,浓密的披肩卷发上戴着一个宽大的淡蓝色发箍,黑蓝条纹蝙蝠袖短衫,高腰喇叭牛仔裤,正和两个异父弟弟和两个身材小巧的弟妹们搂在一起痛哭。

三十二年过去,她早已能平静地面对自己的来路,可每

---

① 2005 年,汉城的中文名称正式更名为"首尔"。

次凝视这张照片，眼睛仍会湿，所以她将它贴得比较高，好让自己不易一眼看清。她站近了一点，哦，自己比弟弟们都高好多。她已经好久没有他们的消息了，语言和文化的障碍让他们难以频繁交流。她早就意识到，就算生母顺子还活着，她们之间恐怕也会有很多的困难，这是她能理解戴安眼下的激烈反应的原因。

辛迪揉揉眼睛，看向那张她弟弟们为母亲扫墓的照片。她在所有的访谈里都描述过那个令她震撼到窒息的场景。那是辛迪第一次作为韩国人的女儿去给母亲上坟。第一眼看到母亲的坟墓。她不能相信母亲的坟墓竟在荒草丛中。想到在她从小居住的沙漠小镇，小小的公共墓园里草坪修剪齐整，墓碑前总是四季鲜花不断，她忍不住放声大哭。她不停地追问，这个可怜的女人，为什么生前不被善待，死后还如此凄凉?!

她赤手上前拔着坟头四周的野草，哭声震动了在场的所有人，她的哭诉经翻译后，弟弟们和族里亲友一齐拥上来安慰她，反复说这个国家的风俗是阴阳两隔，亡者的亲人们要到每年专门的祭祀日才会来打理墓地，洒酒祭祀的。他们会带很多的食物来上坟，要烧香、跪拜，有一套专门的仪式。果然在之后的连续几年里，弟弟们都传来了他们在春天里给母亲上坟的照片，辛迪看到了收拾得干干净净的墓地。

在这之前，弟弟们从不知道辛迪的存在。他们说，母亲是个寡言的人，很少见她笑。弟弟们带她拜见了一些族中长辈。长辈们告诉她，作为父母在战乱中死去的孤女，顺子早早就来釜山城里讨生活,什么都干过。说到这句时,他们沉默很久,又强调说:为了活命,她什么都做过,造孽啊。不过那个时代,每一个人都在挣扎,都很可怜,唉,那就是命。辛迪就再不追问。

长辈又说,朴先生——也就是辛迪那两个兄弟的父亲遇见顺子时,她已有身孕,挺着个大肚子寻来他的餐馆找工。"她很瘦小,肚子就显得很大,那怀的就是你了。"其中一个长辈说。那时韩战已近尾声,当地一片混乱。朴先生可怜顺子,收留她在餐馆里做女待应,这样至少有吃有住,能生下你,你还是该谢谢朴先生的,可惜他也过世多年。他们强调着。辛迪含泪点头,心中的怨在散去。

辛迪出生后,那一头淡黄的发色、轮廓清晰的五官让人一看就知道了她的身世。"哪怕是在今天的韩国,一个私生的混血儿,还是会受到双重歧视的。"族人小心地看看她,轻声说。

"朴先生那时已有家室,与太太已育有三个女儿。韩国老派是很重男轻女的。""整个东亚都这样的,明白。"辛迪表示自己能理解。

"是啊,所以哪怕是餐厅这么一份小小的家业,将来若传到外姓人那儿,人生总归就是失败的,这成了朴先生的心病。寄人篱下、带着私生女在店里讨生活的顺子,肚子很快就又大了。朴老板就在餐厅这边安了个家。他在正式搬来时,提出了将你送出去。"见辛迪的脸色暗下来,族人又说:"你莫怪怨顺子,她太可怜了,为你不知流了多少泪。你那时才多大

265

一点啊,她就总要帮你把头发染黑才敢抱出去见人。也不该怪怨朴先生。你有今天的生活,比留在这儿要好太多了,这可是真心话啊,孩子。"辛迪每次跟人的回忆,都会停在这儿,哪怕是在国会听证会上的讲话。回韩国寻亲,是她人生里最重要的决定之一,她总是这么想,虽然在那些日子里,她流尽了自己半辈子的眼泪。

辛迪沉吟着,挪步到另一张照片前。那是韩国媒体发表的母亲顺子留给教会孤儿院的托孤文件。上面有顺子一笔一画的签字,还在孩子姓名一栏里填了"金顺来"三个韩文,还写下了女儿的出生年月。"托孤原因"和"孩子身世"两栏则是空白。辛迪见到这份原件时,将它贴到胸口,这是她看到的与自己生母最真实的联系。"母亲让你随的是她娘家的姓。"弟弟们抢着向她说。"'顺来'肯定就是母亲的祝愿了,希望你一生顺利、时来运转、福运绵延。"母亲除了祝福,没有留下别的物件。族人长辈说过的,顺子从没跟人再谈起过被送走的女儿。辛迪在后来的职业生涯里,见到很多父母给自己离弃的孩子留下的物件或文字,她有时会想,顺子这样的做法可能更好。

辛迪走到框在一个金边画框里的诗稿前,踮了踮脚。框里左边放的是她四岁时的头像,娃娃头剪得很短,表情严肃,小脸已是胖乎乎的,带着掩不掉的稚气。中间的诗句很平白,像记写的生平,将她从韩国金顺来,到美国辛迪·韦伯,再到第一次婚姻带来的"辛迪·史密斯"写到四十岁这天的决定——成为"韦伯·顺来·史密斯",最重要的一句是:

"这之间发生的一切，让我成为今日之我。"辛迪点点头。框里的右边配着自己四十岁当天拍下的头像，那真可以说是光彩照人。那时她已从洛杉矶加大读下心理学博士，拥有了自己的心理诊所，并成为活跃的民权活动家。辛迪后来用这张照片做过很长时间的标准照，以致那年作为民间代表到白宫出席遗孤法案的签署仪式时，被克林顿夫妇在人群中一眼认出。希拉里还专门赞美了几句她深棕的发色。

这张照片的左边，是个放有她和父母们合影的相框。左边是父亲韦伯先生的一张中年时代的黑白照，笑得那么开心，让辛迪想起小时候，每次见到她捧回野花给他的时分。父亲已经离世多年。中间一张辛迪搂着韦伯太太的彩照，那应该是前些年的圣诞节拍的，母女俩都是爆发式的大笑。现在九十多岁的母亲住在老家小镇上的老人护理中心，辛迪有机会就回去看望。右边是一张生母顺子的黑白头像，照片中的顺子穿着韩国传统的服装，额前的中分的头发梳得光溜溜的，一根刘海也没有，面无表情，看不出悲喜，但看得出辛迪的脸型随她。釜山那边家族的人都说，很难想象个子小巧的顺子，会有辛迪这样一个身高一米七八的壮实女儿。

听过辛迪身世的人，常会问她是否想过寻找自己的生父。当然想过，辛迪总是点点头。朴先生的女儿们告诉过她，她们记得早年见过一个高大的英国军人来找顺子。你们怎么知道是英国兵呢？辛迪问。她们笑起来，说那军服一看就知道的呀。后来就不见了，不知是换防还是上了战场了。辛迪听了就不再追问。她明白，若按这个线索，是不难查到那个时期驻釜山的英军番号的，如果一定要找，按自己的出生日期，到英国出个大广告，早年应该是有机会找到那生父。但她没去找。韦伯夫妇在内华达那种鸟都不生蛋的沙漠小镇将她和同是韩战遗孤的弟弟养大，从不忘提醒他们要记得自己来自韩国，虽然他们自己对韩国是那么陌生，就像珍妮和先生想要戴安记得自己来自中国那样。

一个人是否知道自己的来处，真的很重要吗？辛迪不时自问。答案是肯定的，有时又是否定的。在她这些年接触到的接养孩子，有些很在意，很想找，甚至像过去的戴安那样，是一种极端。也真有些孩子，是从来不问的，就算家里从不隐瞒她们的来历，那些孩子一下就能全盘接受，并不在乎。辛迪私心里是羡慕那样的孩子的。她们让她明白了，对自己从哪里来，要到哪里去，还真不见得是人人必会在乎的本质问题。辛迪能肯定，这对戴安是重要的。她过去带着戴安抄了近路，现在是时候了，是可以领着她穿过沼泽的了。

也许是时差，也许因为记得辛迪有早起的习惯，戴安约了周六一早来到辛迪在红木城水边的家。

辛迪天没亮就起来，将前夜备好的山核桃点心从冰箱里取来，放进烤箱里烤上。她一边浏览着新闻，一边处理电邮，等着戴安的到来。刚从凤凰城回来的马克，为了给她们留出独处的空间，早上六点就已出门，约了球会的朋友打高尔夫去了。

近八点时，门铃响起。辛迪快步迎去，将大门一拉，湾区早春的寒凉扑面而来,阳光却已亮得晃眼。"啊——"门里门外同时一阵轻叫。辛迪上前轻拥住一团轻柔的淡蓝,"见到你真高兴!"松开双臂后,她退出一步,打量起眼前的戴安。

"真的长高了好多!多好看的姑娘。"她的手在自己的额边比画着。这是戴安第一次来辛迪家里,两个人都很兴奋。

戴安的表情里还带点羞涩。辛迪想拍拍戴安的脑袋,但忍住了。

"快请进。"辛迪说着,接过戴安递来的一把长秆鹤望兰,从那些含苞的花朵边缘,能看到微缝中泄出的浅紫色。大家都说辛迪是粉色系的,包括她办公室的色调,戴安都还记得。

"啊!我闻到了,是——"戴安一进到客厅,就停了下来,惊喜地叫。"哈,是你喜欢的山核桃曲奇饼。""我后来都没找到过有比你做的更好吃的。请给我秘方吧。"戴安说着顺手将双肩包取下。

"没问题!"辛迪答着,将戴安往客厅的沙发上引。戴安好奇地看向厅里墙柜上满当当的东亚陶罐瓷器收藏。"这些都是我未婚夫马克的收藏。他在等着和我一起退休呢,这些都是他满世界淘来的,他喜欢这些玩意儿,自己偶尔也烧制几件呢。""恭喜你!马克也是韩裔吗?有这么多的亚洲藏品。"辛迪摇摇头:"他是来自中西部的白人。他的艺术品位可能是受日裔前妻的影响。"戴安走近墙柜,抬头看着上面的藏品,轻声说:"我经常梦到这样的情景,而你就生活在这样的梦里。"辛迪不确定她话里的意思,望向她。戴安说:"我在开始学着收些东方艺术品,都是小玩意儿。""噢,我有些从韩国带回的陶艺茶杯,待会儿你看看,喜欢的话,送几只给你。""当然喜欢。前段过生日,妈咪送了我一只中国薄胎瓷花瓶,非常漂亮,以前从没觉得的。"辛迪拍拍她的肩膀,笑了说:"是时候了。"

辛迪让戴安在沙发上落座,自己去将刚出炉的山核桃点心摆到盘里,配好水果端来,看着兴奋的戴安,问:"茶? 还是咖啡? 或汽水?"戴安笑出了声:"汽水早戒了。茶吧,谢谢。"辛迪拿来一套豆青色的韩国茶具,说:"按说还要焚支香的。你等等。"又取来一个彩釉烛台,说:"我们燃支香烛代替吧。""你对韩国有一种很深的感情,让人羡慕。"辛迪斟着茶,说:"原来也不是这样的。""是你找到了家人才改变的吗?"戴安的声音有点犹豫,轻声地问。

辛迪将茶杯递给戴安,坐下来,说:"应该有关。""我听人讲过你的故事,可惜我从来没想过该问一问——"辛迪摆摆手:"那时你小,这些事不在你关心的范围内很正常。今天早晨等你的时候,我突然问自己怎么就肯定你会对寻找生身父母有兴趣,一个念头就蹦出来:因为我曾经是戴安啊。"戴安坐直身子,表情很专注,在等她的话。"你肯定你真想知道?""当然。"戴安点头。

辛迪起身,说:"我们到书房去看看?"戴安随即起身跟上。

走进书房,戴安一眼看到正对着门口的墙面上的照片,就站定了。辛迪上前将窗帘拉开,晃眼的阳光瞬间将满墙照片打亮。

戴安忽然转头过来问："可以拍照吗？""当然。"辛迪应着，想起她是学电影的。戴安走向前去，一声不响地看着墙上的照片。戴安一会儿靠前，一会儿退后，不时还踮起脚去看顶部那些小照片，偶尔还用手机拍着。她也会问一两个问题，由着辛迪给她展开。

辛迪等她将墙上的照片扫过一遍，笑了说："这些能告诉你一个'金顺来故事'的大纲。"戴安望向列有四十岁时改名诗歌的相框，侧过头来："我喜欢这个。""我四十岁时，决定将生母给我起的名字正式加入法定名字中，专门拍的照片。中国对四十岁有个说法的，容我想想，'四十不惑'，对的，千真万确。""啊，那我还要惑那么久吗？"戴安笑着。又说："我的中文名字是孤儿院起的，那儿的孩子都姓党，我叫'党安安'，妈咪就给我起名叫戴安。那个将我扔掉的女子，给我留了一只碗、一把竹勺。"辛迪看到了戴安眼里的泪，不动声色地扯来几张面巾纸塞到她手里，轻声说："迎接我的却是母亲的坟墓。"话一出口，她的鼻子一酸，轻轻地搂了搂戴安的肩膀。

戴安轻轻地用面巾点着眼角："过去我特别想知道生身父母为什么会抛弃我，现在突然感觉那些不再重要。这个世界有多少不幸，没爹没娘的孩子多得很，大家还不都好好地活着？重要的是忘掉它。""这些纠结我都有过的。"

"我真的已经可以平静下来了，上天对我多怜悯啊。我觉得我已经跟这个世界和解了。可突然接到泓德的信，说我的生母找上门来，连我自己都没想到，我会那么伤心，非常的伤心——"辛迪轻轻拥抱了一下戴安，两人安静地从书房里出来，回到客厅坐下。

"如果放下内心深处的怨——"辛迪给戴安的杯里添水，小心地说。戴安拿起一块山核桃曲奇饼，说："我那时会自暴自弃到要靠伤害自己来发泄，那确实是怨。我现在接受了。没到四十就不惑了，可不很好？"戴安嚼着曲奇饼，表情平静得像在讨论别人的事情。

"接受就是一种治愈。"辛迪点头。

"对这个说法我有保留哦。"戴安摆摆手。"高中毕业那年暑假，我去了趟非洲，到尼日利亚的孤儿院当义工，看到了更残酷的现实。在那种随时都可能暴病而死的环境里，照顾那些骨瘦如柴衣不蔽体的婴幼儿，我突然想，自己当年居然有印着木棉花的搪瓷碗和竹勺，实在太奢侈了。我已经接受大家一直在努力告诉我的，要为那些让我能一路活到今天的人好好地生活下去。"

辛迪点点头，没说话。

"有时我想，这跟长大了也有关，生活有了目标，这确实很重要。我特别想学电影，想将来做一部关于我们这些人的片子。是的，这种片子很多了，但我要做的是我的'这一部'。你看，现在越来越少像我这样的孩子从中国来了。我在哥大的历史教授讲，历史和政客都是海滩上的浪，拍上来，又卷下去，只有沙子的悲欢是值得记录的，我就是一粒来自中国南方的小沙子。"

"你能这样想，太好了。只是有点好奇，如果你觉得不舒服,你可以不回答。"辛迪停在这儿,看向戴安。

"哈,这有点时光倒流的感觉啊。"戴安笑出声来,将头发抓起,在脑后拨弄,明显放松下来。"我现在是以一个朋友的身份在那问你。"辛迪看她一眼,轻声说。戴安点头,示意她讲下去。

"你是从非洲回来后,就再没有想过关于自己生身父母的事了?"戴安一愣,有点迟疑地摇摇头。

"是不再好奇了?"辛迪又问。"那些已经不重要了。一个人只要知道自己未来想走去哪里,人生就可以过得挺充实的。能知道自己的来路当然更好,但纠缠太久有时挺浪费精力的,不值得。"曾有一阵,戴安总是哭着说,她只想要一个Why。现在,已经出落得亭亭玉立的她,却说出了这么一番话,让辛迪有些意外。大概感到了辛迪的严肃,戴安耸了耸肩,目光躲闪起来。

"你没有原谅她。"辛迪盯着戴安。戴安淡淡一笑,说:"你说的是黄女士?噢,我有这个权利吗?"没等辛迪回话,她又说:"你觉得她应该得到我的原谅吗?"

"戴安——"辛迪轻声打断她。戴安点点头:"我看了视频。黄女士一开口就又哭又喊的,跟我想象中的母亲差别太大了。我听不懂她的话。张阿姨她们给配了字幕,我盯着字幕看,才能知道她在讲什么,但怎么都没法将自己跟她联系起来。她越哭我越烦乱,等我终于看清了她的脸,就关了。我不需要知道太多了。"说到这儿,戴安下意识地扯了扯袖口。辛迪装着没看见,抽了一张面巾纸,轻轻地揩起了眼角。

戴安敏感地注意到了，有些慌张起来，说："对不起辛迪——我只是跟你讲真话。"辛迪摆摆手："没事儿。我只是在想你有多么幸运，还有母亲来找你。"

"已经太晚了。在我已经不再需要的时候。最大的善意，要给我的妈咪和爹地，是他们接养我，没有他们，就没有我今天的一切，我不该再让妈咪担心的，这是我最大的错。"

辛迪点点头："我这些年只要去韩国，都会到我待过的那个孤儿院看看。在很长的一段时间里，面对那些孤儿，我内心总有一股很深的内疚感，很难过，因为我被接养，拥有了不一样的生活。到了今天，我想到那些孤儿已长大成人，有些都该头发花白了，他们从来没被接养，从来没能像我这样体验过家庭的温暖，我更深感悲伤。我总是讲，我离开韩国不是为了去美国；我离开韩国，是为了有一个家。这是非常重要的区别。"

"你讲得太好了。"戴安轻声说。

"你等等。"辛迪拿起茶几上的一叠打印件，摇了摇，说："我前几周在得州的美墨边境上跑，看到那些人为的母子隔离，非常悲愤，一夜夜失眠。夜里睡不着，就上网溜达，很偶然地看到了这篇很有意思的小说。如果你愿意，可拿去看看。"

"是讲什么的呢？"戴安接过去，问。"讲的是被弃孤儿的故事。""哦——"戴安将文稿轻轻地放回茶几，这个信号已经非常明显了。

辛迪一笑："你有兴趣的话，我可以讲给你听。"见戴安表情犹豫,她马上说:"很快的,我给你当《读者文摘》,唉,可惜那么好的杂志都倒闭了。"戴安的表情有些茫然:"《读者文摘》?"辛迪一愣,没想到戴安年轻到都没听过《读者文摘》。戴安下意识地将手搁到膝上,挺直了背:"请讲——"辛迪一笑,像是回到当年,看着小小的戴安坐在诊聊室里的样子。

"这是一份历史悠久的美国老牌主流周报——《周六晨报》。你没听过,对吧?他们从早年全盛时期的一周一刊到眼下的双月刊,简直就是一部美国月刊史和流行文化史。最有特色的是,这份报至今还保留有小说栏目。当年给他们写原创的不仅只是流行小说家哦,还有福克纳这样的作家呢。"

"噢,那跟今天的《纽约客》一样吗?不过我们年轻人也不读《纽约客》了。"戴安一下来了兴趣。辛迪摇头:"很不一样,《纽约客》是高眉杂志,给知识分子读的。《周六晨报》很亲民,给一般中产阶级看的,都是他们最关心的跟日常生活相关的东西。马克,就是我的未婚夫,他一直订着这刊物,可能是怀旧,也为了支持它们挺下去吧。我也就跟着看起来,发现如今他们发的东西确实很老派,但很动人,哈哈,可能这跟我老了也有关,我就弄了个网络推送版。他们如今每周都会推经典短篇小说,这是意外之喜,读来经常有听老歌的感动。我就是在美墨边境的儿童救助所的临时办公室里休息时,突然撞到这篇《被扔掉的孩子》的。"

戴安的表情严肃起来,拿起打印稿,"一个孤儿找到了她从哪儿来的答案",题图上配的是一个脸上带有雀斑的女孩,像个混血儿,亚裔的色彩更浓。"亚裔女孩的故事吗?"

"这点倒不很明显,这写法比较聪明。只说了她的眼核是绿的,头发是黑的,直发。"辛迪笑。

"像你呢。"戴安笑出了声,吐了吐舌。"我在她的年纪,已经在内华达的小镇上跟父母骑着马到处跑了,从这点说来,我很幸运。"

戴安点头。"小说的主角是生活在一个小镇儿童收养院里的小姑娘劳丽。劳丽从懂事起,就一直都在追问院长,想了解自己的身世。"戴安的眼睛一亮:"劳丽多大呢?""七岁左右吧。"

辛迪喝了口茶,说:"人在这个年纪开始对世界有好奇,有想法,也有了欲望。劳丽并不想要同龄孩子想要的东西,比如玩具啦、糖果啦,她想要了解的是一种看不见的东西,就是'我是谁?'她很难理解一个人如果不知道自己的来历,怎么能长大? 听上去熟悉吧?""太熟悉了! 噢,你等等。你不介意我录音吧?"辛迪一个停顿,戴安就将手机的录音键摁下了。"我喜欢听你讲故事。"

"院长是个三十多岁的姑娘,她知道劳丽还没有到能理解复杂世事的年纪,就告诉劳丽:'你的母亲已经死了。'""这一听就是编的。不过对我们这样的人,特别还是小孩时,如果不是这个原因,怎么讲得通啊。他们当年也一直跟我讲同样的话啊。"戴安说着撇了撇嘴,又说:"更可怕的是,等你那么辛苦,用了那么长的时间去接受了这个解释,突然,那个早已死去的妈妈居然又活了。如果我是那个女人,我是不会有脸去找女儿的。"辛迪摇头："且慢。劳丽所在的收养所里，大部分的孩子来自问题家庭，比如贫穷、失业、单亲、父母病重之类，他们多半是被临时寄养，等父母的情况有改善了，再被接走。劳丽晓得院长对每个孩子的情况都了如指掌。小劳丽当然无法接受院长给她的回答，她哭叫着责问院长为什么说谎。每个孩子都有妈妈，为什么你要把我跟她分开？"戴安的表情严肃起来。

"你还好吗？"辛迪给她倒茶，将装着山核桃曲奇的小盘子递过去。

"没事，请你说下去。"戴安拿起一块曲奇，说。

"院长搂住劳丽，告诉她，你还没到能理解事情不总是如我们所愿的年纪。如果我能将你的母亲还给你，我肯定会的！""这听起来也很熟悉。"

辛迪笑笑："劳丽当然不相信院长的话。她很肯定院长知道自己母亲的下落。就她的观察，所有的秘密都藏在院长屋里的铁柜中。院长单身，就跟孤儿们一起生活在收养院里，住在孩子们的大寝室旁边。劳丽找因母亲病重而被暂时寄养在院里的小女伴格拉迪斯商量，求她一起想办法去偷看藏在院长房里柜中的密档。格拉迪斯答应了帮忙。"

"噢！"

"两个孩子商量了很多办法，最后决定，趁院长夜里洗澡时溜进院长的办公室，偷出自己的档案。等她们终于冒险打开劳丽的档案，发现里面关于她父母的细节什么也没有，只写着小劳丽是在一个夏夜被发现的。当时只有两三天大的

277

劳丽被放在一只购物袋里,扔在收养院门外街口的灯柱下,身上只有一片白色的塑料垫片,用两只珍珠发夹夹在两边,尿布上别着一只粉色别针,四周没有任何留言。劳丽很快被收进孤儿院,院里给她编了号,随后为她起了名字。"

戴安挪了挪身子:"我还有个碗呢。"话一出口,轻叹了一声,看向辛迪的眼神里带着哀怨。

"小劳丽太失望了,她忍着声,在暗里一直哭。其实这一切都被院长看在了眼里。她忍住想去安慰劳丽的冲动,在暗里等着劳丽哭累了,靠着柜子睡过去,才轻轻地将她抱回寝室的床位上。院长回到自己屋里也哭起来,她想不出来,该用什么方法向劳丽解释这个世界和生活,怎么才能让一个被遗弃的孩子理解,对某些人来说,被遗弃也许是一个命运的转机呢?"

戴安的坐姿仍然是雅静的,只是眼睛已经发红:"院长想出了什么方法?"

"院长肯定感到很难啊。就像我自己,经过多少的这种时刻,特别在年轻的时候,有时联想到自己,更是控制不住。"辛迪说到这儿,停下来。戴安给她的茶杯里添了水。

"从那时起,劳丽开始感觉到害怕,更应该说是讨厌起收养院外面街区的路灯。过去她总觉得它们像棒棒糖,很好玩,现在她知道它们晓得她身世的秘密,却又永远不会告诉她。她开始躲避,经常往院子深处的柳树林里钻,也更不愿跟小伙伴们在一起。就在柳树林里,劳丽发现草丛里有三只小野猫,它们刚出生不久,连眼睛还都没张开,全是黑猫,嗷嗷待哺。孤独的劳丽轻轻上前，蹲下来抚摸它们，又回去把自己的牛奶拿出来喂它们，守着看它们喝饱了睡去。她等啊等啊，却一直没见它们的妈咪出现。她知道这儿不时有野狗、臭鼬出现，甚至有时还有浣熊，她很担心这些小黑猫的安全，可想来想去，也没什么别的办法，就把小猫们偷偷抱了回来，藏到自己的床角，用被单轻轻盖上。"

"这很容易暴露的呀。"戴安着急起来。

"你见过刚出生的小猫咪吗？它们是没声音的，眼睛也看不见的。当然，这一切逃不出院长的眼睛，她只装作什么也没看见。很快，院里的小伙伴都知道了三只小黑猫的秘密。她们一起偷偷地帮着劳丽照顾小猫咪，给它们送吃的，一起保守着这个秘密，兴奋又开心。可好景不长，其中一只小猫开始生病，任劳丽和小伙伴们怎样呵护照顾，也没能救回来。"

"院里的清洁工阿姨抱着劳丽和小猫，安慰她。阿姨告诉劳丽，这里不适合养小猫，因为要保证孩子们的健康，就需要用市里发放的清洁用品来打扫卫生，这些东西对小猫的生命是有危害的，为了挽救它们，只能将它们放归大自然，比如放回后院。劳丽一听就叫起来，说，不行的，院里经常会有野狗什么的动物，它们会危害小猫。阿姨说，那我们可以把狗拴上，再请动物控制中心的人来抓有害的动物。劳丽还是不肯。她给第一只死去的小猫弄了个小葬礼，好多小伙伴在课后都偷偷去参加了，她们哭着将小黑猫埋在院子深处的大树下。可第二天，孩子们就发现第二只小黑猫又死了。劳丽哭得病倒了。"

"可怜的劳丽。"戴安叹着气。

"终于熬到了夜晚,劳丽醒过来,一眼就看到最后剩下的那只小猫跳下床,在地上跑,她赶紧起身将它抓回来,抱到澡房给它清洁小爪子。到了这时,她已明白不管她多爱小猫咪,如果她不将它送走的话,她只能等来手里这最后一只小猫的死亡。她意识到,要将小猫送走,不是因为自己不爱它,而是因为留它在身边,会比将它扔出去更糟。到了这时,劳丽却想不出该将小猫送去哪里。她在夜里盯着窗外街区的街灯柱子,想啊想啊,想象它们是怎么看过一个购物袋里的孩子,被扔在脚下。"

"劳丽很快就发现了过道里有人扔了只购物袋,她赶快捡来,铺上自己的小毛衣,又放上装满牛奶的玩具奶瓶。终于等到夜幕降临,小伙伴都入睡了,她偷偷从院墙侧面的防火门溜出去,意外地发现所有的关卡都没上锁。"

"是院长故意留的门吧?"戴安问。

辛迪没答她的话,接着说:"夜是那么黑,那么深,劳丽有点害怕。但想到小猫会因此有活下的希望,她壮起胆子,一路跑到街边的一个灯柱下。她最后亲吻了小猫,将它放入袋中,将袋口夹好,让小猫没法爬出来,然后轻轻在灯柱旁放下,过程顺利流畅。劳丽没想到的是,院长一直在暗处盯着她。等她将小猫放下,院长拿起电话,只说了一个词:'马上!'"

"劳丽在这边一步一回头,哭着回到寝室,又马上冲到窗口边，透过百叶窗，望向那只放在灯柱下的购物袋。就在这时，奇迹发生了——一个漂亮优雅的年轻女子出现了。她一头卷发，蹬着高跟鞋，穿着一件时髦的连衣裙，在深夜里快步走向灯柱。她轻轻打开购物袋，从袋里抱出小猫，亲吻着，拿起奶瓶在灯下喂起小猫，最后又将小猫放进袋里，拎着袋子慢慢走远了。"

"劳丽安静地站着窗边，目不转睛地看着窗外的一切，直看到那漂亮优雅的女士消失在街角，她还不愿转身。没想到院长这时已悄悄地走到她身边，将手搭到劳丽肩上，轻声问：好姑娘，你还好吗？劳丽说，很好啊！院长轻声说，你好美，你会长大，变成一个非常漂亮的姑娘的！"

"劳丽说，是的，我知道了。我会长大成为一个懂得热爱自己家人的漂亮姑娘！"

辛迪停在这儿，安静地看着戴安。戴安的茶杯停在手上，说："到此结束？"

"嗯，小说是这么结束的。"辛迪摊开双手。戴安点了一下手机，完成了录音。她们笑着站起身。戴安张开双臂，拥住了辛迪，说："你就是戴安的那个院长。"辛迪跟戴安相拥着，不再说话。她们都知道，院长将不再年轻，也不再是任何孩子的妈咪。

这是七月的一个傍晚。凤凰城的气温爬到了近四十度。刚刚起床的辛迪拿了杯冰茶，拎着手提电脑来到凉棚坐下。她凌晨才从墨西哥边境难民儿童收容中心回来。这是马克在郊外退休社区新近购置的新居。夕阳将四周的景物和园子外奇形怪状的仙人掌映得通红,这是辛迪熟悉的沙漠景象。马克在泳池边支着烤炉,准备做晚餐。辛迪的退休计划已在议事日程上,凤凰城看来就是她的终老之地了。她甚至看过了这儿的老人院,打算安定下来,把母亲也接过来。从沙漠里来,在沙漠里去,人生算圆满了。

邮箱里又塞满了新邮件,辛迪一眼扫过去,几乎下意识地就能将它们排出轻重缓急。她顺手删着那些垃圾邮件,光标急速划下。突然,戴安的名字跳出来,她几乎就要顺手删了,余光瞥见,箭头才马上停住。

春天见过戴安之后,辛迪跟她的联系就稀落下来。这里面有辛迪的刻意,也确实因为张总和珍妮传来的都是平安无事的好消息。到了五月底,她还听说黄女士到了纽约,和戴安见了面。在自己一路的奔忙中,辛迪没有去打听细节。没有消息便是佳音,辛迪还是这样想。

现在,戴安又来敲门。辛迪喝了口冰茶,沉着地将光标划下,从信箱里捞出戴安的电邮。

"千言万语不如画面一幅。亲爱的辛迪,谢谢! 爱你的,戴安。"

只有一行花体字,下面便是一条 YouTube 链接。

辛迪下意识地搓了搓手掌,想到那个早晨她为戴安燃亮的烛台,轻轻一下,点开了链接。

这是戴安为自己的短片《木棉花开》做的片花。辛迪去抓阅读眼镜,她认出了肯尼迪机场的出境大厅,很多的气球、鲜花,川流不息的人流。一个穿着艳色长裙的东方女人出现了,镜头在晃,画面"唰"地变成了黑白,这个感觉是对的,辛迪脱口自语。突发的哭叫声,说着辛迪听不懂的语言,却带着她熟悉的声韵,是黄女士了。那哭声很快与更多的哭声会合起来,更多的花、气球,更多的手臂,一起涌来。辛迪的身子直起,她一眼认出了圈在黄女士厚实的肩上的那只细长的手臂,手腕上有一个漂亮的刺青,镜头在摇近,再摇近,那是一朵初放形状的木棉,正盖在辛迪曾经非常熟悉的那个创口上。辛迪捂住了嘴,这时戴安的脸出现了,她伏在黄女士的肩上,望向画面之外。她的眼里应该带着泪,目光异常沉静。她们的目光交会了。辛迪伏下身去,摁下了暂停键。

2020 年 2 月 23 日定稿

我是欧文太太

丹文从那个曾追击我多年的梦魇里满血复活,踩着我的心跳一路前行而来的时刻,趁回国出差返家乡探亲的我,刚领着几位从深圳飞过来避暑度周末的老美同事在阳朔西街的肯德基店里坐定。

　　肯德基里凉飕飕的冷气扑面而来,让人精神一振。店里灯火通明,十足的快餐店派头,一点情调都谈不上。虽已是夜里九点多了,店里仍坐满了人,大部分的人都在喝冷饮,看来和我们一样,都是来蹭空调的。大家分头找位、买饮料。看同事们终于坐定,捧着大杯的冰镇饮料,孩子般地说笑起来,我吐出一口长气。

　　这时,我一眼看到一对身材高挑的母女说笑着闪进大门。"闪进"肯定是我的心理感觉,因为后来再回想,她们当时映到我眼里的影像竟是慢动作。一步一步,衣衫的边缘虚化起来。细长的手臂交错着甩开,闪成雪亮的光圈。两人都是一身的白，在阳朔西街尽头亮如白昼的肯德基店堂里，瞬时翻出漫天雪花。

一个熟悉的影像，一晃而过。我的身子"腾"地坐直了，目光首先落到那个高挑的女孩身上。她一头浅栗色的长发，在脑后高高地扎成个马尾，虽然个子很高，但脸上带着明显的稚气，应该只是十三四岁的年纪。女孩穿着月白色的长款针织背心，胸前有个银灰闪亮的大骷髅图案，一条带着毛边的超短款白色牛仔短裤，一双银白色厚底泡沫拖鞋，健康的浅棕肤色，长长的腿形非常好看，让我想到那些个没事就躺在海滩上晒太阳的加州少女。女孩的五官带着东方的圆润，一看就是混血儿。我的目光很快扫过她，在她身边的母亲身上停住，这一停不打紧，我忍不住轻叫起来："噢！我的天！丹文——"我一眼就认出了她。虽然已经隔了二十年的时光，虽然那个曾追击我多年的噩梦也已被时光的雪尘埋葬经年。

冰凉的可乐漫过手心，顺着手臂急速传遍全身。我感到地下有冰碴，下意识地低头看向双脚——裸露的双足，踩在雪地上星星点点的血迹上。那么冷，我回到了美国西北爱达荷腹地林海边缘的雪原上了。我下意识地往后靠了靠，定睛再看，我那些涂成石榴红色的趾甲在灰蓝的荧光下稳稳地踏在人字拖鞋里。

周边的桌椅开始悬浮。红蓝黄绿白的男女飘过，我再听不到他们的声音。只看到穿着白色无袖直身连衣短裙的丹文，侧过头来，望着我笑。她一头短短的酒红色短发，身材还是那么修长,看来二十年的光阴是从她身边溜过的。我晃了晃脑袋,发现她其实是在专注地望着她身边的女孩笑。她笑得太好看了,细长的眼睛几乎眯成两条长线,脸上的线条能让人感知那眼里闪亮的光。这是我最难以想象的画面——这些年来,在我的记忆里冒着风雪奔走的她,永远是一张悲苦决绝的面容。她倒像她的年纪了,却没有老。我在蒙大拿的风雪里遇见她的时候,她不过三十出头。前些年,每每想到她,我总会算算,然后叹一口气:如果她还活着,应该三十五了;应该四十了;四十五了……后来,我停止了想象,或许在潜意识里不愿意见她老去。而在十五年前,当得知我当年的房东、丹文的前夫逸林在亚特兰大郊外的高速公路边离奇死亡之后,那些追击我多年的噩梦再也没有寻来。我无法解释这里面的因果,也不再想寻到解释。从爱达荷的风暴中出走,这二十年来,我已从满身青涩的年轻女博士,变成了典型的硅谷人。在一堆堆的经济泡沫里游泳、挣扎,频繁地跳槽,又尝试创业,做着功成名就的硅谷梦的同时,结婚生子,样样都不肯落下,好事都想占全,生活画板落得个杂色斑斑,层层涂写之后,不再为过去留下空隙。

真没想到,二十年前的风雪却在故乡的暑夜里突然卷土袭来。最要紧的是,丹文竟还活着,眼下竟近在咫尺。我将手中的饮料"啪"地搁在台面上,站起身来。年轻的老美同事们正在享受各自手中的冷饮,嬉笑着聊起当天各自撞到的趣事,没人注意我。

丹文当年留给我的最后一句话是:"记住,你从来没有见过我,所有跟我有关的事情,都是一个梦境,你最好忘了它。"
这么多年都过去了,我已年过不惑,却还是一如当年,没能管
住自己。

这些年来,我从没跟人提起过,我曾有过成为一个女教
授的理想,也曾有过实现理想的机会。我更不曾告诉过人,
命运的改写,其实是与一个叫丹文的女子在美国西北的暴风
雪中陌路相逢有关。我一直对那次相遇给丹文带来的灭顶
之灾,怀着深深的自责。它曾作为我生命中的重大秘密,沉
重地压在心头,变成噩梦,对我围追堵截。

有很长一段时间,我常常在梦中遇见丹文。她总是穿着
那件跟我在蒙大拿的"灰狗"长途大巴上相遇时披在身上的
半旧军绿色棉大衣,在雪地上一脚深一脚浅地跑着。梦境是
黑白的,除了她棉衣的军绿和脖子上那条围巾的一抹鲜红。
她惨白瘦削的脸被狂风的手扭着,凌乱的头发急速地抽打着
她的面颊,左眉间的那颗大痣,像一枚狠狠扎入皮肉的铁钉。
我听不到梦里的风声,这让她看上去像无声电影时代残片中
走投无路的女主角,命悬一线,却呼天不应,叫地不灵。我不
愿意将这个梦境当成是对丹文命运的暗示,虽然我已经接受
了她的结局凶多吉少。

遇到丹文,是在二十年前的圣诞节前夕。我刚从美国西
部腹地蒙大拿的冰山镇面试教职出来,因为多年不遇的大风
雪,小镇机场停飞。为了赶回我所在的爱州莫城和在爱大任
助理教授的房东逸林夫妇去往著名滑雪胜地太阳谷过圣诞,

我选择了坐"灰狗"长途大巴上路。正是这个机缘,让我碰到了冒着横扫美国北部的大风雪,从纽约一程程地换车、千里寻夫而来的丹文。

"是前夫——"丹文在那一路的风雪里断断续续向我诉说自己的前尘来路,谈到她要去西北寻找的人时,总是这样强调。遇到我的时候,一口京腔的丹文正好是从广州来到美国两年半。她在新泽西一所大学里念了个软件工程专业的硕士学位,半年多前,刚在纽约城里找到了工作,公司已开始给她办绿卡,在美国的生活算是安定了下来。可这朝九晚五的生活不是她来美国的目的。她的心情又变得时好时坏。她觉得必须见到前夫胡力,只有听到他当面说出负她的真正原因,她才能从创伤里康复。提到胡力的时候,她优雅地用左手食指轻轻撩了一下右边的衣袖,将右手递到我面前。我看到她的右手腕上有一只狐狸的刺青。那狐狸的大尾巴高高翘着,栩栩如生,很是可爱。"所谓解铃还须系铃人啊。我付出了全部青春的感情,难道不值得讨回一个 Why?"丹文看向车窗外的茫茫雪原,悲戚地说。

胡力是丹文在大三的暑假里,第一次离开北京到在广州羊城大学任教的姨妈家度假时认识的。胡力比丹文大十来岁,当年在海南岛的建设兵团里割了十年的橡胶。那是部队的编制,但兵团战士的军装却没有领章帽徽。也许因为有过那段经历,胡力回城多年后,仍很喜欢穿军装。听到这里,我下意识地看了一眼丹文小心折好搁在座位下的那件军色棉大衣。

胡力"文革"后回城,因照顾重病的父亲,错过了前几届高考,后来进了羊城大学实验员班,留校成了化工原理实验室的实验员。他平日里一门接一门地旁听着本科课程。几乎是一张白纸的丹文,喜欢听胡力的青春故事,更爱听他悲凉的手风琴声。她在那个暑假里,总是泡在胡力的实验室里。第二年早春,丹文不顾家里的强烈反对,报考了华南理工学院的研究生,去了广州。到了那时,为了尽快在人生里追回一程,胡力决定直接申请去美国读研究生。他们编造了一份胡力的本科成绩单。胡力考下托福和GRE后,由他在香港的亲戚做经济担保,申请到美国新泽西大学的录取。正在这节骨眼上,丹文发现自己怀孕了。她背着胡力去做人流,术后的大出血让事情败露。因丹文已临近毕业,学校只对她做了留校察看的处分。丹文却觉得无颜见人,连到手的学位也没拿,自动退学后漂在广州。

"那真是我人生的最低谷了。随胡力去美国,成了前程里的一丝曙光。"丹文自语般地说。胡力临行之前,领着丹文去办了结婚登记。

胡力在美国只花了一年多的时间就读下了环境工程专业的硕士,转学到西雅图的华盛顿大学攻读博士。为了省钱,也为了看看美国,在那个冬天里,胡力在风雪中一程程地坐着"灰狗",从新泽西去往西雅图。而丹文的探亲签证却屡屡被拒,她的情绪变得十分不稳,经常给胡力打对方付费电话哭诉,要求胡力中止学业回国:"为了爱,这是值得的。"丹文哭着在昂贵的越洋电话里反复说。胡力说:"我可以回去,但不是为了你说的那个爱。你的爱，就像一把刀爱它割出的伤口。"事情到了这份上，胡力再没有实际行动。他接着换了电话，并通过律师发来离婚协议书。丹文在离婚协议上签字的时候心情平静下来。健康地到美国去，要胡力当面给她个解释，成了丹文生活的新目标。

丹文的故事，在我们到达华盛顿州斯波坎时告一段落。我要从那儿再转一趟车回我所在的莫城。而丹文要去往城里的大学寻找胡力。我们站在候车大厅里道别时，丹文忽然问我想不想看看胡力长什么样。我没有忍住好奇，点了点头。丹文伸手去军棉大衣里掏照片，竟掏出一把很小的勃朗宁"掌心雷"手枪，很快地又塞回另一兜里。"你有枪！"我失口轻叫。她拍我一下："防身用的，嘘！"她接着拿出一张过塑的彩色照片递给我，我没有想到，那竟是我的房东逸林。照片里，逸林穿一件色泽很新却没有领章的军衣，额前的长发扬起几缕，带着英勃的孟浪，跟如今终日若有所思的逸林大不一样。

我强抑着心里的震惊，将照片还给丹文。我意识到事情的严重性。如果丹文说的属实，那么逸林牵涉其中的还不仅仅是情事。他伪造学历那档问题，很可能会毁了他在爱大的前程，甚至他将来在美国学术界发展的前程。当然，那也许不是绝路。美国是如此现实的国家，逸林凭自己在美国的一贯优良业绩，也可能会逢凶化吉。可其间会有多少的沟坎、变数，只有天晓得了。我让自己镇定下来，劝她若到城里找不到胡力，就赶紧回到自己的生活里去——"未来才是我们活下去的理由。"我学着书本上的口气说。丹文点点她右手腕上的那狐狸刺青，冷笑一声："瞧你说得多轻松。我只有亲手将它抹去，才能获得真正的平静。听说他都当上教授了。他拿到来美国的签证那天，跟我说：'我成了一个新人了。'我要让他明白，如果一个人选择了做坏人，他将什么也不是。我甚至只用花一张邮票的代价，向学校告发他伪造学历的劣迹，就能让他建立在谎言和我青春血泪上的大厦轰然倒塌。我来美国后看到一个故事，说的是一个被负的女人，直到杀掉了负她的男人，将那男人的睾丸压成一对耳环，天天戴在耳边，她才获得了解脱。这个故事让我哭了——"丹文说到这儿，见我脸色大变，马上很轻地一笑："瞧你吓成这样，我在讲故事呢。"

按丹文的意愿，我们彼此没有交换联系方法。"如果有缘，我们就还会相见的。"她倒退着走出几步，像想起了什么，忽然站定下来冲着我叫："你也帮我留意你们学校，看那只老狐狸是不是在那儿。"说到这儿，丹文突然伸出右手，用大拇指和食指做出手枪的样子，朝我站立的方向一点："你如果见到他就告诉他，我在找他。"她说完，没等我回话，转身径自走了。

我在那个夜里，带着深深的焦虑回到莫城。逸林和许梅的房里一片死寂。我悄悄地从侧门进到了我租住的那依坡而下的半截地下室。我非常疲倦，却怎么也无法入睡，迷迷糊糊地翻来覆去，隐约感到窗帘四周有了天光时，才迷糊过去。一觉竟睡到了第二天近午。起来匆匆梳洗之后，赶忙往楼上客厅跑，想马上见到逸林。

客厅里非常安静，我绕到餐厅，一眼看到逸林压在餐桌上的字条："阿兰：许梅母亲在加州摔断了腿，她已飞去。很抱歉，太阳谷之行只能取消了。我实验室里有些事还没弄完。你先好好休息一下，见面再聊。——逸林"

我失望地收起纸条，转身走回自己屋里，忽然电话铃声大作。我拿起电话，那头传来丹文冰冷的声音："真是老天有眼，怎么就让我碰上了你呢？""啊，丹文，你在哪儿？"丹文在那头冷笑一声，说："他居然还改了名字！太荒唐了！可狐狸再狡猾，也躲不过猎人的枪口。只要他还在喘气，我就能嗅着气味找到他！"我未及反应，丹文在那头又说："一看到他的照片，你就吓成那样，我怎么能错过这条线索。哼！他很快就要混上终身教授了？可他是心虚的，你看他照片上的那双眼睛！"听丹文的口气，仿佛她就站在我身边，正在给我指看逸林的照片。我汗毛倒竖，下意识地转过头去，快快地扫了一眼我的屋子。"可事情过去这么久了，它造成的伤害，已经成了无法改变的历史，放下它吧！"我将手摁在胸前，想让急速的心跳慢下来，断续地说。

丹文不耐烦地打断我："如果你不做个结，历史不会自动断裂。我必须走了。记住，你从来没有见过我，所有跟我有关的事情，都是你的一个梦境，你最好忘了它。"说完，她在那头就将电话给掐了。我顺着床滑坐到了地毯上，手里的话筒传出空洞而寂寥的嗡嗡声。胃有一阵短暂的痉挛，到了这时,我觉得至少应该让逸林知道丹文已经来到莫城。

那是没有手机的年代。我一遍遍地往逸林的实验室打电话,没有人接。我冒着雨雪,焦急地在小城里转着。圣诞节即将来临的大学城里一片静谧,我不时停下来抹抹脸上的雪水,印证自己不是在梦游,直转到天色已经完全暗下来,才往回走。逸林家门前自控的圣诞彩灯已经亮起,可逸林还没有回来。

风雪开始大了,呼呼的风声,拍打着门窗。偶尔听到楼上客厅里的电话响几下,然后重新陷入长长的死寂。在风雪中跑了一天的我,很早就倒下睡着了,却一直无法睡踏实。直到下半夜听到了车库门开启的声音,知道逸林回来了,我才妥帖地入睡。

第二天一早醒来,我匆匆洗脸刷牙,换了衣服就往楼上走去。在通到二层的楼梯上,与神色凝重的逸林撞了个正着。他朝我点点头。逸林看上去好像瘦了一圈,眼睛都凹了下去,眼圈很黑,手里提着个小旅行箱。"逸林,我……"我刚开口,就被逸林立刻打断,他一字一顿地说:"记住,你只是房客,什么也不知道。"我正要再说话,逸林一摆手,恶狠狠地说:"别的不用再说了。"我待在那儿。逸林往上走了两步,又停下来,转过身很轻地拍拍我的肩膀:"我马上飞加州。许梅母亲病危了。这里没有你的事,好好过你的生活去吧。"他转过身去,急步走进车库。我趴在起居室的大窗边,看着逸林的车子滑出车道。他那吉普的车身非常脏,满是雪泥飞溅留下的痕迹,像是在雪地里长途跋涉过的样子。

丹文和逸林应该是见过面了。丹文得到了她想要的回答吗？她现在在哪里？这样的念头在我的脑子里缠成一团乱麻，令人抓狂。我只得出门去找系里的中国同学打牌吃饭，直到夜里十点多钟，因不胜酒力，被同学送回家中。

我斜坐在椅子里，喝着解酒的茶。屋里静得令人害怕，我拧开电视，漫不经心地看向屏幕。这时，镜头一个切换，画面上出现了一辆陷在莫城郊外湖边峡谷雪中的车子。记者说，因为下大雪，通往这个谷地的路架了封锁栏，今天下午几个到这一带越野滑雪的年轻人，看到了车子后厢盖边飘着的红色围巾，才意外地发现了这辆车子。"红围巾"这个词，一下抓住了我。我跳起来，凑近电视机看。电视镜头摇近了，那是一辆老旧的棕色 Toyota SR5 双门小跑车。那条被车后厢盖夹住、在寒风中飘摇的红围巾，是那么的眼熟。镜头拉得更近了，我看清楚了围巾两头中国灯笼式的须结，这分明就是丹文脖子上围着的那条！

血冲到脑门，一阵眩晕。电视镜头转到车厢里。车子的方向盘、仪表盘和座椅下，有一些由血冻成的红色冰块，前车窗上，还有些血点。电视里又说，由冰血的状态看，应该是打斗后草草处理过的现场。消息来源指出，这是一辆拆下了车牌的旧车，警方呼吁知道线索的民众报案。我跌回到椅子上，大气也不敢出，双手震颤着握到电话上，很快又放开了。看来丹文出大事了。是自杀，还是他杀？丹文如果死了，她的遗体在哪里？我屏住呼吸，感觉到身体绷紧起来，有股内力，在身体里游走，马上就要将我的身体撕裂开来。

当天夜里,我发热病倒了。躺着病床上,我最大的挣扎是该不该给警方打电话。整个事件带给我的震惊,让我失去了对各种细节真伪的判断能力。因为自己的率意而引来了丹文的这一教训,让我的神经变得十分过敏。以往听过的美国司法制度的瑕疵给当事人带来的伤害,被我在脑中无限放大,在意识到自己无法对整个事件和各当事人做出理性的思辨时,我选择了沉默。

在那个寒假结束之前,我决定飞去硅谷,投奔在那里的表姐。离开之前,我一直没能联系上逸林夫妇,只好将房租和钥匙留下。我在圣诞之后,婉拒了来自蒙大拿大学冰山分校提供的教职,留在了加州明媚的阳光里。那是长年无雪的地方,它隔断了我跟寒冷的联系。

只是丹文常常出现在我的梦中,我看到她光着双脚,在漫天大雪里奔跑,头发散开,最后仰面倒下。我总是在雪地漫出一片血红时惊醒。我再也没跟逸林、许梅联系过。早些年,从爱大来硅谷的同学那儿听说,逸林和许梅都先后顺利地拿到了爱大的终身教职。逸林发展得特别好,拿到了美国国家科学研究基金一笔数目可观的环保基金,拥有了自己的实验室,成了爱大的名教授。我忍不住想,看来当年丹文是还没来得及去告发,就遭遇了不幸。有时我又会想,当年就算爱大校方收到了丹文对逸林的揭发,逸林也未必前程尽毁。美国之所以伟大,其中一点正是因为它永远给人机会,甚至第二次、第三次或更多次的机会。我也曾不时会查一下莫城警方的消息,却从没有获得那个红围巾血案侦破的消

298

息。我也不曾在北美中文媒体上看到过任何相关的消息。我慢慢接受了丹文人间蒸发的事实。有时从梦中惊醒,我甚至会像自己曾看过的心理医生那样,怀疑我自己的记忆。我真的见过那个叫丹文的中国女子吗?她真的向我讲述过那一切?那会不会全是我的幻觉?

　　直到离开莫城五年之后的一个中午,我在硅谷一家中餐馆里等着朋友们一起吃午饭,随手翻看当天的北美读者最多的中文报刊《世界日报》,突然看到一道黑体标题——"亚特兰大华裔男教授陈尸旷野,警方呼吁知情者提供线索"。对这类新闻下意识的敏感,让我一口气读了下去。说的竟是时任亚特兰大一所私立名校教授的胡逸林的遗体,在亚特兰大郊外高速公路边的花生地里被发现。报道说,死者身上并无明显外伤,现场也无搏斗痕迹。那报道很短,有一处久久地抓住了我的眼睛:死者遗体上盖着一件老旧的军色棉大衣,但他的家人和朋友从来没见他生前穿过它。目前警方正在展开调查,希望有线索的民众与警方联系。我之前并不知道逸林已经转到了亚特兰大,这时突然看到逸林曝尸南方旷野的消息,非常震惊。我拿起报纸,强迫自己将报道又读了一遍。逸林为什么离开了已经拿到终身教职的爱大?他到底扛不住内心自责的煎熬,终于做了自我了断,追随丹文而去?但这显然不大可能,他一路走来,经历了多少的风浪,不可能在功成名就的时候做这样的傻事。这里面的隐情,应该跟那件神秘的军大衣有关?它竟然盖在他的遗体上,这个意象,让我打着哆嗦,抬起头来,看到漫天雪花。我连忙离座去到卫生间里独自揩泪。这么多年来，虽然我从未再跟逸林夫妇联系，但我从不曾忘记，他们曾经是我最亲近的朋友，帮助我度过了在美国留学时代最初的艰难。我为逸林的离去感到了深切的悲伤，也为自己未能阻止这样的悲剧发生感到深深的痛心。再出来时，满桌的人已经到齐。大家热闹地说笑寒暄，没人注意我。

像当年在莫城一样，我再次选择了沉默。那个关于丹文的噩梦，又开始出现。奇怪的是，那梦境慢慢地不再是雪地，而是无边无际的沙滩，旷无人影，从白，变到金红，远远地，总有两个一前一后远行的身影。我的日子从此睡牢了。我就想，看来丹文和逸林都安息了。

我站到柜台边时，丹文母女已经拿到她们的奶昔和可乐，正在等店员找钱。我听到丹文用英文对女儿说快去找个座位，那声音很沙哑，好像患了重感冒一般。那乖巧的女孩拿好冷饮，转身走开了。

"丹文——"我站过去，很轻地叫了一声。我听到了自己急剧的心跳。

她的身子绷直了，像被人用枪顶住了腰。"丹文。"我再次将她的名字像石榴籽儿似的咬着，又一粒一粒小心地吐出来。她回头了，带着与人狭路相逢的野猫的眼神。她左眉间的那颗大痣不见了，原来那两道浓黑的长眉剃掉了，像时尚杂志上的女模特那样文出两条带拐角的细长眉线。眼角有了很多不长却很深的皱纹。肤色还是很白，却不再有当年那

300

种细腻的光色。她左手无名指上戴着个白金婚戒,右手腕上戴着一条蒂芙尼银手链,上面串着许多小挂件,一动,就带出细弱的响声。让我惊讶的是,那刺青狐狸竟然还在!我差点叫出声来。只是那刺青已很淡,狐狸的大尾巴看上去有点像水墨画上洇出的小花。丹文显然注意到了我的目光,下意识地握了一下右手腕。

"我是阿兰。"我盯着她的眼睛,报上接头暗号。那是我当年告诉过她的名字。她很快地上下扫过我全身,眼神里带着隐隐的恐惑。作为一对少年儿女的母亲,与二十年前相比,我无论是身材还是容颜都发生了很大的变化,丹文认不出我,并不令人意外。"那年冬天,在蒙大拿——"我刚开口,就看见她的眉毛在跳动,眼睛里发出一道柔亮的光。我的鼻子一酸:"我看到了那辆雪地里的车子,一眼就认出了你的红围巾……这么多年来,哦,对不起,除了祈祷——真没想到,你还——"我说到这里停住了,将"活着"两个字硬吞了下去,强忍着不让自己哭出来。丹文咬着嘴唇,一言不发,机械地接过收银员递过来的零票,手却摊着,好一会儿才想起什么似的,紧紧捏起。

站得那么近,我能清楚地看到她薄得好像透明的鼻翼轻轻地张合着,她低下头,铁青着脸,不响。这时,她的女儿走过来了,表情好奇地望望我,又望望她母亲。我赶忙抹了一下眼睛,努力朝她笑了笑:"嗨!"小姑娘又看看她那回避着我的母亲,轻声用英文问:"妈咪,怎么回事?你没事吧?"我看着那个漂亮的小姑娘,由衷地说:"孩子都这么大了,多漂亮的姑娘啊,真为你高兴……"

丹文一把扯住女儿的手,面无表情地说:"我们走吧!"

"丹文!"我追上一步,冲着她的背影叫。她停下来,想了想,对女儿轻声说了什么。那乖巧的女儿拿着两杯冷饮,带着不安的神情,退出几步,站到门边等着。丹文这时向我走来。她的情绪明显地稳定下来。大厅里仍是人来人往,却没有人注意我们这对被清冷的灯光照出一身寒气的中年女子。

"你这些年一直在找的那个女人,"丹文开口了,沙哑的声音,我们站得那么近,我感到了她呼吸里的寒气——"如果你相信她还活着,却一直没有能找到,那就是她并不想再见到你。"没等我回话,她转过身去,朝站在门边的女孩摆摆手,示意那小姑娘起步。我冲着她的背影,射出一串子弹:"你知道吗,胡力也死了。"我不知道自己怎么会说了"也"这个字。丹文这下站稳了,没有任何动作,她女儿轻蹙着眉,看向她。她转过头来,直视着我说:"跟他纠缠过那么久,是那个女人一生最大的错误,最深的不幸。""丹文!——"我带上了哭腔。她向着我,走近两步,盯着我的眼睛说:"对不起,我是欧文太太。"

我站在灯火通明的店堂里,眼巴巴地望着她挽上女儿,雪花一般飘出肯德基大门。当她们转到大窗边上时,我看到丹文,哦,欧文太太——我看到欧文太太侧过脸来,望向仍呆立在店堂中央的我,突然伸出右手,用大拇指和食指做出手枪的样子,朝我站立的方向一点,然后摆了摆手,没有笑,却带着友善。我再一眨眼,她们已经在视线中消失。我揉着眼睛,努力回想着刚才看到那最后一眼,却怎么也不能肯定那挥枪的一点,是不是二十年前道别时的记忆被激活了。

这时,我的年轻同事围上来:"你还好吗?""你的朋友走了?"他们漫不经心地问着。"是欧文太太,一个死去的朋友。"我轻声答着。"啊,你在说什么?!"见我不响,他们知趣地不再追问。

走出肯德基的大门,看到远处西街的霓虹开始稀落,通向霓虹的小道一片漆黑。

2015 年 2 月 5 日定稿